MAREN SELL

TOUT EST LÀ

BERNARD GRASSET
PARIS

Photo de la bande : Ulf Andersen © Gamma Rapho

ISBN 978-2-246-84134-0

« Qui peut dire où vont les fleurs du temps qui passe
Qui peut dire où sont les fleurs du temps passé
(…)
Il est fait de tant de croix, le temps qui passe
Il est fait de tant de croix, le temps passé. »

Chanson populaire ukrainienne pour la paix

1.

Je sais d'ou je viens

Mon récit pourrait commencer ainsi.

Il y a eu la naissance et il y aura la mort. De la naissance on ne se souvient pas mais elle a eu lieu, nous avons été jetés du ventre aquatique de la mère dans un monde rêche et souvent accablant. Ce qu'il se passe entre le débarquement dans ce monde et la sortie, nous l'appelons la vie. Plus on avance en âge plus on retourne vers le début. On ne sait rien de la mort à venir mais petit à petit on s'y prépare. Une corde semble se tendre entre ces deux grands moments.

« Sur quel instrument sommes-nous accordés ?
Et quel virtuose nous tient dans sa main ?
Ô douce chanson. » (R.M. Rilke).

Trois grandes étapes constituent la vie. La première est celle de l'adolescence, les années de formation. Je me souviens de mon jeune corps d'antan, touché ou repoussé par ce qui se présente, voulant croire ou ne pas croire en ce qui se dit, créant un lien ou non avec les autres, sans qu'intervienne encore l'artifice d'une attitude et d'un discours social.

Des années de pure émotion qui ont structuré un canevas sentimental sur lequel s'est tissée ma vie.

Vater

Mon père m'a appris le désir et le charme léger de la France. Il ne fut pas un héros de la résistance contre Hitler. Il ne fut pas admirable, ni exemplaire ni courageux. Mais c'était mon père. Il n'était pas très généreux non plus, j'ai dû ramer pour suivre mes études et heureusement que j'ai pu obtenir des bourses ou gagner des sous comme serveuse dans des restaurants.

Était-ce son tempérament d'être si peu généreux ou l'influence de ma mère ? Quand j'ai eu ma fille, Katia, il a ouvert en catimini un compte pour elle à la banque. 500 deutsche mark, il en était très fier.

Quel choc et quel chagrin quand après sa mort on m'a donné à lire son testament, rédigé vraisemblablement en présence de ma mère et de ma sœur. Rien ne m'était destiné, pas un seul objet, pas un mot personnel, aucune attention complice. Peut-être n'avais-je pas été assez présente lors de ses dernières années. Notre proximité avait été une proximité de corps. Et c'est par sa présence que j'ai appris l'amour. Le pur amour de ma pure adolescence.

Mon père, Hans Hermann de son prénom, était bel homme, le visage d'un ovale parfait, les yeux d'un bleu profond. Il était séduisant et j'ai été charmée par lui. Il osait, me semblait-il, faire des entorses à la morale corsetée de la bourgeoisie dans cette petite ville de Zweibrücken, 30 000 habitants regroupés dans la vallée dominée par trois collines où campaient les trois garnisons – américaine, canadienne et française – qui, depuis l'après-guerre, signaient par leur présence la défaite de l'Allemagne nazie. Les plus riches étaient les Américains. Les GI distribuaient des barres de chocolat, des Milky Way, des cigarettes de tabac blond, Kent ou Marlboro, et séduisaient les filles friandes de gâteries d'outre-Atlantique. Les Français avaient moins de chance avec leurs quelques Gitanes et pas grand-chose d'autre à proposer. Ils étaient pauvres comme nous, les Allemands, qui venions juste dans les années 50 de redécouvrir la viande et un début de confort. On ne les voyait pas sortir des dollars de leurs porte-monnaie et s'amuser dans les deux bars du centre-ville de Zweibrücken. De temps à autre, mon père invitait l'un d'eux à la maison. Entendre et parler cette langue si évocatrice l'amusait. Quand Vati avait un verre dans le nez, il sortait de sa poche une feuille avec des phrases écrites en français qu'il récitait presque par cœur : « Et soudain la salle livrait passage à une jeune femme blonde aux proportions alléchantes et aux traits d'une extravagante beauté… » Une épiphanie ! Il lisait sans accent, de façon suggestive. J'étais fascinée. Jeune adolescente, je compris que l'érotisme est inhérent à la langue française, dont le charme participe à la façon d'être du monde. « Quand tu me prends dans tes bras, je vois la vie en rose. » Des années plus tard, je suis tombée sur une citation de Karl Kraus : « Les Allemands croient que le mot *Erotik* vient de *erröten* », devenir rouge de honte.

Mon père ne maniait pas les mots de façon très convaincante, ne développait pas de grandes idées, mais il possédait un corps, une présence, et nous formions ensemble un tout. Le dimanche, quand ma mère préparait le déjeuner, il sortait avec moi, paré d'un costume bleu marine, son habit du dimanche, et nous allions tous deux prendre l'apéritif à la brasserie du coin. En chemin on passait, sans les saluer, devant des pères de famille en short et chemise à manches courtes, en train d'astiquer leur voiture qu'ils protégeaient d'une bâche, une sorte de robe plastifiée, comme on le ferait pour une maîtresse qui pourrait prendre froid. La voiture était l'étendard du miracle économique allemand. Ils se jugeaient entre eux selon la puissance de l'engin, comme des gamins qui comparent leur nudité sous les douches après un match de foot. Au début, ce fut l'auto du peuple, la Volkswagen, la Coccinelle, puis les années passant, la Mercedes. En Allemagne, tous les bouchers possédaient une Mercedes, suivirent la télévision, la machine à laver, le téléphone, l'ordinateur, tous ces fétiches de la société de consommation, qui peut se comprendre comme une longue histoire d'addiction, difficile à soigner.

Installé dans la brasserie devant une bière pour lui et un verre de vin blanc pour sa fille, il prononçait des phrases parfois graveleuses. Avant d'aller aux toilettes pour faire pipi, il m'annonçait : « Je vais donner la main à quelqu'un dont tu feras un jour la découverte. » C'était quand même assez culotté. De retour à la maison, débutait notre communion sacrée. Mon père mettait un de nos nombreux disques vinyle, et nous écoutions la musique ensemble en fermant les yeux. Son préféré était le *Concerto n°1 pour violon* de Bruch où je le sentais partir vers une extase intérieure, que je partageais dans un même frisson. Pour moi, à l'époque, ce furent la *Symphonie n°3* de Brahms et le *Concerto n° 2* pour piano de Rachmaninov. Et *Le Ring* de Richard Wagner bien sûr avec le fameux *Anneau du Nibelung*. Je serrais parfois la main de mon papa pour ne pas m'envoler dans un feu d'artifice. De somptueux paysages défilaient devant mes yeux. Je plongeais dans *L'Or du Rhin*, je vibrais d'enthousiasme en traversant des forêts de chênes, je me cachais dans les grottes de géants avant de rejoindre mes sœurs aux sommets immortels du Walhalla. Je me croyais toute-puissante, une Brünehilde, fidèle guerrière au service de son père incestueux Wotan, une guerrière qui, à la fin, se sacrifie afin que cesse le règne pervers des dieux. En même temps, mon père me faisait comprendre que la messe du passé était finie, nos extases interdites. Ou alors inavouables. On était quinze ans après la fin de la guerre. Compositeur fétiche du Führer, Wagner et ses opéras avaient rapté les ondes de la radio nationale-socialiste. La chevauchée des Walkyries servait à faire bander les pires bataillons de SS.

Pourtant, chaque dimanche de mon adolescence, nous nous préparions à revivre un orgasme musical dépassant les frontières. Bien des années plus tard, avec mes hommes, mes amants, j'ai ajouté la chair à cette synchronisation sentimentale de deux esprits, deux âmes, deux corps. Tantôt pour le meilleur, tantôt pour le pire. Quand ce fut pour le meilleur, j'avais la certitude de rentrer à la maison.

En 1976, ce fut pour le meilleur. Un rêve devenait réalité. Grâce à un ami, j'ai pu obtenir deux places pour *Le Ring* au festival de Bayreuth. Mise en scène de Patrice Chéreau, chef d'orchestre Pierre Boulez. Siegmund, incarné par Peter Hofmann, ancienne star du rock, torse nu, splendide carrure, se jetait avec passion sur sa sœur Sieglinde, portée par un même élan. Deux corps en feu, brûlant d'un immense amour interdit, s'enlaçaient sur le devant de la scène. Ô divin accouplement. Scandale pour les wagnériens, figés dans l'immobile tradition du Führer. Émerveillement pour les âmes mystiques en quête d'absolu. N'étions-nous pas marxistes pourtant ? Affirmatif. Le nouveau monde qui surgit après *Le Crépuscule des dieux* fut chanté par le chœur des opprimés, le prolétariat. Scandale encore pour les anciens, adeptes des conventions. Jubilation des nôtres, dont les cœurs furent séduits par cette reprise divergente des textes reçus. En toute beauté. Une heure et demie d'applaudissements. Triomphe de la puissance du désir qui brise toutes les entraves. Les billets avaient déjà écorné nos bourses de jeunes militants. J'y ajoutai encore l'achat d'une douzaine de roses rouge sang, jetées sur les planches. Chapeau bas, merci Chéreau, merci Boulez, merci les interprètes pour ce changement de culture radical, auquel le grand art nous permet d'assister.

Merci mon père, tu m'as fait ressentir ce qu'est la musique : tendre l'oreille pour y héberger les douleurs de la Terre et en mourir heureux dans les bras sonores d'un ange. Mon père est mort le 12 décembre 1994. À son enterrement j'ai récité l'un des *Sonnets à Orphée* de Rilke dans la petite chapelle de Boissettes, en Seine-et-Marne : « Devance tout adieu comme s'il était derrière toi, tel l'hiver qui juste s'en va. »

Depuis sa mort, voilà désormais trois semaines, je vis avec mon père. Quotidiennement. Beaucoup la nuit, le matin aussi, le soir et pendant la journée. C'est ainsi. Je ne supporte plus la vie dite active, le travail, toutes les choses pratiques que nous sommes tenus d'assumer, et qui me privent du deuil qu'il m'importe d'accomplir.

Pour le deuil, c'est trop tôt. C'est une manière de se débarrasser de quelqu'un, de se refaire une santé. Pour l'instant, je me débats sans savoir encore si je veux guérir. « Ce que je suis » hésite, je le sens. Ce matin, je pensais être foutue.

J'ai mal, partout. Dans le corps, le mal se déplace, c'étaient les poumons il y a quelques jours, l'anus ensuite, le ventre à partir de la cicatrice, à la hauteur du foie, et la douleur se répand dans tout le bassin. C'est certainement un cancer qui me ronge. J'ai l'impression d'être gravement atteinte, que je vais mourir bientôt. Quand je range les boules du sapin, je ne suis pas sûre de vivre le prochain Noël.

Ce fut ma réaction à la mort de mon père, ma façon de l'accompagner. Je l'accompagne donc, ma chair l'accompagne. Je souffre seulement de son absence, pas malade, puisque mon père m'a donné la vie, ma vie, il la protégera toujours. Tout de même, en lui choisissant une place au cimetière du village, je prévois grand : quatre concessions. Je serai à ses côtés et je veux que ce soit joli. Sur le catalogue j'hésite entre deux couleurs de marbre pour l'urne, un rose-gris ou un gris-noir. Je décris au marbrier exactement comment je vois la tombe, avec, tout autour du caveau, des fleurs vivaces à gauche et à droite de la plaque.

« Je m'occuperai moi-même des plantations », ai-je dit. Un pied de buis et un acacia – selon la volonté de mon père.

De son vivant, nous n'avions jamais parlé d'acacia, mais la nuit précédant sa mort, je me suis réveillée en sueur, vers quatre heures du matin. J'avais entendu dire dans mon rêve : « Acacia. » J'aime la lettre A, il y en avait trois. C'était un message, mais lequel ? Ce mot grandissait sans que je comprenne davantage. Peut-être qu'un jour, il prendra une signification.

J'ai appelé un jardinier pour l'interroger à propos des acacias. Peut-on planter un acacia sur une tombe, enfin, juste à côté, dans la terre de la concession du petit cimetière en forêt ? Orientation sud. J'aurais voulu que les tombes soient orientées est, pour voir le soleil se lever. Mais le secrétaire de la mairie m'a répondu qu'elles risquaient de prendre l'eau de ce côté-là.

Cette même nuit où j'ai entendu « Acacia », j'ai dû me précipiter aux toilettes et je me suis vidée complètement. Lorsque ma sœur m'a appelée, au matin, elle m'a prévenue que c'était la fin. Les organes de mon père avaient commencé à lâcher à la fin de la nuit.

Il paraît que c'est ainsi quand on meurt.

Ma sœur m'assure que j'arriverais trop tard même en partant tout de suite. Je reste donc à Paris pour vivre avec lui sa dernière nuit à distance, dignement, au lieu de foncer sur l'autoroute. Dans la matinée, j'ai roulé quarante kilomètres pour voir le secrétaire de la mairie et acheter la concession.

« Votre père est mort ? »

— Oui, sans doute aujourd'hui.

— Mes condoléances. »

Je pense : Et si ma sœur se trompe ? S'il ne meurt pas aujourd'hui ? Et peut-être pas du tout ? Elles ont été si impatientes, ma mère et ma sœur, ces dernières semaines. Elles ont toujours précipité les moments où une chose cesse et devient une autre. Il faut du temps pour mourir. Ce temps à la fin leur a semblé long. De retour à la maison, je téléphone à l'hôpital. Non, rien de neuf. Une amie m'appelle et je lui dis : « Mon père est en train de mourir. » Elle me prévient : « C'est un moment important dans ta vie. » Le mot juste : dans ta vie. Un événement à intégrer dans mon existence qui va continuer, eh oui, c'est important d'accueillir cet événement unique, la perte de son père. Je mets un disque étrange – je pourrais écouter du Bach – non, je choisis le seul disque de composition moderne où se répète la même phrase pendant trois quarts d'heure : « *Jesus' blood never failed me yet… that's one thing I know/For he loves me so* », le chant rauque d'un vieux marin enfle avec l'orchestre puis se meurt.

Je l'écoute au moins dix fois.

Ma fille Katia ne me quitte pas. Elle trouve cette musique très belle. Elle me dit que je dois être forte, avoir du courage, m'occuper des choses à faire.

« Tu manques de force, Maman, je n'aime pas te voir comme ça. » Elle se blottit contre moi. J'avoue que je suis abattue. Nous accompagnons Opa, mon père, en écoutant en silence le disque. Katia ajoute :

« Je voudrais qu'un orage éclate et que la terre soit triste, Maman. Je voudrais que Opa meure à la même heure où je suis née – cinq heures de l'après-midi. » Et elle ajoute : « Quand quelqu'un s'en va, quelqu'un arrive. »

À cinq heures moins dix, Katia se met au piano pour accompagner en musique l'agonie de son grand-père, le passage de la vie à la mort. Je croyais comme elle qu'il s'arrangerait pour partir au moment où sa petite-fille est venue au monde. Nous guettons le téléphone. À cinq heures et demie, j'appelle à nouveau l'hôpital en Allemagne. Ma sœur me dit : « La situation est la même », et, après un silence : « Je crois qu'il t'attend pour mourir. »

Une phrase magnifique dans la bouche de ma sœur, qui lui coûte, parce que c'est admettre l'amour exclusif de notre père pour moi. Ma mère, ma sœur sont à ses côtés, mais leur présence ne lui suffit pas.

Cette phrase me rend très calme. Je raccroche.

Depuis trois semaines, je sais qu'il va mourir. Il me l'a dit. Une nuit, je me suis réveillée avec devant les yeux, en rêve, son visage souriant, il me faisait un signe d'adieu de la main. Il se préparait à me quitter. En rêve, il m'a appelée depuis son lit d'hôpital. Par téléphone le lendemain, l'infirmière m'a confirmé qu'il avait répété mon nom toute la nuit, extrêmement tourmenté. Alors que son geste d'adieu et son sourire avaient été si sereins, si tendres. Trois semaines avant la fin, la distance se creusait déjà entre le corps et l'esprit, les deux commençaient leur travail de séparation. J'ai cessé de croire aux améliorations dont parlaient les médecins. Le temps est devenu celui du détachement. J'ai donc répondu à ma sœur que je partirais à l'aube pour être là vers dix heures. J'avais confiance en Papa : il ne mourrait pas sans moi.

Je prépare mes affaires. Ma fille reste près de moi, sur mon lit. Elle me récite une poésie de Prévert, « Promenade de Picasso », qui se termine ainsi : « … avec au beau milieu de sa vaisselle brisée / les terrifiants pépins de la réalité. » Et c'est une consolation de constater en elle une force supérieure à la mienne, mais qui lui vient de moi ; que j'ai dû lui donner en d'autres occasions, à d'autres moments.

Avant que je ne parte, Katia me dit : « Maman, tu es belle, tu es intelligente, et même tes rides, c'est bien. Tu peux avoir la force. Et de toute façon, Opa vivra dans nos cœurs. »

Le lendemain, en fonçant vers l'Allemagne, je crois pouvoir peser sur la balance et définir l'instant où se décide une vie ou une mort. J'arrive à temps. Je vois mon père à ses dernières heures, ses organes ont lâché de nouveau. Il y a cette forte odeur de merde liquide, un peu âcre, un peu sucrée, par laquelle une vie nous quitte. Je me penche sur son corps. Son dernier souffle caresse ma joue.

Ich hab dich lieb, ma fille.

Tu es mon amour, mon père.

Mutter

Aujourd'hui j'ai 78 ans, « un grand âge », me disent mes petits-enfants qui m'appellent Momo, ce qui signifie grand-mère en tibétain. J'ai la chance de les compter sur mes deux mains. Ils sont au nombre de dix, entre 5 et 26 ans. Chacune des deux filles de mon mari Georges en a engendré trois. Charlotte l'aînée, deux garçons, Paul-Minh et Dai-Son, et une fille, An-Ly. Leur père est d'origine vietnamienne. Dans la famille de Sandra on compte deux filles, Manon et Petra, et un garçon, César. Lhami, Dekyong et Enzo sont les noms des enfants de notre fils tibétain, Kunga. Et notre fille Katia a mis au monde un garçon, Jonas, le benjamin de la tribu. Nous communiquons tendrement. Depuis toujours un compte à leur nom est ouvert à la librairie des Abbesses, proche de mon domicile dans le 18e. Ils se sont nourris de livres pendant toute leur jeunesse.

Momo est aussi le nom des petits beignets qu'on partage lors des fêtes, c'est le plat préféré de ma famille bigarrée qui vient d'Asie : Tibet et Vietnam, d'Europe : France, Allemagne, Pologne, Danemark…, de Russie et d'Algérie aussi.

Je voudrais bien les réunir pour fêter mon prochain anniversaire, mais qu'y a-t-il à fêter ?

Hier j'ai frôlé un début de dépression. J'ai toujours refusé le terme dépression, devenu commun, comme s'il s'agissait d'un terme de la météo. Non, dépression, connais pas.

Je préfère avouer une tendance à la mélancolie, plus romantique allemand. Ce n'est pas du tout pareil. Dans la mélancolie, on est accompagné par ce qui manque, on entend encore la voix qui s'est tarie. Elle chante la nostalgie, la *Sehnsucht,* une addiction à ce qui jamais ne s'accomplit. Il suffit de mettre un disque ou d'ouvrir un recueil de poésie pour savoir : je ne suis pas seule à être triste. Dans la dépression, chacun est seul, condamné à soi-même. Incapable de bouger sa chair de plomb. Le corps n'est plus, aucun élan, le monde n'est plus, n'invite plus nulle part. Le cerveau s'emballe sans rien retenir. Le téléphone reste en mode silencieux. Absence de désir. On est empêtré dans une très grande misère. Le moi occupe toute la place. Je ne suis pas là-dedans.

À partir de quand compte-t-on les années ? Je regarde en arrière : le passé est un champ de broussailles d'où émerge parfois une brindille. Un de ces événements qu'on se raconte car ils ont marqué l'existence.

Aujourd'hui, je continue à sortir, au théâtre, au cinéma, où il arrive que je m'endorme avant la fin. Selon l'énergie du moment. À mon âge, quand on regarde devant, le futur ressemble à une courte échelle entre ici et nulle part, entre le corps qui exige une attention permanente pour se maintenir et sa disparition qui se fait attendre. Bientôt je ne serai plus là pour partager les émois de mes enfants et petits-enfants. Me restent à vivre combien d'années encore ? Trois ou cinq ou dix ? Ou alors demain ? Même avec une espérance de vie qui augmente, le déclin est certain. Mon futur est une affaire de compte à rebours.

Quand on aime, on compte avec anxiété. On compte les années à vivre, à partager encore. Ce fut le cas avec mon père.

J'ai peut-être moins aimé ma mère, en tout cas pas de la même façon. Il s'agissait d'un autre amour, sans frissons. Elle n'a pas nourri mon imaginaire mais elle m'a nourrie tout court. On ne peut pas ne pas aimer sa mère. On lui doit la vie. Je me souviens qu'après la guerre, elle pouvait avec un seul chou cuisiner l'entrée, le plat principal et le dessert. Quelques années plus tard, le muesli – flocons d'avoine, yaourt, banane et pomme – a fait son apparition sur la table du petit déjeuner. Elle le préparait consciencieusement chaque matin, assez copieux pour que je tienne bon, de huit à treize heures, la durée des cours à l'école. Dès que les parents ont pu acquérir une centrifugeuse, avec fruits et légumes de saison, elle préparait des jus délicieux, les mêmes qu'on appelle maintenant des « smoothies ». Elle achetait bio dans le Reformhaus qui vingt ans plus tard en France deviendrait « La Vie claire » ou « Naturalia ».

Jusqu'à mes 17 ans, son souci d'une vie saine a donné à mon corps des forces dont il profite toujours. Comme toutes les mères, elle prenait soin de sa famille. Elle était méritante. Je la remercie pour cela. En revanche, mon père avait mon amour pour rien. Il était là, sans faire grand-chose à la maison. Ingénieur il partait le matin sur des chantiers, revenait le soir. Quelle chance d'être aimé pour rien, d'avoir juste du charme et d'en jouer.

Ma mère, tous les trois mois, préparait un colis pour « les frères et sœurs là-bas ». Là-bas, c'était l'Allemagne de l'Est et les frères et sœurs, membres de la famille réelle, ou choisie au hasard. Ses colis contenaient du café, du riz, des conserves, du chocolat, sa compassion et une bonne dose d'anticommunisme.

Ma mère, dont le prénom était Ingeborg – comme Ingeborg Bachmann, ma poétesse préférée –, je la vois dans mon souvenir toujours déjà vieille. Alors qu'elle a dû être une jolie blonde aux yeux bleus translucides comme lavés à l'eau de Javel. Tant que la sève du sexe ne m'était pas encore montée à la tête, tout se passait sans heurt. À partir du moment où je me suis parfois enfermée dans ma chambre avec un de mes prétendants, notre relation s'est compliquée. Elle se sentait obligée de passer la tête et de demander hypocritement : « Tout se passe bien les enfants ? »

Qu'est-ce qui aurait pu mal se passer ? Où était le mal ?

Elle m'avertissait, me soupçonnant de m'être roulée sur la pelouse dans les bras d'un garçon : « Tu sais que seuls les porcs font ça, c'est un truc dégueulasse. » Quel truc, quel mal, quel ça ? Le ça m'intéressait énormément et de plus en plus. Je ne pouvais pas m'empêcher de penser que la fameuse scène primitive, le coït des parents, que les enfants guettent à travers le trou de la serrure, n'avait pas eu lieu. Je ne voyais pas mon père et ma mère mêlés érotiquement. J'avais décelé le mortel ennui logé dans le lit conjugal. D'ailleurs, en allemand, il y a une expression pour dire « faire l'amour très plan-plan » : « *Beischlafen* », sommeiller à côté. Tranquille, tranquille. Nul soupçon de galipettes amoureuses, d'exultations charnelles. Mon père devait courir les jupons ailleurs. Et ma mère, en Fricka silencieuse et sévère, réprimandait, au nom de la morale, son Wotan, époux volage.

Peut-être pensait-elle que faire l'amour sert uniquement à se caser ? Ou à faire des enfants ? Ou mon père fut-il un mauvais amant ? Ma mère avait-elle ressenti du désir pour un autre homme ? Mon oncle Fred par exemple, rencontré à Breslau près d'Auschwitz dix ans auparavant ? Contrairement à mon père, Fred s'était enrichi pendant et après la guerre dans le textile de luxe. Il possédait une belle et grande maison au charme bavarois à quelques kilomètres de Munich. Y passer les vacances signifiait grimper socialement d'un échelon. J'avais 16 ans. C'était l'été. Je dormais sur le canapé quand, un petit matin, l'oncle a surgi des incertitudes de l'aube. Il s'est approché et a tenté de me tripoter les seins. D'où m'est venue la force de le repousser ? Je ne sais pas. Je l'ai regardé dans les yeux. Je lui ai posé une question : « Tu te prends pour qui ? » Ce fut la bonne question. Perplexe, il s'est enfui. Oui, pour qui se prend un oncle, un père de famille, un voisin quand il s'apprête à violer une nièce, la fille de la maison d'à côté, la dactylo de l'entreprise dont il est le patron ? Se prend-il pour un héros ? le roi de la bande ? l'impuni ad vitam aeternam ? Il ne se prend pas, c'est sûr, pour le salaud qu'il est.

Je raconte cet épisode à ma mère incrédule. Comment cet oncle, riche, généreux et bienveillant, aurait-il pu ? Ce sont des fantasmes de jeune fille aux hormones échauffées. Faut-il le réprimander ? Bien sûr que non. Quand, des années plus tard, ce même oncle débarque à Paris pour enfin mettre la main sur sa proie désignée depuis longtemps et réparer l'humiliation, ma mère préfère encore cacher le mal sous le tapis. « Paris rend les filles folles », me lance-t-elle.

À Paris, l'oncle Fred m'invite dans un bon restaurant au coin de la rue Saint-André-des-Arts et de la rue des Grands-Augustins. Pendant le repas, il commence à glisser sa main sur le haut de ma cuisse. Pour le dessert, j'ai droit à une surprise : une assiette avec, érigée au centre, une glace en forme de phallus, un « Parfait », sous mon nez. Avec le serveur complice, il s'amuse à me fourrer l'engin dans la bouche. Écœurée, je me lève d'un bond.

Au passage, il arrache un pan de ma robe rouge, je suis au milieu du restaurant à moitié dévêtue. Je cours vers la porte, je la claque derrière moi.

Je n'ai jamais revu cet oncle.

Quand j'ai obtenu mon premier emploi à la télévision de Sarrebruck, rebelote. Mon chef, pour un reportage, a voulu m'accompagner. Je crains le pire. Je refuse.

Alors il téléphone à ma mère. Et ma mère me sermonne. « Mais c'est ton chef, comment peux-tu refuser une telle invitation ? »

Je me suis sentie trahie. Avec l'impression qu'elle m'encourageait à me prostituer. Ce petit chef libidineux, évidemment, s'est vengé en me collant tous les samedis un mini-reportage sur les églises du Land de la Sarre. Pieux journalisme qui me valut assez vite le surnom de sainte Maren.

Coucher avec son chef, est-ce un passage obligé pour réussir dans la vie ? Je percevais la frustration de ma mère. Pourquoi me poussait-elle dans ses bras ? Par opportunisme ? Par amertume ? Ou parce qu'elle n'avait pas obtenu avec mon père le statut auquel elle voulait prétendre ? Ni la jouissance non plus. Goodbye les conseils de Maman, goodbye la fausse morale bourgeoise. J'ai coupé le cordon. Je n'ai pas été violée parce que je me suis défendue comme je le pouvais contre le harcèlement. La formule « tu te prends pour qui ? » m'a servi à plusieurs reprises. Comme une lame opérant une castration.

Quand le mouvement MeToo a déferlé, j'ai ressenti une jubilation intense, comme le braquage d'une banque qui renfermait dans ses coffres les offenses faites aux femmes depuis des siècles. Soudain tout a explosé. J'en ai éprouvé aussi une grande tristesse. Est-ce ainsi que les hommes vivent ? « Il faut beaucoup aimer les hommes. Beaucoup, beaucoup. Beaucoup les aimer pour les aimer. Sans cela, ce n'est pas possible, on ne peut pas les supporter », disait Marguerite Duras, non sans ironie.

La mort de ma mère m'est passée sous le nez. Je l'ai vue arriver sans l'éprouver. Pourquoi une phrase aussi glaciale me vient-elle à l'esprit ? J'ai certainement été injuste envers elle. Il est vrai que j'ai raté sa mort. De quelques heures. Je ne l'ai pas entendue m'appeler. Sur son lit d'hôpital, elle m'avait soufflé deux phrases sidérantes. L'une : « Écoute-moi, j'ai rêvé, imagine-toi, que je baisais avec Karl l'infirmier. » Je me suis dit que l'approche de la mort lève toutes les inhibitions imposées par la société. Elle m'a dit aussi : « Le pire tu sais, c'est de ne plus avoir de larmes. »

Tout en elle semblait déjà tristement asséché depuis longtemps. Lors de mes rares visites précédant sa disparition, nous restions face à face, sans mots, un regard muet sans tendre pitié. Entre une mère et sa fille, rien. C'était mort avant que la mort ne prenne les commandes. De par ma faute ? Je ne sais pas. À un moment le muscle du cœur a pris un faux pli.

« Il est de par le monde un grand miracle, je le sens : toute vie est vécue. » (R.M. Rilke).

L'agression russe a commencé cet hiver 2022, un hiver glacial qui depuis fige nos esprits. Compter les morts tous les jours me rappelle une chanson de mon enfance.

« *Sag mir wo die Blumen sind… Was ist geschehen ?… Sag mir wo die Soldaten sind… Über die Gräbern weht der Wind.* »

« Dis-moi où sont passées les fleurs… Que s'est-il passé ?… Dis-moi où sont passés les soldats… Le vent souffle sur les tombes. »

Cette chanson à la voix grave et vibrante encore des souvenirs de la guerre, la voix de Marlene Dietrich, avait ému le peuple allemand, toutes générations confondues, et fait naître la ferme volonté de ne pas réitérer cette barbarie meurtrière.

Et maintenant ?

Doit-on entrer en guerre ? « Plus jamais ça ! », avons-nous juré après le désastre des deux guerres du XXe siècle. Mais si le mal recommence ?

J'ai traversé soixante-dix-huit ans, une longue période de paix après la fin de la Seconde Guerre mondiale. Mon âge. Cette paix qu'on croyait éternelle n'a-t-elle été qu'une pause ? Les vieux démons se réveillent, des êtres humains se muent en monstres, une macabre jubilation se lit sur les traits des agresseurs. La violence est leur plaisir. Et nous ? Paix et abondance engendrent-elles des lâches, comme l'écrivait Shakespeare ?

Nos engagements d'antan, boostés par notre utopie de jadis, se sont soldés par une certaine lassitude, un manque de désir. On renonce ou pas ? À mon âge, encore une fois je me relance ? Tous les matins, même combat. L'impuissance du mal de vivre ou l'énergie d'affronter le mal ? Être du côté des vivants ou du côté des mourants ? Cette bascule, cette lancinante incertitude avant le naufrage, c'est encore et toujours la vie. Une vie qui change et me change. Alors quoi ? Je continue à être de la partie, à jouer les quelques cartes que j'ai en main, l'atout que ceux qui propagent la haine restent minoritaires. L'abêtissement du peuple progresse de jour en jour, allant droit à la catastrophe. Comment ne pas penser à ce qui s'est produit dans le passé ? Y penser ! À l'horreur. Parfois je bluffe, je fais semblant d'être de bonne humeur avant de dire *Good night and good luck*. Pardon, je me couche. Pendant la nuit, je vois de jolies séquences, joie et amour pour tous les êtres. Au réveil, pointe la folie du jour qui augure le pire. Le pire ? Pas la mort d'une octogénaire qui a fait son temps, c'est dans l'ordre des choses. Mais la mort de l'humanité si elle n'entre plus en résistance pour empêcher les diables d'avoir le dernier mot. J'ai peur mais je ne vais pas en parler aux enfants. Il ne faut pas les désespérer. Je m'en voudrais de gâcher leurs jeunes années. L'illusion est le sel de la marche, et à leur âge, il faut avancer.

Quand sonne le glas, une nouvelle ère commence.

Au tableau de famille manque ma sœur, Ingrid, appelée Kiki. Comme nous tous elle fut un produit de son époque.

Elle était mon aînée de onze ans. Donc pas tout à fait la même époque que moi. Elle se tenait à côté de notre mère à Breslau en Pologne, à la frontière de l'Ukraine, pendant la guerre. En cette année 1944, il fallut à ma mère enterrer son père, fauché par une bombe, et sa sœur, femme d'un officier SS violent envers elle. Cette tante mourut sur la table d'accouchement. Personne ne comprit pourquoi ni comment. Il semblerait que le médecin novice ait oublié des ciseaux dans son ventre. D'après les rumeurs, elle avait été la plus belle femme de la famille, la plus convaincue aussi du monde glorieux qui allait arriver avec la victoire de l'armée du Troisième Reich. En mémoire d'elle ma mère me donna comme deuxième prénom le sien : Helga. Ma mère et ma sœur étaient des alliées dans cet enchaînement de malheurs que ma mère gérait avec un admirable courage, jusqu'à intégrer dans son foyer le bébé mâle né de sa sœur morte en couches. Mon arrivée un an plus tard fut inattendue. Une surprise.

Je connais la date et le lieu exacts de ma conception. Février 1945 moins 9 mois. Mes parents habitaient alors en Pologne, à proximité d'Auschwitz. J'imaginais que, de leur balcon, ils voyaient passer le cortège des déportés vers les chambres à gaz. Le soir, ils faisaient l'amour et donnèrent naissance à un deuxième enfant. La mort et la vie simultanément. Le crime m'a fait venir au monde. J'ai le grand âge des grands crimes. Pas morte.

Après avoir fui la Pologne envahie par l'Armée Rouge, nous avons vécu à Flensbourg, à la frontière du Danemark, ville tantôt allemande tantôt danoise selon les départages de l'Histoire. Ma sœur fréquentait le lycée danois. Avant d'entamer une carpe au raifort, carpe qui avait gigoté dans la baignoire avant de recevoir le coup de grâce assené avec vigueur, mon père nous rappelait sa devise :

« *Denke mit Ehrfurcht an Gott, an die Menschen mit Liebe, mit Ernst an deine Pflicht.* »

« Pense à Dieu avec respect, aux hommes avec amour, avec sérieux à ton devoir. »

Après le déjeuner, on remerciait pour le repas en danois : « *Tak for mad* » avec cette pieuse humilité protestante du nord de l'Europe qui ne s'était pas rendue coupable pendant la guerre.

Que faisait mon père ? Il travaillait sur des chantiers en attendant une promotion. J'avais 7 ans lorsque nous avons déménagé dans le Palatinat, au sud de l'Allemagne, où la construction d'un aéroport militaire le réclamait. Aller d'un endroit à l'autre était monnaie courante. Beaucoup d'Allemands, chassés de l'Est, devaient se couper de leur origine et trouver refuge ailleurs. Ma sœur resta sur place terminer sa scolarité.

Quelques années plus tard, Kiki nous rejoignit à Zweibrücken. Là, elle rencontra Don, un officier américain. Il garait sa MG verte décapotable avec sièges en cuir beige devant la maison et l'emmenait faire des tours dans les environs. Ils se marièrent à toute vitesse. L'Amérique à l'époque représentait l'Eldorado dont tout le monde rêvait. Ne plus subir le poids d'un passé allemand mais choisir la destination prometteuse d'un ailleurs agitait tous les esprits. Ma sœur était de cette trempe-là. Elle est donc partie au bras de son époux et j'ai vu mon père pleurer pour la première fois. Il a dû imaginer qu'il ne reverrait plus jamais sa fille. Tellement loin paraissait l'Amérique, cet immense et admirable continent. Les avions n'existaient pas encore pour les civils. L'immense bateau tel le *Titanic*, qui attendait à Bremerhaven pour la traversée de l'Atlantique, pouvait faire naufrage et engloutir sa fille à tout jamais.

Depuis, j'aime voir les hommes pleurer. Ils deviennent alors si tendres.

La traversée dura trois semaines. Leur mariage, six mois. La destination finale les amena à élever du bétail dans un ranch de l'Arizona. Mais Kiki a fui. Elle n'a pas pu se débrouiller dans ce Far West des cowboys, se trouvant au lit plus souvent avec des scorpions qu'avec son mari.

Des années plus tard, à New York, Kiki rencontra l'homme de sa vie : Paul, un Juif ashkénaze de 35 ans, le même âge qu'elle. Ils rentrèrent en Europe ensemble annoncer leur futur mariage. Mes parents furent très contents. Les parents de Paul, pas du tout. Ils interdirent à leur fils d'épouser une schleue. Paul partit pour l'Israël sans laisser d'adresse. Sur ses traces, ma sœur intégra un kibboutz où elle travailla longtemps dans l'espoir de croiser à nouveau le chemin de son amour. Elle n'a jamais retrouvé Paul. Sa vie de femme était fichue. Elle a vécu seule pendant encore quarante années. À sa mort, en juin 2011, selon sa dernière volonté, nous avons plongé l'urne avec les cendres au large de la mer Baltique. J'ai toujours pensé qu'elle était morte de chagrin.

Les trois garçons

Mon petit-fils Paul-Minh me rassure : « Momo tu te portes comme un charme. » C'est pourtant un grand âge que le mien. Des balais. 78 balais. Une quincaillerie. Sauf que je ne me sens pas grande, je n'ai pas beaucoup grandi. Ce que j'ai su très tôt de ces moments de pure enfance, c'est que je n'appartenais pas à cette société d'anciens nazis. Le ver subsistait dans le fruit, je l'avais repéré, je le repère encore. La terreur toujours là, en sourdine. Cependant, il me semblait que l'avenir pouvait être meilleur, ce n'était pas foutu pour l'éternité grâce à quelque chose que seuls les poètes savent nommer : le principe d'espérance.

« Tu es un album de poésie à toi toute seule, Maman. Tu te souviens quand Stéphane Hessel et toi récitiez par cœur des dizaines de poèmes en français et en allemand ? On était tous bluffés ! », me rappelle ma très littéraire grande fille, Katia.

Je lui réponds :

« La poésie en a aidé certains à survivre dans les camps. »

De la petite fille que j'ai été, je me souviens qu'elle voulait se sauver du mal entrevu un jour dans la cave de ses parents. C'était à Flensbourg, où je suis née, à la frontière de l'Allemagne avec le Danemark. Mes parents avaient quitté la Pologne pour se réfugier chez mes grands-parents maternels. Dans leur cave s'entassaient des conserves, des pommes alignées sur des étagères en bois, des harengs marinés, un tonneau de cornichons. Et un album-photos. Cette petite fille tourne les pages. Une photographie brûle sa rétine : des silhouettes d'hommes – elle les voit de dos – se tiennent devant un jeune gradé en uniforme, croix gammée accrochée. Un lieutenant, le donneur d'ordre peut-être, montre l'exemple. Un sourire satisfait s'esquisse sur ses lèvres. Il jouit de ce qu'il fait. D'un geste brusque, il vient de trancher la chair du ventre d'une femme. On voit mêlé à ses entrailles un corps minuscule. Un fœtus. La femme est allongée, sa bouche figée dans un cri, ultime rictus d'un corps déjà mort. Le mal dans toute son obscénité… Ça s'est passé quand ? À quel endroit ? La petite fille n'en sait rien. Et les autres soldats ? Des témoins consentants, des complices qui eux aussi extirpaient des ventres maternels, à coups de couteau, des enfants à naître qui ne naîtront jamais ? Sidération de l'enfant devant une scène barbare. Une photographie, authentique, incontestable. L'Homme est donc capable de commettre des actes innommables. Fini l'âge de l'innocence. Je suis saisie d'effroi. Le mal existe. Mon imaginaire se nourrit, depuis cette découverte, d'une sourde inquiétude. Pourquoi cette photo se trouve-t-elle dans la cave des parents ?

Que faisais-je seule dans cette cave ? J'ai vu prématurément ce qu'il ne faut pas voir. Je vivais ma première expérience face à une réalité insoutenable. Sous la contrainte de l'image, une pensée m'est venue en forme de soupçon. C'était bien des hommes, identiques en apparence à ceux que je croisais tous les jours, qui achevaient là, satisfaits, mère et enfant. Une scène où les hommes se délectent du pouvoir qui tue ? Comment oublier cela ?

Si aujourd'hui à nouveau on fabrique des armes, c'est évidemment pour s'en servir. Et pour s'en servir il faut des hommes durs au combat. Sous la pression du régime de Poutine, retour donc au culte de la virilité guerrière, à la domination toxique d'un genre. Alors que les hommes aussi en ont beaucoup souffert.

On prétendait que, grâce à une naissance tardive, nous n'avions pas à nous soucier de l'ombre jetée du passé. Mais si nous ignorons l'ombre, nous nous désavouons nous-mêmes. Ceux qui préfèrent vivre sans ombre restent à jamais dans l'obscurité.

« *Und Kinder wachsen auf mit tiefen Augen, wachsen auf und sterben* ». (Hugo von Hofmannsthal). « Des enfants grandissent avec des yeux profonds, grandissent et meurent. » J'ai grandi avec des yeux profonds. Alors le seul salut : me réfugier dans la clairière des poètes. Entrer en résonance avec le monde à travers eux. Leur accorder ma confiance. Cette confiance ne m'a jamais quittée.

À l'âge de 14 ans, un homme croise mon chemin. Un homme bon. Albert Schweitzer. Médecin. J'entre dans son univers, je ne sais plus comment. Ce qu'il dit est simple et puissant : « Le bonheur est la seule chose qui se multiplie quand on le partage » ou « La gratitude est le secret de la vie. Celui qui a appris cela sait ce que vivre signifie ». Ses paroles me semblaient être en parfaite cohérence avec ses actes. Il est protestant pratiquant, philosophe alsacien. L'école élémentaire, mon école, à Zweibrücken, porte son nom. En 1953 on lui a attribué le prix Nobel pour avoir fondé à Libreville, au Gabon, un hôpital pour soigner les enfants malades d'épidémies et de malnutrition. Mon idée : le suivre dans la jungle africaine, l'assister dans son œuvre. Devenir une sainte au service du Bien. Je ne l'ai pas suivi, j'avais 15 ans, je vivais avec mes parents. Mais dorénavant je savais : il y a la laideur de ce que font subir les hommes et il y a la beauté du monde. Il y a le mal dans l'Histoire et la bonté qui se niche au fond de l'être humain. Il y a Adolf Hitler et Albert Schweitzer.

À l'époque de mon adolescence, entre 16 et 17 ans, j'accroche en grandes lettres au-dessus de mon lit la devise d'Antigone : « Je ne suis pas là pour partager la haine, mais pour partager l'amour. » Et dans mon journal intime j'ai écrit aussi : « J'ai trois amoureux. »

Avec Norbert, fils de médecin, grand notable de la ville, catholique pratiquant et voisin, nous formions un couple très convenable, tout désigné pour mener le bal de fin d'année dans la *Festhalle,* la salle des fêtes et centre culturel de Zweibrücken situé entre les écuries et le somptueux jardin des roses. Avant de s'y rendre, mes copines sont venues à la maison et ma mère les a couvertes de compliments, faisant l'éloge de la beauté de leurs tenues, de leurs robes en organdi rose bonbon ou bleu pâle. J'étais un peu dépareillée, me faisait-elle comprendre, dans ma robe bleu indigo brodée de petites fleurs blanches. Pourquoi vouloir faire exception ? Mon partenaire allait, c'était inscrit, faire des études de médecine et succéder à son père. Un futur « poulet », selon ma définition : une petite bête timorée dans son enclos mais qui peut, sous les ordres d'un coq, picorer la chair des autres jusqu'au sang. À mes yeux, Norbert possédait pourtant un atout : son ventre concave me semblait indiquer un penchant pour l'intériorité, un creux prometteur. Notre futur mariage aurait enchanté mes parents. Mais mon amour n'allait pas à Norbert, fils du voisin. Mon amour s'appelait Reinhold, traduit par « Enclin à la pureté ». Des traits slaves, des sourcils épais en V comme vampire, étonné de se trouver dans ce monde, un être ténébreux auquel on ne s'attendait pas. Reinhold se préparait à un destin d'artiste.

Mes parents faisaient la grimace, se méfiaient de lui, les professeurs du lycée également. Sur son visage se lisait une folle passion maléfique. Qui sait où cela peut mener. On nous considérait comme les enfants terribles d'une société parfaitement réglée. Reinhold venait me rendre visite dans ma chambre les dimanches après-midi. Il nous arrivait de fermer la porte à clef parce que nous étions absorbés par l'écoute immodérée d'un disque : *Jazz und Lyrik*. Jazz et Poésie. Les poèmes étaient signés Gottfried Benn, chirurgien de métier qui avait vu la misère humaine sous son scalpel après le massacre de la Première Guerre mondiale. Tout était déjà vu, déjà vécu, déjà perdu. Pendant toute son existence de chirurgien, Gottfried Benn n'avait œuvré qu'avec des restes de corps humains, un sein encore blanc dévoré par le cancer, l'odeur des cadavres à découper dans la morgue, une jambe amputée, un bras atrophié, le ventre d'une noyée où logeait un nid de rats, l'urine, le sang, les excréments. Cette horreur avait aiguisé son imagination et fait de lui le grand poète de la fichue condition humaine. « J'ouvre un homme tel un livre », écrivait-il. Dans les années 1920-1930, le mal se profilait sous la bannière de la croix gammée, mais Hitler, il ne le vit pas venir. Lui qui vivait le nez dans l'horreur ne pouvait pas imaginer que le pire du pire puisse arriver une décennie plus tard. Ses amis s'enfuirent. Klaus Mann, écrivain, Paul Hindemith, compositeur, lui demandèrent de justifier sa passivité. Gottfried Benn ne bougea pas, il resta. Partir aurait été trop facile. Parce qu'il aimait la mort. Donc il resta en Allemagne, cela va de soi. Il conçut quinze poèmes, allongé dans sa baignoire d'eau chaude pour soigner son eczéma. Pour l'homme c'est foutu. Pourquoi vivre ? demande Benn avant de donner sa réponse : « On n'est pas obligé. »

Éclaboussures et éblouissements, il fut la grande figure emblématique de l'expressionnisme allemand, et l'amant un peu monstrueux de Else Lasker Schüler, ma poétesse adorée du *Das blaue Mein Klavier*, « Mon Piano bleu ». Bleus étaient aussi les chambres glaciales des hôpitaux et le ciel perdu des amants.

Jazz et poésie. Les poèmes de Benn étaient scandés par la belle voix de l'acteur Joachim Westhoff, accompagné par les rythmes alarmants des percussions de jazz. Reinhold et moi avions la chair de poule, froid dans le dos, en écoutant ces sons, tels des coups du destin qui annonçaient l'apothéose. Nos petites vies quotidiennes n'offraient guère de surprises. La vraie vie, celle qui fait trembler des pieds à la tête, qui provoque des rencontres avec Dieu ou le Diable, celle qu'on signe avec le sang de l'encre, se trouvait ailleurs.

Un dimanche, nous nous sommes réunis pour prier à la lumière de chandelles, sous le choc de l'annonce de la mort d'Albert Camus, fracassé contre un arbre dans un accident de voiture en plein jour. Nous avons lu, en guise de souvenir, des passages du *Mythe de Sisyphe,* un condensé de l'absurde labeur humain. Nous étions accablés. Camus avait des mots si tendres en évoquant son enfance sur les plages de la Méditerranée. Nous l'aimions d'autant plus que sa fin fut prématurée. Le 9 janvier 1960. Nous avions 15 et 17 ans. J'ai lu plus tard le poème que René Char, son ami, lui a consacré, « L'éternité à Lourmarin ». « *Il n'y a plus de ligne droite ni de route éclairée… avec un être qui nous a quittés… Pourtant cet être supprimé se tient dans quelque chose, de rigide, de désert, d'essentiel en nous, où nos millénaires ensemble font juste l'épaisseur d'une paupière tirée.* »

Les enfants terribles, Reinhold et Maren, une fin d'après-midi d'été, se donnèrent rendez-vous sous un arbre pour suivre le cours des nuages. Soudain, les parents accompagnés de gendarmes débarquèrent et ramenèrent les deux coupables, chacun dans son foyer. Beaucoup de bruit pour rien. Absence de délit. Si ce n'est le romantisme en toute innocence d'un amour naissant. Reinhold et moi étions timides ou interdits par nos religions, lui par le catholicisme, moi par la rigueur ascétique protestante. Puis les nuages passent et on se souvient trop tôt de l'inévitable chagrin d'amour. On devient triste. Le sexe dans ces années-là n'était pas encore accessible en permanence pour tous sur un simple clic. Alors nous nous faisions la cour à la manière des troubadours.

« *Wenn nicht die Wolke dagewesen wär. Sie war so leicht und ungeheuer oben... Und als ich aufsah, war sie nicht mehr da.* » (Bertolt Brecht).

« S'il n'y avait pas eu le nuage, si léger et terriblement haut... Lorsque j'ai levé les yeux il avait disparu. »

L'amour qu'on espère éternel s'avère fugitif, mais le passage d'un nuage reste pour toujours dans la mémoire. Un an après cette fausse mise en accusation de ma liaison avec Reinhold, mes parents m'envoient passer les vacances chez ma sœur en Amérique. La distance allait mettre fin à la maudite relation. Je découvre le Nouveau Monde. La musique de Gershwin, *Porgy and Bess*, Ray Charles, Frank Sinatra. Je salive devant des banana split, expérimente les hamburgers. Mais tous les matins je me demande quand mon amoureux va débarquer. Reinhold s'est glissé sur un paquebot de marchandises et traverse l'Atlantique pour me rejoindre. Me l'a-t-il fait croire ? Ai-je rêvé ? En tout cas le rêve est resté rêve. Je suis en train d'endurer un tragique destin de jeune fille.

À mon retour j'écris pour le journal local *Die Rheinpfalz* mon premier article publié : « Une fille de chez nous découvre New York. » Toute la ville était au courant, Reinhold et moi sommes ce couple malheureux séparé de force. « *Es waren zwei Königskinder, die hatten einander so lieb* ». « Ils furent deux enfants de rois qui s'aimaient tant ».

Lui et moi avons dû nous prendre pour des êtres rares. Et c'est à mon retour d'Amérique que mon fol amour mystérieux m'annonce qu'il a une copine. De surcroît elle est tombée enceinte. Il n'était pas question d'avortement bien entendu dans les milieux conservateurs d'une petite ville de province. Cette annonce qui changeait mon amoureux en futur père de famille m'a fait tomber des nues. Le temps était venu de descendre des sphères célestes et de m'agripper au réel. J'ai donc commencé à accumuler des aventures, sans autre ambition que de les compter. Tout en pleurant la perte de mon premier très grand amour.

Un troisième garçon se présenta : Volker. Volker se promenait toujours seul sur le trottoir opposé de celui où étaient rassemblées des bandes de garçons. Il faisait semblant de les ignorer. Il s'habillait en noir, comme sa mère, marchant à grandes enjambées un peu rigides tel un adulte. Il ne se joignait jamais aux jeux de ses camarades de classe, fils unique d'un couple d'ex-nazis qui venaient prendre le café de temps à autre chez nous. Nazis ils avaient été, nazis ils seraient toujours. J'entendais au salon des propos nostalgiques de la Grande Allemagne du Troisième Reich. Je ne comprenais pas pourquoi mes parents les recevaient. Ces gens puaient la mort. Volker parfois les accompagnait. Nous nous isolions dans la cuisine pour discuter ensemble. Volker savait tout du passé de ses parents et ça le minait. Il souffrait aussi de la souffrance des femmes. Un jour, quelques semaines avant sa mort, il m'a offert un livre : *Diotime Schule Der Liebe* (l'École de l'Amour). En me disant ceci : « Je suis homosexuel, je ne peux donc pas t'enseigner l'amour physique. Mais je veux te protéger. Les hommes sont d'une grande brutalité avec les femmes. Je ne supporterais pas qu'ils te fassent du mal. Alors lis ce livre. Il t'apprendra la beauté de la communion des corps inspirés par la divinité Amour. »

J'ai précieusement gardé le livre. Il se trouve toujours dans ma bibliothèque. Un peu plus tard, Volker s'est jeté du balcon du quatrième étage de la maison de ses parents. Enterrement en toute discrétion. L'homosexualité était considérée comme une maladie honteuse. Plus honteuse que l'appartenance au bataillon des SS. Quel SS a jamais exprimé un regret ? A-t-on vu après la guerre un seul criminel nazi, à part Heinrich Himmler, se couvrir de honte et mettre fin à sa vie ?

Ces trois garçons frôlés à l'adolescence, aimés, je les ai retrouvés pendant toute ma vie amoureuse. Toujours en résonance avec mon passé. J'allais vivre dans l'attente d'un feu qui soudain se déclare. Chaque nouvel amour n'est pas une nouveauté mais se superpose au précédent, comme déjà les premiers se sont nourris de fictions divinatoires, proposant des lignes de vie.

Que sont devenues mes aventures d'antan, je l'ignore. Cela ne m'a pas intéressée. Je suis partie dans un ailleurs, guidée par l'idée de renaître et cela jusqu'au bout, car pour moi, la mort peut aussi se révéler un nouveau début.

Sous forme de papillon ou de crapaud ? Quelle importance ! L'univers est plein de créatures, dont nous faisons partie. Et ce que nous avons pu faire ou ne pas faire dans ce monde, n'est en aucun cas suffisant par rapport à nos prétentions. Il y a une multitude de mondes, que souvent nous ne remarquons pas. Celui de nos morts qui, à partir de leur monde, nous mettent en garde « *Mensch, werde wesentlich !* », « Toi, homme, tends à l'essentiel ! »

Alors j'ai écouté les *Gurre-Lieder* de Schönberg : « *die Zeit ist um* », j'ai lu le poème *Nevermore* de E.A. Poe, *La Colonie pénitentiaire* de Franz Kafka, *Le Monde d'hier* de Stefan Zweig et tant d'autres fictions prophétiques qui annoncent le mal comme une inévitable apothéose de la modernité, un mal, qui, comme jadis et à nouveau, gangrène la société.

J'ai essayé de fuir les frayeurs et la bêtise, et me suis arrêtée quand quelque chose me semblait beau et juste. Parfois la grâce dure, parfois non. Le temps abîme les grandes convictions, ce qui demeure cependant est l'œuvre des poètes. Adolescente déjà je le savais. Ma vie n'a été rien d'autre que l'affirmation de ma fidélité à ceux qui chantaient à mes oreilles la présence du divin dans la beauté enchantée par une forme.

2.

Nous voulons tout et encore

À Zweibrücken, le lycée des langues modernes, le *Neusprachliches Gymnasium*, mixte, est situé au flanc d'une colline. Le lycée des langues anciennes, l'*Altsprachliches Gymnasium*, lui, est réservé aux garçons, dans le centre historique de la ville, près du château. Les deux se mélangent pour des cours de danse, des événements sportifs et culturels. L'assassinat de J.F. Kennedy, le 22 novembre 1963 à Dallas au Texas, provoque la stupeur de tous. Soudain, d'interminables minutes de silence nous réunissent dans un même deuil. Cette grande nation qui nous a délivrés du mal hitlérien abrite aussi des assassins ? C'est à peine pensable. Depuis son large sourire et son discours à la mairie de Schöneberg à Berlin, « *Ich bin ein Berliner* », quelques mois auparavant, JFK est le héros de la jeunesse. Ça marche bien à l'époque entre les Américains et les Allemands. Ils partagent un point commun : l'ignorance. Pour les Américains, le massacre des Indiens. Pour les Allemands, l'extermination des Juifs. Les « modernes » se voient les adeptes d'un renouveau démocratique, les « anciens » comme les gardiens des traditions. Lesquelles ? En plus du grec et du latin, enseignés également chez les « modernes », un rite les désigne futures élites de la nation : le bizutage. Fils de parents ayant gardé ou reconquis un statut de notables, les anciens forment une petite société à part. Pour y être admis, les novices doivent se soumettre à quelques cérémonies d'initiation. Comme « fiancée » d'un des leurs, mon voisin Norbert, j'ai accès aux concours d'excellence en tant que spectatrice. Je constate qu'on initie ces garçons pubères à boire énormément, jusqu'à trente chopes de bière, sans rouler sous la table. Un endroit à l'air frais est prévu à proximité, où je vois leurs silhouettes complètement ivres se précipiter pour vomir et uriner à une cadence effrénée. Ceux qui ne tiennent pas debout sont moqués, recalés, humiliés. La fratrie se veut virile, digne de monter en grade, jusqu'au combat au sabre plus tard dans les universités. Certains s'accordent à s'automutiler en s'infligeant une entaille sur la joue, une balafre marque à vie les nouveaux élus, voués à la reconquête du Graal. Ont-ils le cœur pur ? Bien que vaincus, démasqués, ils prétendent agir selon un code d'honneur. C'est suspect, glauque et pitoyable. Mais à cette époque, les années 50 et 60, la mentalité nazie continue à gangrener la société sans s'avouer coupable, sans mettre encore un nom sur le désastre : Holocauste. De toute ma vie, je n'ai pu avaler une seule bière. Où que j'aille, je repère instinctivement cette odeur nauséabonde des confréries d'hommes porteuses de malheurs.

Les garçons de mon lycée, les « modernes », jouissent de moins de prestige. Sans pour autant être moins intelligents. Une majorité de filles les scrutent de près. Le grand talent de la classe est mon amie Birgit. Port de girafe, élancée, rousse, elle dépasse la marmaille. Moi, en revanche, je me distingue par mon corps potelé et mon insolence. « Mops » est mon surnom, ce petit chien joueur au poil court connu pour son caractère sociable et affectueux. En bouffon assumé, je profite de mon statut de représentante et porte-parole de la classe (*Klassensprecherin*) pour me cacher dans un placard et faire le pitre en ridiculisant les propos de certains profs. Parfois j'amuse la galerie, parfois je me fais gronder. Sans mon amie Birgit, en tout cas, ma future vie d'intellectuelle se serait arrêtée à la première épreuve du bac : les mathématiques. Le nez collé sur une feuille quadrillée pendant une longue heure, je sens venir le moment où je vais la rendre telle que je l'ai reçue : blanche.

C'est là que je vois arriver sur mon pupitre une grande belle orange, l'écorce savamment détachée du fruit. Glissé entre les deux, un papier plié : le résultat. Ma prof de maths, Mme Bossi, qui surveille les examens, sachant mes piètres performances et ayant sous les yeux cet acte amical et délictueux, choisit de diriger son regard ailleurs. Grâce à cette transgression des règles, j'ai mon bac. Sans mention, sauf pour la dissertation, qualifiée de prometteuse. Dans toutes les autres matières, mes résultats sont médiocres. En sport, je déçois au moment de la compétition finale. Pour le sprint de 100 mètres, je pars en flèche et, à quelques mètres de la ligne d'arrivée, je m'arrête brusquement. Au lieu de regarder devant moi vers la victoire, je me tourne vers l'assistance, regroupée sur le côté, applaudissant mon exploit. Je pose mon index droit sur ma tempe comme font les gamins dans la cour de récréation : on est fou ou quoi ? Du coup, on rigole tous. Stupeur de ma prof d'éducation physique. Sa mission est de nous apprendre à gagner, bien sûr. J'ai agi selon mon humeur du moment. Quelle barbe de se fatiguer dans un simulacre de guerre contre des concurrents ! Souvent, l'instinct est un bon indicateur, on peut se fier à sa sagesse spontanée. Ce moment de dérision partagé, cette petite jubilation transgressive, cette éclosion de l'inattendu, m'a enchantée. Je la préfère à l'obligation de conclure, à la gloire solitaire de la performance. D'ailleurs, cette attitude se confirma dans ma vie. Je ne prends jamais, je l'espère, de plaisir à la défaite de quelqu'un. Pour me distinguer, je crois que je ne suis pas assez motivée par moi-même. D'où mes engagements collectifs en politique. D'où aussi un penchant qu'un ami philosophe résumera un jour ainsi : « Maren rit souvent sans raison. »

Je suis l'élève chouchou de ma professeure de philo et de littérature allemande, Mme Istock. Je l'adore car elle nous encourage à lire et à penser. Tous les textes qu'elle nous fait connaître servent moins à respecter le programme scolaire qu'à ouvrir notre esprit et nous orienter vers davantage de conscience. La pièce *Draussen vor der Tür* de l'écrivain d'après-guerre Wolfgang Borchert, aujourd'hui oublié, qui met en scène les corps mutilés par les bombes, nous enseigne l'horreur et la compassion. La lecture de Ortega y Gasset nous met en garde contre les effets de la massification des sociétés modernes. Le tragique destin de Ingeborg Bachmann nous fait prendre la mesure du triomphe de l'amour : *Was ist Liebe ?* « C'est quoi l'amour ? », « La salamandre traverse les flammes et ne se brûle pas ». Si sa salamandre de poésie traversait les flammes, Ingeborg Bachmann brûla durant l'incendie qu'elle provoqua à Rome en 1973 dans sa chambre d'hôtel. Un an plus tôt, son grand amour, le poète Paul Celan, s'était jeté dans la Seine, depuis le pont Mirabeau. D'où vient cette propension au suicide chez les plus grands poètes de langue allemande de l'après-guerre ? Trop de cadavres encombrent leur mémoire, « Le lait noir de l'aube, nous le buvons matin, midi et soir ». (Paul Celan). Ce lait infecte le corps. La main, fatiguée d'avoir pendant des années retenu la corde qui attache à la vie, lâche tout à coup et on se laisse tomber dans les bras de l'inconnu. Ou on repart. On fait appel aux copains et on compte les jolies filles aux seins nus sur les plages de la mer Baltique.

« Que faites-vous le dimanche ? *Ich wohne.* J'habite. » C'est le sujet proposé à l'épreuve de philo au bac. Mme Istock nous y a préparés en soumettant à notre lecture quelques chapitres de Heidegger. Est-ce que les Français habitent de la même façon que les Allemands, faisant de l'intimité de l'âme une paroisse protégée par les tatouages de leur civilisation ? Les Français n'habitent pas. Ils se plaisent à faire de la décoration avec des vieilleries d'anciens monarques en pérennisant le passé dans des cadres dorés. Pendant mes études, j'assiste à l'un des derniers cours de Heidegger à l'université de Fribourg. Il avance à tout petits pas, tête baissée, pour être sûr d'où il met les pieds, en tâtonnant vers la tribune du plus grand amphithéâtre de l'université. Un étudiant aide ce vieux monsieur à moustache, habillé d'un costume trois-pièces gris, à monter les trois marches. Reprenant son souffle, Heidegger sort un mouchoir brodé de sa poche pour essuyer les gouttes de sueur sur son front. Une fois arrivé sur scène, il est assuré de se trouver à sa place. Pas besoin de micro, il va parler, il sait que sa voix porte loin. Le brouhaha cesse sur-le-champ. Un ange passe ? Ou c'est un diable qui se tient là, droit, et capte toute l'attention ? Deux cents personnes médusées dressent l'oreille, on n'entend pas une mouche voler. Grand philosophe, certes, ce monsieur embrouille tous les motifs d'accusation de son engagement pronazi. Heidegger lit sa messe comme un porte-parole de l'au-delà. Lui, dont la pensée voue l'Homme à la mort, parle déjà d'outre-tombe. Il transforme la faculté en cathédrale. Dans mon souvenir, son cours nous projetait dans le texte de Hölderlin, et ce qu'il savait, il le disait du dedans du poème à force de l'habiter.

Personne n'ignorait qu'à la fin des années 60, Martin Heidegger avait laissé Paul Celan attendre devant la porte de son chalet à Todtnauberg, sans lui dire les deux mots que le poète attendait : « Je regrette. »

Ainsi peut se résumer également l'entretien qu'il accorda au magazine *Der Spiegel* en 1976. Une interview qui fit scandale. Pas d'excuses, pas de remords, malgré des millions de morts.

Il manquait à Heidegger l'humilité. Je ne l'estime pas. Mais je plonge avec délectation dans sa langue abyssale.

La même Mme Istock me mit sur les planches de l'amphithéâtre pour interpréter l'Antigone de Sophocle et ensuite *La Visite de la Vieille Dame* de Friedrich Dürrenmatt, qui rendait grotesque le monde corrompu du capitalisme et de ses esclaves. J'avais un petit talent pour les planches mais il en aurait fallu un grand pour devenir comédienne.

Pour mieux encore connaître l'état d'esprit de son élève préférée, Mme Istock avait demandé à ma mère de visiter ma chambre. Sur les étagères se trouvaient déjà des quantités de livres et autant d'animaux en peluche, les fameux doudous de la marque Knopf im Ohr, petits objets fétiches des jeunes filles allemandes. Elle déclara à ma mère que sa fille naviguerait entre galipettes et gravité, câlins et castagne, empathie et engagement.

Je me souviens aussi de la flamboyante Mme Kremlitz, mariée avec des enfants. Elle enseignait le français avec une énergie contagieuse, toujours de bonne humeur. Une femme épanouie, qui ajustait en harmonie sa vie privée à sa vie professionnelle. Elle me félicitait de ma prononciation en français, sa langue de cœur. « Tu parles comme si tu étais du pays », me disait-elle.

J'avais entamé une correspondance avec une jeune fille française, initiative encouragée par le programme de jumelage des villes France-Allemagne. Jacqueline était venue passer un mois chez nous à Zweibrücken, j'avais séjourné un mois à Boulogne-sur-Mer. Au retour j'avais grossi de cinq kilos tant j'avais pris plaisir à manger. En France, la « bonne bouffe » se place au centre des jouissances terrestres. Soufflé au fromage en entrée, œufs à la neige au dessert et entre les deux le plat principal, souris d'agneau ou rôti de bœuf. Sans oublier le plateau de fromages. Pendant tout le repas, on se sert du pain dans la corbeille sur la table. À ce régime, comment font les maîtresses de maison pour afficher une silhouette plus svelte que celle des Allemandes ? Mystère. Peut-être le souci affirmé de se montrer et d'être vues comme des femmes désirables. Les garçons sur la plage de Boulogne-sur-Mer, tout un été, m'ont enseigné le volley-ball et comment embrasser sur la bouche « avec la langue ». Quand le cœur y est, toutes les amours sont innocentes. Plus tard, Jacqueline m'enverra par la poste un petit disque 45 tours, le premier de la chanteuse Barbara… « Dis ! Quand reviendras-tu ?… » Un répertoire triste et délicieusement palpable. Ses tourments et ses joies, on finissait par les avoir dans la peau. Je l'écoutais, recroquevillée dans le fauteuil en similicuir du salon. En boucle. Jusqu'à vibrer moi-même de toutes les tendres nuances du désir tout en apprenant des mots qui n'appartenaient pas encore à mon modeste vocabulaire. « Le clapotis du bassin qui se remplit », dans « Pierre », ou dans « Göttingen » : « Mais les enfants ce sont les mêmes à Paris ou à Göttingen. » Ou encore : « Une petite cantate » qui donne à entendre un chagrin qui ne peut pas se dire.

Mon initiation sentimentale, pas à pas, note par note, phrase par phrase, se peaufinait. Blottie dans une chambre d'écho aux multiples résonances, j'attendais que la vie vienne me chercher. Et ce fut immédiat. J'avais répondu à une annonce qui proposait une formation d'une année pour apprendre les métiers liés à la télévision. J'avais postulé à tout hasard. Deux mille demandes et vingt-cinq acceptations. Je ne savais pas où m'orienter professionnellement, juste pressée de quitter le foyer parental, de devenir indépendante. Par quel miracle ma candidature a-t-elle intéressé ? Sans rien dans mes poches, sinon le bac. Ma lettre de motivation, joliment formulée, avait plu, paraît-il.

Ce fut l'année de tous les possibles. Je m'installe donc à Stuttgart, dans une petite chambre donnant sur un grand tilleul. Je suis la plus jeune de la classe. À la fin de l'année, le responsable du stage, Arthur Muller, réalisateur de passionnants films documentaires, m'a convoquée. « Voilà ma fille, je serais ravie que vous soyez mon assistante. Mais je le serais encore davantage si vous poursuiviez des études. On se retrouvera ensuite. En attendant, en plus d'aller à la fac, vous gagnerez votre vie en assurant quelques piges à la télévision de Saarbrucke. »

Voilà la parole que j'attendais. Contrairement à mon père, cet homme a de l'ambition pour moi. Il me voit et voit au-delà de l'instant. De bonnes fées se sont penchées sur mon jeune berceau, finalement. Chacune m'a offert une nouvelle naissance, me faisant advenir autre que ce que j'étais. Il est bon d'être accouchée plusieurs fois dans notre vie. Et, forte de cela, d'être capable d'accoucher à notre tour.

Au cours d'un week-end passé chez mes parents, à Zweibrücken, une manifestation est annoncée. Une première depuis la fin de la guerre dans cette petite ville paisible. Sur la place du château, une assemblée de notables s'est formée pour saluer Kurt Georg Kiesinger, chrétien démocrate, candidat de la droite, en campagne électorale pour la chancellerie de 1966… et ex-nazi. Soudain, un groupe de jeunes se met à scander : *Kiesinger ist ein Faschist !* « Kiesinger est un facho ! ». La redondance du i et du s résonne tel un sifflement réprobateur puissant. La police a dû intervenir.

Je me sens fière de rejoindre ce clan qui ose dénoncer une sale vérité cachée sous les apparences d'un renouveau.

Je suis des leurs. J'appartiens désormais à cette jeunesse de grands oiseaux inconsolables qui va faire craquer les murs érigés par de vieux nazis.

Mon engagement politique débute ici.

3.

Rumeurs de mai

Je me suis inscrite à la faculté de Sarrebruck en même temps qu'au « *Sozialistischer Deutscher Studentenbund* », l'Union des étudiants socialistes allemands, dirigée par Rudi Dutschke.

Le 2 juin 1967, le shah d'Iran et son épouse Farah furent les invités officiels de la République fédérale allemande. En leur honneur se donnait *La Flûte enchantée* de Mozart à la Deutsche Staatsoper. Pendant la représentation, un attroupement grossit devant l'Opéra aux cris de « À bas le Shah ! », des tomates, des œufs et quelques bombes puantes atteignirent les policiers. Ils réagirent d'abord en retournant les bombes puantes sur les étudiants. *La Flûte enchantée* allait se terminer, il était inconcevable que le couple impérial affronte en pleine rue une émeute.

Un policier tira sur un des étudiants réfugié sur un parking. Benno Ohnesorg, une balle de revolver dans la tête, mourut sur le coup. Le flic meurtrier était un agent infiltré de la Stasi, le service de police politique de la République démocratique allemande. Cet acte de tirer sur les étudiants a-t-il été commandité au plus haut niveau par la RDA soviétique ? Personne n'a jamais su.

L'assassinat de Benno Ohnesorg, le premier mort dans nos rangs, constitua l'événement fondateur du mouvement étudiant. J'ai compris que la tendance serait désormais de passer à l'action. Violente.

D'abord, il fallait acquérir de solides connaissances révolutionnaires. En Allemagne, on ne badine pas avec la théorie.

La lecture des œuvres de Karl Marx était obligatoire. Dans tous les foyers d'étudiants, la grande édition, 24 volumes, couverture en lin bleu, trônait sur les étagères. Il fallait être sérieux dans l'étude de la lutte de classes. Je préférais lire *Eros et civilisation* de Herbert Marcuse, plus proche de mes goûts, l'engagement des corps représentés par des visions orphiques dans les combats à mener de jour en jour. La dictature du prolétariat était une chimère pour un très lointain futur. Qui sont d'ailleurs ces gens-là, les prolétaires ? Le Parti communiste était interdit en Allemagne de l'Ouest après la guerre. On voyait sur des photos d'archives des cortèges d'ouvriers défiler en masse sous la bannière du national-socialisme. Le cadavre de Rosa Luxemburg, tuée d'une balle dans la tête, avait été jeté dans le Landwehrkanal qui traverse Berlin par des camarades radicalisés. Beaucoup de ses compagnons retournaient leur veste en ralliant le parti nazi qui commençait à avoir le vent en poupe, en se vantant d'être à la fois national et socialiste.

Nous lisions aussi, parfois en catimini, *La Fonction de l'orgasme* de Wilhelm Reich, un ancien disciple de Sigmund Freud ayant mis comme lui la sexualité au centre de la vie psychique et sociale. Le sexe est un bien quand, en libérant des énergies refoulées, il comble l'individu névrosé. Ce n'est pas un mal comme le prétend la morale hypocrite bourgeoise. Quel progrès ! Mais Reich, théoricien et homme d'action, médecin et marxiste, va plus loin. Ses analyses invitent à comprendre l'impact des fantasmes masculins et de leur libido sur l'exercice du pouvoir politique. Comme Marcuse, il insistait sur l'importance, tant ignorée par la science, de l'impact des conditions de vie sur le corps des hommes et des femmes. Leurs œuvres freudo-marxistes nourrirent nos révoltes antiautoritaires. En tant que juif et communiste, Reich avait fui l'Allemagne nazie. Déclaré fou, il fut exclu de toutes les institutions psychanalytiques en Europe, et plus tard aux USA. Ses théories ne supportaient pas le cadre d'une institution. Son obsession du corps troublait l'ordre publique, qui le fit passer pour libertaire et dangereux. Il est mort seul en prison, en Pennsylvanie, en 1957.

Dans le rang des militants que j'avais rejoints, un grand nombre de réunions se tenaient entre camarades de courants politiques différents. Souvent, nos discussions portaient sur un détail stratégique. Plutôt « la marche à travers les institutions », version trotskiste, ou la révolution culturelle des intellectuels reconvertis aux travaux des champs, version maoïste ? Sans oublier les sous-tendances libertaire ou anarchiste à foison. On n'en est pas là, me dis-je, le grand soir n'est ni pour aujourd'hui ni pour demain. Les querelles entre les partisans de l'un ou l'autre camp pouvaient devenir interminables, épuisantes, stériles et parfois sanglantes. Je m'ennuyais prodigieusement, on pinaillait. Je préférais l'action. L'ennui semblait donc inscrit sur le calendrier des années à venir. J'allais bientôt terminer mes études et, comme professeur, intégrer un lycée dans la Forêt Noire, faire un bon mariage avec mon fiancé du moment, fils de pharmacien ? Je ne voulais ni l'un ni l'autre. On ne peut pas être défini dès l'âge de 23 ans.

Chez les libertaro-libertins, on fumait un peu de hachisch et ça allait mieux, l'horizon s'ouvrait. Ça alla mieux aussi quand mon organisation politique, le *Sozialistischer Deutscher Studentenbund* invita un camarade qui avait manifesté sur les barricades à Paris. Joyeux, il avait crié au joli mois de mai à Paris : « Sous les pavés la plage », « L'imagination au pouvoir », « L'ancien monde est derrière nous », « Soyons réalistes, demandons l'impossible », « On a raison de se révolter. » De quoi rêver.

Notre rapporteur germanopratin, un activiste en Sorbonne, cofondateur du journal *Action*, s'appelle Jean-Marcel Bouguereau. Il parlait un allemand impeccable sans grandes phrases inspirées de grandes théories, il racontait avec des détails précis les événements, jour après jour. Et il était ami avec Dany le Rouge, star de la révolution de 68. Dany Cohn-Bendit avait tenu tête, un insolent sourire aux lèvres, au CRS planté devant lui… Sa photo avait fait le tour du monde. Juif allemand vivant à Paris, Dany avait la langue bien pendue et un charme incontestable, sans complaisance pour l'ego qui souvent se noie dans le mirage de sa propre contemplation.

Au contraire, son caractère pointait généreusement vers autrui. Bref, un narcissisme bon enfant, contagieux. La France l'expulsa quasiment au moment où j'avais décidé de m'y rendre. Nous aurions pu nous croiser à la frontière.

Moins atteint que moi par la névrose post-traumatique de la génération d'après-guerre, Dany était sain d'esprit, juste et modéré dans ses réflexions, toujours prêt à remettre les pendules à l'heure au lieu de se proclamer maître des horloges. Un grand oiseau aux ailes larges qui gardait l'œil fixé sur les réalités des hommes. On lui proposa de commander, il refusa et s'envola à nouveau. Dany préférait la liberté au pouvoir.

En 1976, avec Michel Lévy et Jean-Marc Salmon, nous avons accepté une proposition de l'éditeur Pierre Belfond. L'idée : passer une ou deux semaines avec Dany dans un des multiples *Kindergarten* qui fleurissaient dans le monde alternatif allemand, pour observer le fonctionnement, les échanges, enregistrer les propos des petits et des grands. À nous d'en faire un livre. De ce flot de paroles enregistré est sorti *Le Grand Bazar*.

Contrairement à la France où les grandes théories révolutionnaires furent emportées par le vent, l'Allemagne en garda quelques aspirations afin d'expérimenter de nouvelles formes de vie commune et d'éducation alternative des enfants. La liberté du corps, de se montrer nu, la beauté d'un geste spontané et tendre, le naturel des échanges faisaient partie des possibles. Encore marquée par le Troisième Reich, notre génération luttait contre l'assignation qu'un garçon serait un soldat, une fille une mère de famille. Au contraire, à la Rousseau, selon un idéal romantique, dans les « jardins d'enfants », nous considérions l'enfant bon par nature, libre de s'épanouir sensuellement, y compris par des actions provocatrices. L'éducateur était dégagé de toutes relations traditionnelles d'autorité. Dans ce contexte, Dany était bien placé pour ouvrir aux enfants cet horizon.

Quelle ne fut pas ma stupeur lorsque, trente ans plus tard, François Bayrou, sur un plateau de télévision, accusa Dany de pédophilie ! Dans mon souvenir, le temps passé dans le jardin d'enfants avait été un temps d'innocence, de découvertes sans intentions malsaines.

« Honni soit qui mal y pense » m'est venu à l'esprit. Avec le temps, le regard change, il devient avilissant. Là où nous avions constaté un bouillonnement, une fureur de vivre, les indices d'un monde plus libre, le regard de Bayrou suggérait l'abjection. Toucher par affection une épaule, poser un baiser sur le front, caresser une main, toutes les facettes du sensible sont qualifiées aujourd'hui de potentiellement criminelles. Pas curés en soutane, pas bourges en complet-veston, encore moins prédateurs, nous étions habillés en tee-shirt et jean. Détourner une complicité à des fins sexuelles abusives ne faisait pas partie de notre imagination. Entendons-nous bien ! Nous proclamions jouir sans entraves, mais à partir d'un socle moral, hors cela, la vraie liberté nous serait restée inconnue. Nous savions, peut-être à notre insu, où s'arrête le plaisir et où commence le crime.

Abuser des enfants est un crime, le viol est un crime. La loi sociale est trop souvent complaisante avec ces crimes.

Nous avions été éduqués dans le respect des humanités. Nous nous sentions intimement concernés par ce qui se passait autour de nous. Nos actes pointaient des injustices, des inégalités. Avec nous le cul s'est libéré, mais il n'y en avait pas de faux.

Dany, non coupable. J'y tiens.

Le charme, ça aide à faire reculer les flics, à baliser le chemin où on veut aller.

Jean-Marcel en avait aussi, du charme. Il portait haut la couronne de ses engagements, affichant une vigueur de petit taureau prêt à se lancer dans toutes les arènes. Ses yeux d'un vert clair sous des sourcils noirs bien fournis complétaient le tableau d'un homme du Midi de la France qui aimait beaucoup regarder les jolies Allemandes. J'en ai profité pour lui demander ses coordonnées et exprimer mon souhait de venir poursuivre mes études en France.

Je m'étais passionnée pour les écrits de Roland Barthes, les *Mythologies* et *S/Z*.

Mon professeur, Joachim Staub, à l'université de Fribourg, m'avait proposé de consacrer ma thèse à ces textes. L'idée était d'approfondir mes connaissances auprès de ce si délicat penseur de la modernité à l'École pratique des hautes études. Et j'avais surtout une folle envie de goûter à l'après-Mai à Paris.

Voici Paris. De ma fenêtre, j'ai vue sur la place de la Sorbonne. Les vendeurs de journaux vendent, les étudiants étudient, les promeneurs se promènent, les contestataires continuent à contester. Sous un calme apparent, vibre encore le souvenir des événements récents.

Je suis fille au pair dans une famille d'architectes. Ma mission est d'accompagner leur fille cadette de 4 ans à l'école et de la ramener à la maison le soir. Pas sorcier. Je suis vite devenue copine avec l'aînée. Nous allions au théatre ensemble. Nous avons vu *Six personnages en quête d'auteur*, de Luigi Pirandello, avec Delphine Seyrig. J'ai immédiatement partagé sa passion pour cette actrice. En même temps, ces sorties me donnaient un premier aperçu du tempérament d'un grand nombre d'artistes sur le devant de la scène. Un double engagement les animait, culturel et politique, esthétique et militant. Delphine Seyrig était un bon exemple. Actrice engagée, elle incarnait cette femme libre de toute étiquette, une muse insoumise, une « insoumuse », selon son expression. Le ton était donné, il bourdonnait dans mon oreille. Ce monde enchanteur et rebelle, dont je n'avais pas les codes, dont je parlais encore mal la langue, j'allais le faire mien. Entre mes deux pays, l'Allemagne et la France, mes deux langues, mes deux amours, je deviens un être hybride. Ma place est de rester debout et de jongler comme je peux avec les deux. Résultat : tantôt deux singularités s'épousent et on se sent en fusion, plus riche en sensation, tantôt une confusion fait exploser les possibles des deux langues sans trouver la paix. Parfois ça marche la main dans la main. Parfois ça plombe toute décision. Résultat : on ne sait plus, *lost in translation,* on stagne.

Au lieu de s'épanouir doublement, on s'appelle Personne, comme Ulysse, tenté et par l'ailleurs et par l'enracinement. Le 2 joue à cache-cache avec les zéros. C'est un risque de tous les instants. Puisque le chiffre 2 est rond, il est divisible, il départage les pairs et les impairs. Qu'à cela ne tienne. Je fais mon choix : j'opte pour le 2. Le 1, l'impair par excellence, indique l'identité de l'origine, cette foutue Allemagne après le génocide. Je n'en veux plus.

Notons que le 2 est la première complication dans l'histoire de l'humanité. À la suite de l'arbre 1, garni de fruits, pommes ou figues selon les Orientaux et l'apparition d'Eve, la désirante en appétit, le paradis est perdu. Tant mieux. La connaissance pointe la présence de deux sexes et la réalité du bien et du mal, un duo inséparable.

Être une créature du 2 me permet de ne pas être sérieuse. À nous deux ! Ou alors rien.

Je peux ou me taire ou switcher d'une langue à l'autre, quand une conversation devient inconfortable et que je veux tout de même rester polie. On me pose une question grave, genre : « Comment va ta vie sexuelle ? » Répondre « Va te faire foutre » aurait forcément créé un conflit. Alors je passe à l'allemand : « *Lass doch sausen !* », « Laisse tomber ! » *Forget it !* Oublie ! Et voilà que l'armature se fissure. On peut s'inventer à nouveau. Mais oui, il est permis de jouer. La traduction offre une merveilleuse liberté pour se déplacer sans changer de pays. Mais attention ! Il y a des pièges. Exemple : M. Katzmann doit quitter l'Allemagne à l'époque où les Juifs y sont persécutés. « Où vas-tu aller ? », demande son ami. « En France bien entendu, c'est tout près. Il me faut juste changer de nom. Mais quel nom choisir ? » Et son ami : « Oublie Katzmann qui t'identifie comme Juif allemand. Tu traduis, c'est simple. » Ce qui fut fait exactement. Katz devint chat, et Mann devint l'homme. Et ça donne : Shalom. On n'échappe pas à son destin.

La langue fait ce qu'elle peut, du bon travail qui crée la surprise et l'inouï. Bien placée, elle fait dériver la névrose obsessionnelle, voire la paranoïa, en donnant à voir le sourire amusé des anges autour des dents, on rit sans raison, faisant crouler l'ego sous son propre poids. On fait fondre le plomb des bien-pensants. Alors que la bien-élevée rhétorique de la communication s'avère barbante, la langue est un pays des merveilles. Inviter une autre langue dans notre palais et voilà qu'il s'ouvre déjà. Et si entre deux langues mon cœur balance, ce sera du plus joli effet. Cette petite sorcière qui s'invite dans notre bouche a un nom : l'accent. « Surtout gardez votre accent, c'est votre identité ! », me recommanda Roland Barthes lors d'une première visite dans son bureau pour parler de la traduction de son livre *S/Z* en allemand. Ma langue a obéi. Barthes était le grand maître des nuances. Encore aujourd'hui, après cinquante-cinq ans de vie en France, on me demande : « D'où venez-vous ? Vous avez un joli accent. » Fièrement, sans me cacher, je réponds : « J'ai l'accent allemand. »

Quand je suis arrivée en France, poussée par le destin, j'ai été tout de suite aspirée par ce nouveau pays et cette nouvelle langue, comme si je me trouvais plongée dans un bain de jouvence. Ma langue allemande en sourdine, le français devint petit à petit ma langue pour raisonner, faire face à la vie, baratiner, épouser les plaisirs. Ma langue allemande, une langue pour m'abîmer, une langue pour désirer la disparition.

Mes deux langues, une pour briller, une pour sombrer. Tantôt la joie de puiser l'eau de la vie dans mes deux sources, d'y trouver les mots qui parfois sonnent juste, tantôt mon impuissance dans les deux langues pour approcher un peu la vérité.

« La vérité : 2 000 pages. Est-elle vraiment aussi longue ? », se demandait le poète Gottfried Benn. Pour se résigner plus tard. « Je me suis toujours demandé d'où viennent la douceur et la beauté. Je ne le sais toujours pas aujourd'hui. Et je dois m'en aller. »

Le mal, oui, on sait d'où il émerge. Peut-être est-ce le triste privilège de ma génération héritière de l'Holocauste, que de le reconnaître partout.

Il y a comme un arrêt de mort que nous sentons planer au-dessus de nos têtes. Rien n'est encore décidé, l'acte est en attente. Mais nous sommes déjà condamnés à vivre nos derniers moments. Il n'y a que les mots qui nous permettent de naviguer sur les deux rives de l'Hadès dans toutes nos langues, jusqu'au vertige. Une survie de diamants et d'éblouissements tant est grand le désir de frôler l'inexprimable par mes deux langues, que j'aime parler et entendre.

Mais le jour où il me faudra tirer ma révérence, comment savoir dans quelle langue mourir ?

Que vais-je dire, comment me nommer et dans quelle langue au moment d'arriver au Paradis, quand un ange gardien, serviteur de Dieu, triera au passage les élus et les condamnés ? Quand Horus, l'Égyptien, pèsera sur la balance les bonnes et les mauvaises actions ? Quand seront comptés les mérites karmiques dans cette existence avant qu'elle ne se dissolve dans le nirvana ?

Ne faudrait-il pas d'abord savoir qui je suis, de quel bord, et de quelle langue, avant de prétendre à la grâce accordée par toutes les religions ? Pour dire « Je » en français ou « *Ich* » en allemand, j'attends de la bouche de l'Autre ce « Tu » qui m'accorde un corps.

En attendant de résoudre mes problèmes existentiels, je continue à travailler pour la radio de Cologne. Je commente mes reportages : « Il n'y a pas de murs de séparation en France, ni entre le théâtre et la rue, ni entre les amphithéâtres et la cour de récréation, ni entre les poètes et les délinquants, ni entre le peuple et ses représentants. En Allemagne on met les intellectuels sur le banc des accusés. En France, le général de Gaulle clame haut et fort à propos de Sartre : "On n'emprisonne pas Voltaire". »

Un soir, je me retrouve assise à la brasserie Le Balzar, rue des Écoles, à cinquante mètres de mon ancienne chambre de fille au pair, à la même table que André Glucksmann, Michel Foucault, Jean-Luc Godard, Félix Guattari, Jean Baudrillard... Qu'est-ce que je fais là ? Moi l'étrangère, bien informée des luttes en Allemagne, une fille un peu bizarre repérée comme spécimen du romantisme allemand, auditrice des cours de Martin Heidegger à l'université de Fribourg, une nouvelle arrivée, néanmoins familière, puisque de toutes les manifs contre les institutions.

Le combat pour savoir qui allait régner à l'université de Vincennes a été mon épreuve du feu. Cette fac fut créée de toutes pièces en 1970 afin d'y regrouper des esprits non conformistes. Hélène Cixous avait la charge d'y attirer les meilleurs enseignants du moment. Ce qu'elle a fait. Les meilleurs se trouvaient être proches des gauchistes. Alors des combats se déroulèrent entre communistes et gauchistes et se terminèrent sur les toits de la fac. J'ai vu Glucksmann, Foucault, des dizaines de camarades livrer bataille aux communistes, habitués à avoir la mainmise sur les institutions culturelles. La police démêlait leurs conflits *manu militari*. Il y avait des mouchards, des appariteurs musclés.

Mon petit rôle, en tant qu'étrangère insoupçonnable, consistait à faire disparaître du lieu du crime le matériel compromettant : tracts, banderoles, barres de fer, appels à la lutte armée. Je stockais le tout dans ma nouvelle chambre, 19, rue Jacob.

Ma famille d'architectes de la place de la Sorbonne m'avait gentiment donné congé. Fût-ce, comme j'ai cru le comprendre, parce que Dany le Rouge me demandait au téléphone ? Ou parce que je recevais chaque fin de semaine un somptueux bouquet de roses d'un inconnu fiancé allemand ? En Mai 68, mes hôtes avaient vu de très près les barricades en feu sous leurs fenêtres, des exaltés s'abriter sous leur porche, alors non, on ne va pas servir de caution à des bandes de jeunes prêts à mettre le bordel. Mais ils m'ont recommandée à une famille amie, bourgeoisie artistique élégante, qui m'abrita dans une vaste chambre avec cheminée et vue sur jardin. Ce même jardin que je contemplerai vingt ans plus tard, de la chambre de Simone Gallimard, place Furstemberg. Allongée dans son lit à la fin de sa vie, elle aimait me raconter ses amours. Il s'avéra que nous avions partagé la faveur d'un homme qui compta beaucoup pour Simone : Renaud Matignon, figure atypique du *Figaro littéraire* et bel homme, séduisant et séducteur. Un jour, il m'avait chuchoté à l'oreille : « Quant à faire l'amour, Maren, en vieillissant, c'est moins bâclé. »

En rentrant chez moi, dans la cour, je croise sans le savoir d'illustres écrivains des Éditions du Seuil installées à la même adresse : Tahar Ben Jelloun, Patrick Grainville, et une bande de psychanalystes qui avaient le vent en poupe. Je les ai identifiés plus tard.

Là, un petit matin de 1969, ma jolie chambre avec vue sur jardin voit débouler tout un commissariat de police. Les flics ont débarqué deux jours après l'émeute de Vincennes, pour perquisitionner ma chambre. Ils me suspectaient de faire partie du groupe violent qui venait de saccager la faculté et préparait des sales coups contre l'ordre républicain.

Que dire pour me défendre ? Tout le matos activiste s'étalait là sous leurs yeux, par-dessus le marché quelques fringues – un maillot de bain, un tee-shirt, un foulard – volés au Bon Marché. Les flics feignent de s'extasier sur mon chat qui a croqué un petit bout de hach et, en transe, court sur les murs jusqu'au plafond. Ils m'embarquent. Je suis cuite. Que la famille qui m'héberge me vire sur-le-champ, je ne peux qu'acquiescer.

Alors je me suis souvenue du numéro de téléphone de Jean-Marcel Bouguereau griffonné sur un cahier.

On s'est vus et on est devenus amants.

4.

Comment bien aimer

52, rue Monge. Un appartement, trois personnes. J'emmène dans mes bagages mon ami Jürgen, installé à Paris depuis des années. Il donne des cours de langue et de civilisation allemandes dans des écoles privées. Chacun a sa chambre, on partage le loyer. Ça ressemble un peu au mode de vie de la jeunesse alternative allemande : une communauté. Une *Kommune.* Avec nuance : les appartements de Berlin, Hambourg, Francfort ou Munich sont immenses : 200, 250 mètres carrés dans les meilleurs quartiers résidentiels de la ville, de somptueux espaces habités autrefois par la bourgeoisie fortunée d'avant guerre. Des familles juives, ou des familles de hauts dignitaires nazis. Les unes expulsées, déportées dans des camps, les autres enfuies vers l'Amérique latine. Des immeubles entiers restaient vacants depuis des années. On les squatte. À Paris, la situation immobilière reste inchangée. La grande-bourgeoisie occupe toujours de grands appartements, les étudiants, de minuscules chambres de bonne.

Nous dégotons un 40 mètres carrés, au 52, rue Monge, où vivre à trois. Les conflits ne se font pas attendre. Jürgen se révèle d'une jalousie maladive, à contre-courant de tous nos principes. Chacun baise avec qui il veut, mais attention : à la moindre tentative d'appropriation de l'autre, on sort du rang des gauchistes libérés. Soupçonnant une idylle amoureuse entre Jean-Marcel et moi, Jürgen a réagi en mode démodé.

Un soir, le locataire du deuxième étage nous signale qu'un homme s'est laissé glisser du troisième étage sur le mur extérieur. C'est Jürgen. Jean-Marcel, à l'aide d'un drap, essaie de remonter son pauvre rival. Rien à faire. Il reste suspendu dans le vide, agrippé au garde-fou de la fenêtre. Veut-il se suicider ? Faire du chantage ? Les pompiers arrivent et Jürgen déménage.

Grand lecteur de Jürgen Habermas et de Theodor W. Adorno, piliers de l'École de Francfort, notre Jürgen avait tout compris, sauf que les mœurs étaient en train d'évoluer. En cadeau d'adieu, il dépose sur le siège conducteur de ma voiture – une très vieille Volvo sans direction assistée – un pigeon mort. Je hurle, je vomis sur le trottoir de la rue Monge. Un pigeon, mort ou vivant, m'inspire depuis toujours une terreur phobique.

Je vis désormais avec Jean-Marcel. Nous sommes rarement seuls. Des Allemands de passage squattent notre petit trois-pièces, le seul endroit à Paris, de surcroît franco-allemand, où il est possible pour les militants d'outre-Rhin de trouver refuge quelques nuits. Le temps passe à faire le point sur l'avancement de la révolution dans différents pays. « Tout le monde parle de la météo, sauf nous », annonce l'affiche accrochée au-dessus du canapé, la tête de Karl Marx en grand, au centre. Une trouvaille digne des situationnistes. On rit en levant notre verre de vin rouge algérien, le moins cher, et en fumant des Gauloises et des Roth-Händle, l'équivalent germanique du tabac brun.

La misère ne pèse pas, tant qu'on a une idée dans la tête. Si on tire le diable par la queue, c'est pour mieux le manger, mon enfant. Nous ne nous soucions pas des petits matins chagrins si le grand soir nous attend. Nous avons confiance en notre avenir.

En fin de mois, nous retournions les bouteilles vides sous consigne chez le vendeur, afin de récolter quelques sous. En 1970, l'argent était encore une réalité tangible. On pouvait palper le papier des billets, faire tinter le métal des pièces de monnaie, et savoir ainsi à quoi s'en tenir. Avec l'arrivée des cartes de crédit, le rapport à l'argent allait devenir une entité virtuelle, des 0 allaient s'ajouter aux 0. Aux briques de 10 000 francs, énormes à l'époque, allaient se substituer des millions, puis des milliards, ça dépasserait l'imagination du commun des mortels. Gilles Deleuze, dans ses cours à l'université de Vincennes, nous prévenait : l'absence de réalité, le virtuel, gangrènerait bientôt les sociétés en modifiant le rapport au monde.

En attendant, on change 10 ou 20 deutsche mark en francs français pour arrondir les fins de mois. Jean-Marcel prépare alors une daube de bœuf à l'occitane, son pays d'origine. Des plats plus frugaux se succèdent, jusqu'au riz cantonnais qui peut durer pendant des jours. Il y avait toujours des adeptes. Pour qui ne mange pas à sa faim, l'appétit est toujours là. Tous se régalent avec ce qui se trouve sur la table. Pas question de pinailler : gluten, vegan, casher, halal, basses calories, valeur en protéines, ces fines distinctions qui compliquent l'ambiance entre convives ne sont pas encore à l'ordre du jour. Et nous pétons pourtant la forme.

J'observe Jean-Marcel remuer ses casseroles, depuis la baignoire-sabot encastrée dans un coin de la cuisine. Je m'emploie à frictionner mon corps, tous les plis et replis, avec un liquide rouge destiné à éradiquer la gale que j'ai attrapée sur mon lieu de travail rue de Lorraine, là où s'élabore le futur journal *Libération*.

Entre-temps j'essaie de me rendre utile. À l'Agence de presse Libération, APL, l'agence inventée par les maos et qui récolte et diffuse les informations, souvent ignorées de l'AFP (Agence France-presse), au sujet de la lutte des peuples ici en France et partout ailleurs. Je me sens à ma place : j'échange avec mon réseau allemand.

Un soir de 1970, vers dix-neuf heures, le téléphone sonne, rue Monge. Dany nous prévient d'un appel. Le téléphone sonne à nouveau. Une voix nous indique : Rendez-vous à vingt-trois heures devant Notre-Dame. Avec qui ? Mystère. Des clandestins certainement. Ils sont fous ou quoi ? La Préfecture de police est située presque en face de la cathédrale. Avec Jean-Marcel, on se doute de qui a passé cet énigmatique coup de téléphone. L'année précédente, trois individus avaient provoqué un incendie dans un supermarché à Francfort. Motif : protester contre la société de consommation. L'attentat n'avait causé que des dégâts matériels. Mais les « auteurs du crime » furent identifiés et une chasse aux sorcières s'était engagée. La « sorcière », Gudrun Ensslin, une jeune femme protestante comme moi, forte d'une éthique rigoureuse, était parmi eux. J'aime bien son profil : pommettes hautes et nez tracé au cordeau, son regard hardi prévient qu'elle ne se laissera intimider par personne. Sauf peut-être par l'homme de son cœur. Avec elle surgit un beau brun, les yeux enflammés d'une ardeur dont on ignore la cause, Andreas Baader. Et un troisième, Thorwald Proll, coéquipier fantasque de l'aventure, un petit prince rêveur tombé dans un chaudron, un poète. Les têtes du trio s'affichaient déjà à la une de la presse allemande. En cavale, ils nous attendent dans une BMW grise sur la place devant Notre-Dame.

On vous héberge, d'accord. La chambre de Jürgen est vide. On passe quelques jours ensemble. Je trouve Baader franchement désagréable. Il prend la posture d'un tyran sans armée, d'un leader sans disciples, sauf quelques groupies fascinées. Son arme de prédilection : la surenchère dans le registre de la violence. Si quelqu'un suggère : « Untel, il faudrait le séquestrer », Baader pousse plus loin : « Et pourquoi pas le fusiller et exterminer sa famille ? » Toujours un cran au-dessus dans la brutalité. Et même pire que de la brutalité, mais il ne me faisait pas peur. Ce type est un monstre qu'il suffit d'ignorer. Toujours à se vautrer sur de gros poufs. Un pacha à qui tout est dû. Gudrun lit sur ses lèvres, folle de lui. La passion est cette aliénation qui rend la perte désirable.

Aujourd'hui, on dirait : pervers narcissique, puisque l'espèce a été identifiée.

Le deuxième jour, Baader veut manger des fruits exotiques. Que quelqu'un aille en chercher ! Aucun d'eux ne veut sortir dans la rue de peur de se faire repérer. Alors c'est Jean-Marcel ou moi. La commande est précise : de l'ananas, des mangues, des fruits de la passion et des oranges sanguines. Des fruits dont on ignore l'existence en Allemagne. À Paris, on en trouve tout près de chez nous, sur les étals de la rue Mouffetard. Ils coûtent une blinde. Personne n'a un rond. On fait fonctionner le téléphone arabe. Les copains se cotisent. Nous récoltons quelques sous sans révéler bien entendu le bénéficiaire. Arrive un grand plateau avec les fruits exotiques de la rue Mouffetard. Pas un merci ne sort de la bouche de Baader. Il ne partage pas non plus, tout pour sa gueule. C'est ainsi qu'il bande.

Le trois-pièces de la rue Monge est petit. Il faudrait envisager plus grand. Régis Debray est toujours en Bolivie. Son appartement est vide. Souvent, il héberge des combattants sud-américains traqués dans leur pays. Exceptionnellement, un accord est trouvé pour que les membres de la Fraction armée rouge puissent se cacher chez lui, au rez-de-chaussée de son immeuble, près de la porte de Vanves. Pas longtemps. Le temps de se préparer à la lutte armée qui doit prendre de l'envergure. Les Tupamaros ont donné l'exemple de la guérilla urbaine en Amérique latine. En Italie, Lotta Continua active les Brigades rouges. Les trois camarades allemands décident de leur prochaine destination : Rome, où des combats communs pourraient s'organiser.

Mais Thorwald, le petit prince poète, le troisième larron de la bande, veut sortir du chaudron. Il ne les accompagnera pas. Sur les étagères de la rue Monge, il trouve des livres qui correspondent à son nouvel état d'esprit : *La Société du spectacle,* de Guy Debord, le *Traité de savoir-vivre à l'usage des jeunes générations,* de Raoul Vaneigem, les deux phares de l'Internationale situationniste. Leur credo : ne pas s'incliner devant la marchandisation capitaliste, mais incliner l'univers en notre faveur. Désobéissance et passion, refus et engagement. « Ce qui se joue à présent est notre destinée humaine. » Thorwald est d'accord pour brûler les appâts d'un monde en voie de déshumanisation, il est courageux mais il n'aime pas la violence planifiée. Lui qui, comme nous, selon le précepte de Debord, désire sans fin, ne désire pas aller plus loin. Alors il reste avec nous. Rue Monge. Quand je rentre le soir de mes sages petits travaux d'information à l'APL, je trouve des journaux étalés sur la moquette de l'appartement. Avec grand soin, Thorwald découpe des lettres majuscules, en fait un collage, un message destiné à ses compagnons de lutte prêts à partir pour des aventures sanglantes en Italie : « LA RÉVOLUTION PEUT ATTENDRE JE PARS EN VACANCES. » Ses vacances consistent à rester avec moi à Paris. Nous nous promenons au Jardin des Plantes à observer les bêtes enfermées dans des cages, à réciter par cœur le poème de Rilke : « La Panthère ».

« Son regard du retour éternel des barreaux
S'est tellement lassé qu'il ne saisit plus rien.
[…]
Quelquefois seulement le rideau des pupilles
Sans bruit se lève. Alors une image y pénètre,

Court à travers le silence des membres,
Et dans le cœur s'interrompt d'être. »

Nous dégustons des crêpes arrosées de Grand Marnier. Quelques jours plus tard Thorwald part pour Londres.

En attendant de pouvoir traverser la frontière italienne clandestinement, ses deux compagnons ne chôment pas. Leur objectif : convaincre la Gauche prolétarienne, la GP, de mettre l'accent sur la lutte armée, de renforcer, en créant des alliances, un terrorisme de gauche européen. Mais la GP écoute la voix des intellectuels engagés avec eux. Jean-Paul Sartre, Michel Foucault, André Glucksmann, Maurice Clavel et beaucoup d'autres refusent. Ils opposent leur veto. La révolution est une affaire du peuple, sans son soutien, tout acte de violence est condamnable et condamné. Rejet de toute alliance avec ces quelques allumés d'outre-Rhin. Baader bande dans le vide. Je le regarde boucler sa valise avec, dedans, un petit stock de pistolets.

Intermédiaire entre les deux camps, j'ai un peu contribué à ce que mes compatriotes, piliers de la bande à Baader, repartent bredouilles. Je suis pour « la cause du peuple » version française, bien moins sanglante. Le peuple français idéal dans mon esprit est un peuple de résistants. Il mérite ma confiance. Ce n'est pas pour rien que j'ai fui l'Allemagne où un peuple entier, comme un seul homme, adopta le salut hitlérien.

J'ai un emploi du temps régulier en me rendant tous les matins à l'APL, rue de Bretagne. Tout en conservant mon statut d'étrangère, je suis de mieux en mieux intégrée dans une structure. Journaliste ? Je n'ai pas cette prétention. Je n'ai suivi aucune formation professionnelle et ma maîtrise du français laisse à désirer. Mais j'aime écrire et j'aime de plus en plus la langue de mon pays d'adoption.

Les journalistes de l'APL ne s'appellent pas journalistes mais « militants de la liberté d'expression », censés donner la parole aux autres au lieu d'insister sur leur propre opinion. Cela me convient. La plupart sont membres de la Gauche prolétarienne, mêlés à ceux de VLR, Vive la révolution, un versant plus libertaire de Mai 68 incarné par Philippe Gavi. Le dirigeant cadre de l'APL se nomme Jean-Claude Vernier, bel homme énigmatique à qui revient la mission de lever des fonds pour la cause. Avec succès. Être bel homme n'est pas insignifiant quand il s'agit d'attraper les riches, surtout les femmes.

Jean-Marcel me gronde. À la GP, j'allais m'embarquer dans une mouvance « attrape-couillon », loin des réalités du peuple. Selon lui, être en compagnie de noms illustres qui brillent parmi des sympathisants m'aurait jeté de la poudre aux yeux. Me retrouver avec cette brochette d'intellectuels que je vénère à distance flatte mon amour-propre, hausse mon estime de soi, pas rassurée à cause de mon origine allemande.

« Avec les maos, Maren, tu t'embarques dans un vain combat. Leur utopie radicale est un lavage de cerveau. »

Selon Jean-Marcel, qui se méfie de la révolution culturelle programmée pour faire disparaître les « quatre vieilleries » du *Petit Livre rouge*, vieilles coutumes, vieilles idées, vieilles cultures, vieilles habitudes, et obliger tout le monde à travailler dans les champs pour le triomphe du socialisme… Mais il me rappelle que nous sommes en France. Les cadres, les instruits, la classe moyenne, même les ouvriers ne voudront pas « se purifier » dans la gadoue. La Gauche prolétarienne est à côté de la plaque. La révolution culturelle n'est que le mirage de quelques intellos en mal d'influence sur la marche du monde.

Jean-Marcel voyait juste. Je ne l'écoutais pas. J'écoutais les sirènes qui se faisaient l'écho du Grand Timonier et chantaient haut et fort une refonte totale de l'humanité. Leur chant rouge sans concession me séduisait. Quand mon collègue allemand à la radio eut un petit garçon, je ne pus m'empêcher, je l'avoue, de glisser dans son berceau *Le Petit Livre rouge*. Pauvre bébé ! Je vendais aussi un numéro de *La Cause du peuple* qui titrait à la une : « La guillotine non, mais oui pour Touvier », un ex-collabo du régime de Vichy, dont j'ignorais jusqu'à l'existence. Sur le marché Saint-Médard, en bas de la rue Mouffetard, à quelques pas de notre domicile, j'essuie vaillamment des insultes ou l'incompréhension des passants, en bon petit soldat d'une cause qui me dépasse. Une étrangère assez survoltée, ignorant l'histoire politique de la France. J'encaisse pas mal de remarques allant du « T'as un accent boche ? », à « T'as pas assez à faire avec les nazillons dans ton pays ? », en passant par « T'es mignonne, Poulette, retourne t'amuser chez toi ».

Contrairement à moi, Jean-Marcel milite dans la mouvance sage, syndicaliste de la CFDT et des *Cahiers de Mai*. Un homme raisonnable prêt à attendre que les conditions de la révolte se mettent en place. Moi, je suis une rêveuse qui préfère brûler les étapes. Je veux tout, tout de suite. Malgré mon aversion pour la violence armée, je suis une terroriste en puissance. Tout nous sépare, sauf un même désir de changement. Mais comment y arriver ? Le mouvement de Jean-Marcel mène le combat sur le terrain, sans grand éclat spectaculaire, mais efficace sur la durée.

« La révolution, Jean-Marcel, on la fait, oui ou merde ? »

Son pragmatisme syndicaliste, j'avoue, m'ennuyait un peu. J'ai été, comme nombre de mes camarades, séduite par un socialisme empreint d'une belle éthique : le souci de l'autre, l'insurrection des sans-grade, l'élévation morale de la créature humaine, un chamboulement universel afin que la société sorte de ses gonds injustes. Cet idéal nous a motivés, jusqu'au moment où le couperet est tombé sur nos illusions et a révélé l'effrayante réalité du socialisme réel en URSS et en Chine.

Quand j'ai rencontré André Glucksmann, mon cœur très fort s'est mis à battre. Les éditions Suhrkamp à Francfort m'avaient chargée de savoir si l'auteur du *Discours de la guerre* consentirait à voir traduit son ouvrage en allemand. Nous nous sommes donné rendez-vous.

Il habitait dans un ancien atelier faubourg Saint-Antoine, il fallait grimper des escaliers en colimaçon avant d'arriver dans un immense grenier garni d'étagères pleines de livres. Une table à tréteaux au fond, et au centre, deux fauteuils chinés aux Puces. Un espace industriel transformé en bohème. Le philosophe de 33 ans se montra incroyablement avenant en m'invitant à m'asseoir sur le moins abîmé des fauteuils. La pièce était glaciale. Glucksmann avait gardé sa veste en mouton blanc retourné et me regardait un peu de haut, ses yeux bleus voilés par une crinière de cheveux noirs. Silencieux, un jouet d'enfant absorbait son attention devant sa bouche. Il soufflait des bulles de savon. Une bulle bleutée, immense, a décollé de ses lèvres et s'est posée très doucement sur mon front. J'attendais la prochaine. Je ne savais pas quoi dire. Des bulles, il y en avait à profusion, des petites, des grosses aux reflets changeants. Une énorme flottait à mi-distance entre lui et moi, je voyais alors son beau visage de Sioux par transparence. Je supposais qu'il me voyait floue de la même façon. Une vision fugitive, qui promet à la nuit de se réaliser. J'avais parcouru son livre, mais ne me sentais pas capable d'en discuter. Je n'étais pas venue pour cela. Il ne manquait pas d'interlocuteurs compétents, et mon français était rudimentaire. Je devais juste rendre un petit service à une maison d'édition allemande. On s'est plu. L'inattendu fait irruption. Le contrat de traduction sera signé.

« À la fin du livre, lui dis-je, tu cites un poème de Mallarmé. "Rien n'aura eu lieu que le lieu." » Et lui répond : « Comment tu le traduirais en allemand ? », tout en faisant éclater une bulle de savon. « Alors ? » J'ai cherché. « *Nichts als der Ort ? Nur der Ort war da ? Was passiert war der Ort ?* » Nous y avons réfléchi ensemble. André comprenait l'allemand. Sa famille juive avait dû fuir l'Autriche nazie, une partie avait été déportée et avait péri dans un camp de concentration. Devant moi se tenait non pas un seul homme, mais un peuple. Un Juif et tous les Juifs. Et moi, l'Allemande, j'étais responsable du mal que tous les Allemands leur avaient fait subir.

Au moment de nous quitter, je lui ai tendu la main pour une poignée à l'allemande. Glucksmann a préféré me claquer une bise à la française.

André fut la première personne qui, par sa seule présence, hantée par les spectres du passé, me fit prendre conscience de ce qui me hantait moi aussi. Son regard me questionnait. D'où je viens ? D'un pays du silence sur l'Holocauste. Qui suis-je ? Une jeune femme qui débarque à Paris avec quelques notions politiques. Où allons-nous ? Vers la vie ou vers la mort ? J'ai 25 ans. Ce jour-là, sans réaliser, j'ai compris dans ma chair ce que signifiait être une Allemande, née en 1945 dans un pays où ne subsistait plus un seul Juif après la guerre. André était juif. D'où venait cette double et trouble attirance ? Fallait-il payer, et quel prix ? Tout faire pour qu'un jour une réconciliation devienne possible, et à mon peuple le grand pardon accordé ?

Nous nous sommes regardés dans les yeux, les siens aussi bleus que les miens. Sur un océan, une prophétie. Il peut y avoir de l'amour. L'amour est le lieu qui a lieu. Le reste : des bulles de savon.

André est devenu mon maître à penser ensemble notre drôle de destin, mon inséparable dans l'esprit et par la langue. Je l'ai suivi à la Gauche prolétarienne, jusqu'au moment où un soi-disant comité de rééducation m'a sommée de faire mon autocritique. Ma passion pour la musique classique, de préférence pour des compositeurs allemands, avait été signalée à la direction par un des camarades. Une lubie bourgeoise, contraire à l'esprit de la révolution culturelle. J'ai tenu bon. Les œuvres de Schumann, Schubert, Liszt et Brahms sont quand même plus belles que le chant des *Nouveaux Partisans.* Je n'ai pas fait mon autocritique, préférant désobéir plutôt que de salir la sève de mon enfance. André m'a félicitée. Lui aussi a tenu bon. Jusqu'au moment où un pauvre camarade noir, Fofana, est faussement accusé d'être une taupe de la police, et condamné virtuellement à mort par un tribunal du peuple fantoche.

On tire le rideau. Point de non-retour. André le fait savoir. La Gauche prolétarienne est dissoute.

Direction Francfort. André me suit. Dans la communauté qui nous héberge, il est interdit de fermer les portes. Faire l'amour en présence des autres, c'est oui ou c'est non, chacun en décide par soi-même. André et moi préférons nous soustraire aux regards. Une promiscuité imposée, ça s'appelle « terrorisme des mœurs », déclare André. Nous avons passé la nuit qu'on voulait dans un lit d'amour portes fermées, en nous récitant *La Rose de personne,* de Paul Celan.

L'Anti-Œdipe de Gilles Deleuze et Félix Guattari, un brûlot philosophique contre les institutions psychiatriques, donne des pistes pour faire exploser nos sociétés par l'action d'une machine désirante, l'inconscient. Félix Guattari avait créé la clinique de La Borde, où les schizophrènes sont soignés au milieu des arbres qui, comme le personnel, offrent une écoute bienveillante. Finis les électrochocs. Nous sommes tous un peu fous car enfermés dans des écoles, des familles, des carcans. Le SPK (*Sozialistisches Patienten Kollectiv*) à Heidelberg en a déjà tiré des conclusions. Puisque la maladie est collective, la guérison doit l'être aussi. Nous faisons le voyage à Heidelberg avec Michel Foucault, Daniel Defert et Félix Guattari. Devant nous, au centre de l'amphi, un patient souffre d'aboiements compulsifs. Il ne peut pas s'arrêter. La thérapie : aboyons tous ensemble.

À la fin, on croyait qu'une meute de chiens avait été lâchée dans l'université. Et le malade aboyait avec nous. Nous étions stupéfaits de constater que tous les patients se déclaraient solidaires de la Bande à Baader.

Puis survint la révolution des Œillets, au Portugal, en 1974.

J'étais hébergée dans une pension, « *Nido de águilas* », « Nid des aigles », au flanc du Castello, pour suivre les manifestations. André trouvait le nid confortable et les pâtisseries de la confiserie place du Rossio les meilleures du monde. « Non pas les meilleures, mais aussi bonnes que les tiennes », le Apfelstrudel, la Linzer Torte que je préparais parfois le dimanche le régalaient. « Tu es la reine de mes madeleines », riait-il alors.

J'ai failli rater ce passionnant rendez-vous avec l'Histoire. Serge July nous avait mis en garde : « Une révolution des œillets, c'est pour les midinettes. Vous avez déjà vu des prolétaires faire des bouquets de fleurs ? Vous ne serez pas les envoyés spéciaux de *Libération* à

Lisbonne pour commenter cette foutaise. » Avec Pierre Audibert nous sommes partis à nos propres frais et André nous a rejoints. Y a-t-il une langue plus sensuelle que le portugais ? Une voix plus envoûtante que celle d'Amália Rodriguez quand elle chante le fado ? Un écrivain plus admirable que Fernando Pessoa, dont le nom signifie « personne » mais qui prend une identité plurielle en nous narrant les multiples facettes de l'Intranquillité ?

Le 25 avril 1974, la junte militaire renverse en un jour le système salazariste qui contrôlait le pays depuis trente ans. Le leader de la junte est un dénommé Otelo, avec une gueule à tomber – fallait voir ! – et un incroyable culot. Nous le voyons et l'entendons dire : « C'est votre Mai 68 en France qui nous a donné du courage. » Un coup d'État militaire de gauchistes libertaires en uniforme valait le voyage. Même avec des bouquets d'œillets à la main, quoi qu'en dise Serge July.

À Berlin, les éditions Wagenbach nous invitèrent à un moment de conflit avec une partie du personnel. Mes camarades doivent garder en mémoire l'intervention d'André, inspirée du verdict de Salomon, prônant en toute circonstance la fidélité du cœur. J'avais choisi une robe décolletée rétro, complètement décalée par rapport au code vestimentaire en cours. Mes bas en nylon noir avaient filé et je ne trouvais pas comment les remplacer. André, toujours en jean et pull-over bleu marine assorti à la couleur de ses yeux, après chaque discussion, réclamait un gâteau à la crème chantilly. Nous faisions un peu figure de mauvaise fille et de mauvais garçon.

Quelque quinze ans plus tard, à Moscou, nous étions logés par Youri Afanassiev, grand historien, dans le bâtiment des anciens cadres communistes venus du monde entier pour le congrès du Parti bolchevique. Dans les dortoirs, les micros pendaient encore au plafond. C'était en 1991. Le Mur était tombé, l'Union soviétique allait disparaître. André et moi étions présents, un couple de voyageurs à la recherche de bonnes nouvelles. « Il n'y en aura pas », nous a avertis l'ami Youri. Lui distinguait déjà, parmi les nouveaux maîtres du Kremlin, des anciens du KGB, qui allaient figurer en haut de la hiérarchie et s'approprier les richesses de la Russie. Il les avait repérés depuis des années. Du haut de l'université de Moscou, nous avons vu arriver des limousines blanches longues de huit mètres décorées de fleurs à l'occasion d'un mariage de nouveaux riches. Tout change et rien ne change, les apparatchiks d'hier deviennent les oligarques d'aujourd'hui, les vainqueurs du jour s'embrassent, avec Moscou à leurs pieds. Sous l'enseigne du marteau et de la faucille, ils trinquent à l'avenir. Au troisième verre de vodka, André versait discrètement le liquide clair sur le sol. C'était très mal vu. Alors je buvais pour deux. En rentrant vers notre résidence, André a chuchoté à mon oreille, cachée sous une chapka en astrakan : « Tu sais que tu as à l'amour un rapport absolu, quasi religieux ? » De la bouche d'un marxiste, était-ce de l'ironie ? Avais-je goûté à l'opium du peuple ? J'aimais inconditionnellement André.

Un peu pompette, j'ai simplement répondu : « Il doit y avoir de ça. »

André est devenu une personnalité importante.

Son livre *La Cuisinière et le Mangeur d'hommes,* publié en 1976, chamboula l'histoire contemporaine. S'appuyant sur le témoignage de Soljenitsyne, il fut un des premiers de sa génération à mettre en parallèle les goulags de Staline en Sibérie et les camps de concentration dans l'Allemagne nazie. Des millions de morts des deux côtés. Ceux qui s'étaient désignés vainqueurs de la peste hitlérienne étaient eux-mêmes grands organisateurs du Mal. Le roi était nu.

Francoise Verny, des éditions Grasset, avait eu une idée de communication efficace en créant le concept de « nouveaux philosophes ». À la une de tous les médias, on voyait Bernard-Henri Lévy, auteur de *La Barbarie à visage humain,* et André Glucksmann, auteur des *Maîtres penseurs,* deux best-sellers vendus à des dizaines de milliers d'exemplaires. « Je les ai achetés mais ce n'est tout de même pas facile à lire », m'avoua mon coiffeur. C'était le début dans les maisons d'édition de la chasse aux livres à grand succès. Bernard et André étaient tous deux d'une beauté provocante, le regard animé par le feu de l'engagement politique. Ça tombait pile pour occuper les plateaux de télévision. De toute évidence, ils étaient sur la même longueur d'onde, philosophes brillants et fiers combattants. De jeunes coqs aussi, irrespectueux, qui fonçaient en avant, se disputant la première place. Je trouvais dommage de se disperser dans des considérations narcissiques alors qu'une même grande cause à défendre les attendait. Alors je suis allée frapper à la porte de Bernard, rue Madame, où il habitait, dans l'espoir de les réconcilier. « Qui est le plus beau, André ou moi ? », m'a-t-il demandé soudain. « André bien sûr », ai-je répondu. « C'est que tu l'aimes. Alors tu es pardonnée. » J'ai eu gain de cause. Cette guerre un peu infantile a fini comme elle avait commencé : sur des presque riens, une bagatelle.

Des années durant, André, tel un chien truffier, détecte le mal partout où il se présente : en Yougoslavie, au Rwanda, en Algérie, en Tchétchénie. Il répond présent quand il faut aller au front défendre les victimes. Il interroge la notion du Bien, que je cherche également à faire valoir avec une certaine candeur. Lui se montre plus sceptique. N'est-ce pas au nom du Bien que la terreur se justifia, en Allemagne par Hitler, en Union soviétique par Staline ? « Soyons modestes, essayons au moins d'éviter le Mal. Sans fausses promesses du Bien. Soyons justes et solidaires des ébranlés. L'histoire nous a coupé les paupières, nous obligeant de voir dans le noir et de voir le noir. »

Fort de ce constat, les ailes d'oiseau d'André se déployaient avec une immense compassion pour tous les laissés-pour-compte.

André, regarde-nous ! De là où tu es, tu vois ce que nombre de nos amis sont devenus ? Des Tchéchènes, certains sont maintenant des assassins. Parmi nos chers Bosniaques se trouvent désormais des fous de Dieu.

Des Algériens, quelques-uns ont viré collabos, partisans des nouveaux tyrans. Le monde deviendrait-il fou ? Tu en pleurerais. Tu te retournerais dans ta tombe.

« L'humanité va à sa perte », prédisait Marguerite Duras. Et toi, mon grand oiseau dans l'azur, tu sens ton aile se fatiguer quand approche la mort.

Mais jamais tu ne renonceras à dénoncer les crimes qui ne doivent pas rester impunis. Je te suis fidèle en cela. Même si ça prendra du temps.

Je suis arrivée à sept heures du matin le 10 novembre 2015 chez toi, faubourg Poissonnière. Tu venais de t'éteindre. « Je peux le voir ? », ai-je demandé à Fanfan, ta femme depuis toujours. « Il est mort, tu sais. Un cadavre. » Pour moi tu n'étais pas mort, juste le corps était parti.

J'ai pu rester une heure avec toi, à côté du canapé où tu étais allongé. J'ai allumé une bougie près de ton beau visage reposé. As-tu souffert ? « Ce fut difficile », m'a confié Fanfan. J'ai prié tous les dieux du Ciel et de la Terre.

Quatre heures plus tard, des hommes en gris ont mis le corps léger d'André dans un sac poubelle. Comme un tapis roulé. Ils l'ont descendu, marche par marche, en trébuchant parfois dans les escaliers.

Fuck ! L'indifférence des profanes envers le sacré.

Qu'est-ce qui rend un amour éternel ?

C'est de ne jamais le mettre à l'épreuve du temps. Garder le désir intact, désir du désir. Aucun événement extérieur n'aurait de prise sur un sentiment qui s'avoue exister à jamais et pour toujours. L'étreinte charnelle, avec son commencement et sa fin, obéit à la loi du cadran de l'horloge, mais la jouissance est hors du temps. Le rêveur rêve le futur au présent, le présent fait écho à l'image indestructible de son passé. Les temps se confondent les uns dans les autres et se dévorent.

Kafka écrivait en allemand, ciselant la langue au-dessus de son volcan en une pureté de cristal. À la fin du *Verdict*, le narrateur se trouve sur un pont. La traversée d'une rive à l'autre, de l'enfance empêchée à ce qui n'a pas de nom, est périlleuse. Sur les berges se passent des choses, « *ein grosser Verkehr* » « une grande circulation ». Les sexes circulent de l'un à l'autre. – Vus du haut aux yeux de l'artiste, les rapports sexuels appartiennent à la vie des autres, Kafka déclare « le renoncement plus profond que le bonheur ». « L'amour est solitude », écrit-il encore. Empêché par sa peur, il rata le rendez-vous ultime avec Milena, qu'il aimait tant.

Rainer Maria Rilke souffrait du romantisme allemand. Un de ses poèmes me colle toujours à la peau.

« *Du, der ich nicht sage, dass ich bei Nacht weinend liege, deren Wesen mich müde macht wie eine Wiege… Weil ich niemals dich anhielt halt ich dich fest.* » « Toi, à qui je ne dis pas que je passe ma nuit en pleurant, toi dont la nature me fatigue comme une berceuse… Puisque je ne t'ai jamais tenu, je te tiens fermement. »

Est-ce un aveu de chasteté avant que Lou Andreas-Salomé ne tienne le poète et l'initie à la matière de la nuit se révélant lumière ? Le poème « Seulement toi » ouvre d'emblée l'expérience amoureuse au sacré, un mélange de crainte et d'attachement, dont les états d'intensité composent le secret de notre raison d'être en vie.

« Ainsi avec André vous n'avez jamais couché ensemble ? me demande, étonnée, Manon, ma petite-fille, l'aînée de la tribu.

— Quand deux imaginaires s'emboîtent à la perfection, les corps aussi se trouvent. Ça arrive, ça m'est arrivé. Cette puissante magie entre deux êtres emporte tout, la langue, le sexe, le cœur, l'innocence… de toutes les façons. Deux corps alors se rencontrent, exultent. À cet instant parfait, la vie nous inonde et une prophétie s'y ajoute. Tout grand amour invite dans sa couche un baiser pour l'éternité.

— As-tu eu, Momo, plusieurs grandes amours dans ta vie ? demande encore ma petite-fille déjà femme.

— Bien sûr, des très grands, des petits grands. Quand ils sont tout petits, ce n'est pas la peine de commencer. Ensuite il y a des bons et des moins bons amants. Il faut les éduquer, ma chérie. Rares sont ceux qui te chérissent pour la femme que tu es. Tu verras, tantôt tu seras aux anges, tantôt tu auras mal. Il faut se jeter à l'eau, car il n'y a pas d'autres mers où se noyer. »

5.

Tuer ou ne pas tuer

Le 5 septembre 1972, au cours des Jeux olympiques d'été à Munich, 11 athlètes israéliens sont pris en otages par un commando palestinien, Septembre noir. L'opération de sauvetage de la police allemande tourne au fiasco. Le bilan est lourd : 17 victimes. Un massacre.

À l'occasion des Jeux, l'Allemagne de Helmut Schmidt voulait montrer au monde entier que plus rien dans ce pays n'était comme avant. Effacé le souvenir des J. O. de 1936 sous le règne de Hitler. Et voilà que dans le stade de Munich, le 6 septembre, un jour après le drame, l'État allemand se doit d'organiser une cérémonie en hommage aux 11 athlètes juifs, victimes de la prise d'otages commise par un groupe de fedayins, francs-tireurs de la cause palestinienne. L'État tente une négociation.

Des sommes astronomiques sont proposées aux preneurs d'otages.

Les fedayins s'en moquent. Rien n'y fait.

Leur revendication : la libération de 234 Palestiniens emprisonnés en Israël, ainsi que celle d'Andreas Baader et de Ulrike Meinhof internés en Allemagne.

Le terrorisme entre dans l'arène. Encore une fois, des Juifs ont péri sur le sol allemand. Un scandale absolu, un douloureux souvenir ravivé.

Il fallait bien que les Juifs, rescapés du génocide, puissent s'installer quelque part. On était donc pour la création de l'État d'Israël, les Palestiniens avaient été chassés de leurs terres. Il était dit que ce serait pour quelques mois. Mensonge. Martin Buber, philosophe juif éclairé, avait proposé : un pays pour deux peuples. On partage. Les extrémistes des deux côtés ont mis en échec cette solution pacifique. Seul Bouddha peut-être aurait pu y arriver. Mais ce qui faisait partie des possibles, voilà cinq mille ans, sous une prolifération des dieux, ne l'est plus depuis que les monothéismes se livrent une féroce concurrence. Que de sang versé pour gagner la bataille et être acclamé seul dieu sur Terre. La voie du milieu aurait été le bon choix pour la paix.

Partout en Europe, l'extrême gauche soutient le combat du peuple palestinien pour la libération de son territoire, contre l'occupant ennemi, Israël.

À la pointe de ce soutien, Andreas Baader, dès son retour en Allemagne, avait braqué une banque. Ulrike Meinhof, éditorialiste à l'hebdo *Konkret,* nouvelle recrue de taille au sein de la lutte armée, organisa son évasion de prison. Le couple fut arrêté peu après.

Du côté français, la Gauche prolétarienne tente avec succès un « élargissement démocratique » : le Secours rouge. À travers les quartiers, le Secours rouge porte secours aux immigrés, à tous ceux qui se heurtent à l'exclusion programmée d'une partie de la société, la plus démunie. Paris intra-muros est de plus en plus réservé aux riches. J'assiste aux réunions, je me joins aux petits groupes qui collent des affiches à cinq heures du matin. Avec des camarades, j'accompagne Jean-Paul Sartre à l'usine Renault en grève. On hisse Sartre sur un tonneau, « Voyez, je suis avec vous dans votre combat ».

Beau geste. Discours inoubliable : « Il ne faut pas désespérer Billancourt. » Mais qui y croit vraiment ? On s'agite comme on peut pour aider Sartre à descendre du tonneau sans qu'il se blesse. Il a près de 70 ans.

La GP a besoin d'argent. On me le fait savoir. Et si nous levions des fonds auprès de la presse allemande ? Je prospecte. *Der Spiegel,* le grand hebdo culturel et politique, accepte : « Un grand entretien avec Sartre ! Formidable. Ça fait des années qu'il refuse. Si vous avez son accord, vous ferez l'interview. » Sartre accepte à peu près tout ce que la GP lui demande. Benny Lévy, qui dirige la GP, est son interlocuteur privilégié. Ce sera très bien payé.

La radio allemande me prête pour l'occasion un appareil d'enregistrement sophistiqué, un Nagra, dédié à un usage professionnel. Je suis reportrice amateur, l'appareil pèse lourd. J'aurais pu me faire accompagner par un technicien, mais Sartre préfère avoir une seule personne en face de lui. J'emprunte l'ascenseur et je monte jusqu'au quatrième étage du 222, boulevard Raspail. Je sonne. La porte s'ouvre immédiatement. Le petit grand homme est en charentaises, un gilet de laine beige sur le dos. Ses épaules penchées vers l'avant lui donnent un aspect voûté. Derrière ses épaisses lunettes, le regard est comme noyé de larmes. « Asseyez-vous là ! On attaque ?! » J'ose une remarque du genre : « Vous avez une belle vue de vos fenêtres. » Sartre esquisse un sourire bienveillant, un peu ennuyé. Allons droit au but ! Je pose mes questions, Sartre répond. Une heure et demie passe. L'interview est dans la poche. Merci pour la GP.

En rentrant, je vérifie l'enregistrement. Rien. J'ai dû appuyer sur une mauvaise touche.

Dire à Sartre que j'ai foiré ? Je suis une lamentable journaliste, je l'ai toujours su. Je prends mon courage à deux mains. J'appelle, je me fais petite, j'avoue ma honte. Il me dit : « Ne vous faites pas plus petite que vous êtes. On se revoit demain, même heure. Et on recommence. »

Les cheminots se mettent en grève à la gare d'Austerlitz, notre secteur d'action du Secours rouge. Les militants projettent d'y faire une descente, soutenir la grève dans les locaux de la SNCF leur vaudrait d'être arrêtés. Ma fonction : me poser sur le quai et faire le guet. Je sors du placard un long manteau en velours noir qui s'arrête aux chevilles, jette sur mes épaules un grand col de renard argenté, des bottines rouges aux pieds, le tout chiné aux

Puces de Montreuil. Rouge Baiser sur les lèvres, des boucles blondes correctement coiffées, la tenue d'une voyageuse bon chic bon genre. Impossible de m'identifier comme gauchiste. Je fais mon travail et ça marche : une belle action, un éclair de solidarité avec les cheminots.

Quand les flics arrivent, les camarades sont déjà sur le point de se disperser. Personne n'est interpellé.

À la réunion suivante du Secours rouge, une nouvelle tête dépasse un peu celles des autres. Il se présente : « Guy Leverve. De mon vrai nom, ajoute-t-il, pas mon nom de guerre. » Il revient d'un camp d'entraînement militaire en Jordanie auprès des fedayins qui savent manier les kalachnikovs.

Tous les regards se tournent vers Guy, mais il reste discret sur son engagement. Il a d'emblée l'autorité de celui qui a osé rejoindre l'épicentre du séisme de la lutte armée.

De retour en France, il cherche où se loger. De préférence, un endroit avec un piano. Un piano ? C'est rare, voire impossible dans nos milieux de camarades gauchistes.

Je lui propose de l'héberger. « En échange, si tu veux, je repeins les murs de ta chambre ». Acté. Il se pointe le lendemain un pinceau à la main. On achète un pot de peinture kaki et il se met au travail. L'ampli est à fond : *la Sonate pour piano en si mineur*, *la Vallée d'Obermann*, *Les Années de pèlerinage*, de Franz Liszt, interprétées par le grand Vladimir Horowitz. La musique, cette autre langue qui dit tout de nous, fait de Guy et moi deux complices, de plus en plus sensibles à la perfection du jeu des grands compositeurs. Nous comparons les interprétations. On jubile. Cet enthousiasme mélomane n'est pas du tout dans l'air du temps gauchiste.

Quand Jean-Marcel rentre de la rédaction des *Cahiers de mai*, l'appartement est occupé.

Très vite, Guy et moi sommes amants. Très vite, il devient mon mari. Pourquoi ? Personne ne se mariait à cette époque. Mais il y avait urgence.

Sur le panneau d'affichage dans l'entrée de *J'accuse*, le journal qui représentait un élargissement démocratique, une annonce attirait l'attention : une camarade en exil cherchait à faire un mariage blanc. C'était moi.

La situation des militants en Allemagne empirait de jour en jour. Le moindre geste de soutien à la bande à Baader, dénommée désormais « Fraction armée rouge » faisait de vous un criminel menacé d'incarcération. Les Renseignements, évidemment, me savaient proche d'eux. D'où l'idée d'obtenir la nationalité française par mariage. Un mariage de raison ? Pas seulement.

L'amour était au rendez-vous. Dieu merci.

Le mariage est célébré à la mairie du 5e arrondissement, le 22 décembre 1972. Jean-Marcel est témoin. Il a commandé des huîtres. J'appelle mes parents. « Tu vois, Papa, toi qui en avais assez de mes fiançailles à répétition… cette fois, c'est bon. Je me suis mariée il y a une heure. »

Avec mon mari tout neuf, nous nous invitons chez mes parents pour Noël. Le sapin est décoré, les mêmes boules argentées depuis vingt-cinq ans. Ce rituel de pacotille se transmet de génération en génération. L'*Ave Maria* et autres musiques sacrées sortent de l'amplificateur. On se tient par la main et on chante. J'aime bien, des souvenirs reviennent. Je suis émue, les larmes aux yeux. La Terre peut être à feu et à sang, nous chanterons toujours pour célébrer l'arrivée au monde du Divin Enfant. Une sacrée dose de sentimentalisme organisé de la même façon dans tous les foyers de la République allemande, le jour de la naissance du Christ.

Ma mère trouve mon élu pas très flamboyant. Elle s'attendait à quelqu'un de mieux.

Guy s'en fout. De mon côté, j'avais préparé une petite surprise. Pas lavée depuis trois jours, je sentais le sperme. Ma mère m'a questionnée : « C'est quoi cette odeur ? — C'est l'odeur du sexe sur ma peau. » Pour compléter le tableau, j'exhibe mes petits boutons rouges partout dans les plis de ma chair. « J'ai la gale. — Quelle horreur ! Où as-tu attrapé ça ? — Là où je travaille, à *Libé*, ils l'ont tous. »

On cherche dans le dictionnaire. Gale en allemand ? *Kretze* ! Ma mère manque s'évanouir. « Il n'y a plus ça chez nous depuis la fin de la guerre. Ma fille vit avec la plèbe. Toutes ces saletés ont été éradiquées chez nous depuis la fin du Reich. Tout est propre désormais. »

Les tas de cadavres jetés dans les charniers, les crimes contre l'humanité sont recouverts d'une toile blanche impeccable. Ce qui est caché doit être oublié.

Pauvre Mutti. Qu'est-ce qui m'a pris ? Pourquoi faire du mal à Maman ? Si j'avais vécu en Allemagne dans les années 1930-1940, aurais-je été meilleure ? De quel droit s'ériger en justicier ? Aurais-je eu le courage, au risque de ma vie, de m'engager dans la Résistance ? Cette question restera sans réponse toute ma vie.

« Nous sommes tous des Juifs allemands. » Nous sommes aussi des protestants dans le nord du pays.

Chez les luthériens, un coin du cerveau abrite la doctrine d'Emmanuel Kant : « l'impératif catégorique ». D'après le philosophe, nous devrions toujours agir selon un principe dont nous pourrions vouloir qu'il devienne universel : « Le ciel étoilé au-dessus de nous. La loi morale au-dedans. » Ma façon d'agir doit servir de modèle pour tous. Ma vérité vertueuse est LA vérité. Dieu est le témoin direct de ma bonne conduite. L'hypocrisie, les jolis mensonges, sont pour l'Église catholique qui absout les péchés en confession, quand un protestant est éternellement coupable de n'avoir pas su éviter le mal. Lourde tâche. On est seul avec sa conscience, responsable. Seul aussi pour aller droit dans le mur.

Tous les Allemands un peu éduqués ont étudié à l'école le court récit de Heinrich von Kleist : *Michael Kohlhaas*, l'histoire d'un homme à la recherche frénétique de la justice et qui se transforme en vengeur meurtrier, faute de trouver l'absolu de sa quête dans la réalité sociale. Tel un ange exterminateur, Kohlhaas sème la terreur. Sommes-nous, la génération née coupable d'après-guerre, tentés par la démesure ? Sommes-nous tous des Baader and co en puissance ?

1973. *Libération* prépare son numéro 0. C'est excitant. Puis les numéros 1, 2, 3 et ainsi de suite. C'est un quotidien. Nous sommes en permanence sur le pont afin d'imprimer nos idées noir sur blanc. Serge July, un cadre de la GP, est nommé directeur de la publication. Il n'y a pas beaucoup de discussions. Pour ponctuer la fin d'une réunion, Serge July a toujours le dernier mot : « Et voilà, conclut-il subitement. Un point c'est tout. »

Sartre et Clavel veillent sur le contenu, nous rassure-t-on. Foucault vient visiter les bureaux rue de Lorraine dans le 19e arrondissement. C'est là, près de la porte de Pantin, qu'on mange la meilleure viande rouge de Paris, la plus épaisse, la plus saignante.

Foucault trouve que l'installation des tables et des machines reflète d'anciennes hiérarchies bourgeoises : la rédaction en haut au premier étage, le chef occupant la seule pièce avec une fenêtre sur rue, les techniciens de la fabrication, de la maquette et la toute neuve photocomposeuse, relégués au rez-de-chaussée. Que faire ? Installer les lourdes machines au premier étage ? Leur poids aurait crevé le plancher.

Les journalistes doivent être les passeurs de la parole du peuple, des ouvriers et des paysans. « Allez les chercher sur le terrain et faites-les venir ici », telle est la devise. Je décide de relever le défi. Le boss m'a concédé une double page du journal chaque mercredi. J'invite les femmes de toutes les tendances féministes, *Le Torchon brûle*, *Sorcières*, *Psychanalyse et politique* d'Antoinette Fouque, les femmes engagées autour de Gisèle Halimi, des proches de Simone de Beauvoir… Toutes sans indulgence pour le sexe fort honni. Ça tombe bien. Elles sont nombreuses, les jolies femmes qui ne sont pas là pour se faire draguer, à venir dans nos bureaux de la rue de Lorraine une fois par semaine. Elles en agacent plus d'un. Les dossiers ne manquent pas en pile sur la table : l'avortement, les discriminations de salaires, les brutalités dans les foyers, le sexisme. « NOUS SOMMES EN DEUIL », titrons-nous d'une seule voix quand une femme succombe à un acte de violence. Impossible de nous ignorer. Ensemble nous ouvrons un espace de liberté d'expression dans le journal. Ho, ho ! les mecs ! Attention ! Quand ils s'aperçoivent que nous nous servons de cette liberté pour pointer leurs propos machistes, la guerre est déclarée. Il y a des bagarres, on en arrive aux mains. July tranche en notre faveur. La page Femmes est préservée. « Écrire, disent-elles », et chacune y va de sa plume.

Une ligne de démarcation se profile. Plus on avance, plus « *Woman matters* » devient évident. Certains de la gent masculine paniquent, d'autres en revanche se révèlent nos alliés. Les psychanalystes ont du boulot. Ils ont dû en entendre des vertes et des pas mûres sur leur divan, à propos de l'angoisse de castration, de l'envie du pénis, du fantasme du vagin denté, et autres classiques des névroses virilistes.

René Major, un psy qui nous soutient, crée la revue *Confrontation.* Des intellectuels de tous bords s'y interrogent à propos de la question du rapport ou du non-rapport au pouvoir. Pas facile, mais crucial. Car c'est bien le pouvoir qui fait bander les hommes. Les philosophes également nourrissent la réflexion, Jacques Derrida en tête. Il propose la déconstruction de notre fatal système de pensée phallo-logocentrique. Plus près du corps des femmes, le gynécologue Fréderic Leboyer propose une naissance sans violence, doux pour le bébé, doux pour la maman. Mais la plupart des combattants du Grand Soir, nos chers camarades, ne bougent pas leurs neurones. Chef macho un jour, chef macho toujours. On comprend pourquoi. Qui s'est rêvé en Lénine, Trotski, Mao ou Che Guevara, a du mal à s'accepter simple mortel parmi les mortels. Le pouvoir monte à la tête, s'y installe et cause des ravages. Ce qu'ils perdent d'un côté – fini l'horizon du grand soir marxiste-léniniste –, les mâles vont le chercher ailleurs. Dans les médias, dans les institutions d'un renouvellement politique futur, et de nouvelles niches de pouvoir se dessinent.

Robert Linhart, ancien leader de la Gauche prolétarienne en 1968, fut contraint de céder sa place au profit de Pierre Victor, nom de guerre de Benny Lévy. Robert en est devenu fou. Il s'est alors établi comme ouvrier à la chaîne dans une usine Citroën, avant d'être interné temporairement dans un hôpital psychiatrique. Je connaissais son nom et son visage, une bonne tête de chou poussée dans les champs de l'Est. Pierre Victor/Benny Lévy avait été mon voisin dans un sac de couchage posé à même le sol pendant la lutte des ouvriers de Lip. Envoyée spéciale de *Libé*, je m'étais installée à Besançon pendant l'été 73 pour préparer un numéro spécial. La lutte des ouvriers de Lip se prolonge, la direction de la GP se déplace, descendue de Paris. Un événement est planifié. Je mets le réveil à 4 h 45. « Inutile, camarade », me signifie Pierre Victor. « Je m'en charge », et en tapotant son front : « Tout est dans ma tête. » Je ne suis pas vraiment rassurée. Quel est ce genre d'homme qui fait fonctionner son crâne comme une pendule ? À 4 h 45, en effet, Pierre Victor est debout. « Tu vois, camarade ! », me lance-t-il. Il m'effraie. Si les meneurs arrivent à manipuler leur propre cerveau, ils peuvent contrôler le cerveau des autres. Quel sera alors notre avenir ?

Avec un contremaître de la communauté des ouvriers de Lip, je trouve un sujet de conversation : les livres de Kafka. Il en est fan, moi aussi. Nous sommes à égalité dans la réception des terribles avertissements de l'écrivain. Le monde moderne va engendrer les pires des totalitarismes politiques et des monopoles économiques. Le combat pour sauver leur usine s'exprime avec une noblesse folle. Ces travailleurs ne sont pas en lutte pour quelques sous de plus. « Et vous ? », me demande-t-il. Je lui réponds : « On gagne des clopinettes comme vous. Mais nous allons sauver le monde de la gangrène du capitalisme. »

Beaucoup des Lip sont croyants. En revanche, pour les militants, Dieu est mort, c'est la révolution qui est investie religieusement.

Je croise Robert Linhart le 10 mai 1974 sur l'avenue du Général-Leclerc, pas très loin de l'hôpital Sainte-Anne. Il s'est égaré. Je crèche à deux pas, chez une copine. Je l'invite à monter. Nous regardons ensemble le débat Giscard / Mitterrand à la télévision.

Giscard balance sa phrase choc à Mitterrand : « Vous n'avez pas le monopole du cœur. » Robert est mort de rire. « Ah ça oui !!! Monopole peut-être, mais cœur ? »

Revenu de toute ambition politique, il me glisse une confidence : « Il y a deux choses dans la vie que je déteste : l'Allemagne et les préliminaires. » C'est dit. Qu'on couche ensemble ne m'a pas effleuré l'esprit. Avec lui, baisers et caresses ne sont donc pas un sujet… Pour l'Allemagne, il faut voir.

« On pourrait faire un voyage à Berlin ensemble, peut-être que je changerais d'avis », me dit-il. Chiche. Je prends les billets Air France Paris-Berlin. Arrivés à l'aéroport, on part ? On ne part pas. Demain alors ? On prend une chambre à l'hôtel Sofitel à côté de l'aéroport. Toute la nuit Robert colle sa tête à la fenêtre. Son nez devient rouge, il fait froid. Pendant des heures, il observe les avions dans le ciel. Un peu fou quand même. Le lendemain, il se dit prêt.

Nous nous envolons vers l'Est. Trois jours calmes à Berlin. Robert enregistre tout du renouveau de l'Allemagne. Au retour, il me remercie : « Ça valait le coup tout de même. »

Ensuite, je l'ai perdu de vue. Robert Linhart est retourné dans une bulle d'où il ne voit plus guère le monde.

Il se pourrait que nous nous retrouvions un jour dans le cercle des poètes disparus. Et qu'on se souvienne.

La grande famille de 68 n'est pas morte. Il en reste quelques-uns.

Dressons un bilan. Des camarades de lutte se sont dispersés je ne sais où. Fini le boulot à *Libération* pour moi. Mon mariage avec Guy bat de l'aile. Faut-il passer à autre chose ? Retourner là d'où je viens ? Qu'est-ce qui me pousse à rester en France ? Ce n'est pas que je tienne à mes meubles, je n'en ai pas. Je suis sans racines mais j'ai un joli prénom, un peu bizarre, dont on se souvient facilement. « Ton nom est ton destin », avais-je lu quelque part. Chez Lacan ? Mon prénom invite à déguster des huîtres Marennes, ou son homonyme, Marraine, me porte garante d'une relation affective sur la durée. Ou encore, Ma Reine, pour briller aux côtés d'un roi. Encore faut-il qu'un roi se présente.

Un jour, j'ai interrogé ma mère sur l'origine de mon prénom. « C'est un nom très courant, m'a-t-elle répondu. Au Danemark, toutes les vaches s'appellent comme ça ». Aujourd'hui, la France m'accorde tous les possibles, au lieu de mener une petite existence parmi les vaches. Entre vache et reine, je choisis la reine. Je ne suis personne, mais je porte haut la couronne de mon nom, même en étant personne ou juste un flocon dans le temple vide des parents. Il est rare de trouver en Allemagne des liens à une terre depuis des générations, à cause, entre autres, du recensement pendant le Troisième Reich. Dévoiler sa généalogie impliquait le risque de découvrir un Juif dans la famille. Et après la guerre, tout le monde veillait à se présenter sans lignage, lavé du soupçon d'avoir adhéré au parti nazi.

En France ce fut différent. Mes camarades, volatilisés après la dissolution des groupuscules, savaient où aller, ils avaient des parents, des grands-parents, beaucoup jouissaient d'une maison familiale où passer les week-ends, les vacances. Ils savaient bien d'où ils venaient. J'imaginais que tous avaient des parents Résistants. Je voyais la France grand vainqueur du nazisme, un peuple admirable. Plus tard, j'ai compris que ce n'était pas aussi glorieux que ça. Il y eut en France plus de collabos que de Résistants. Mais le récit de la fierté nationale était là. Et les mensonges aussi. Sans terre où me poser en famille, sans une cabane en forêt, sans villa en bord de mer, je planais tel un petit oiseau au-dessus des réalités de l'existence, un être de pur langage.

Tout récemment, j'ai lu une phrase de Barbara Cassin qui m'a enchantée : « Pas de fond, pas de plafond. » Je l'ai répétée à plusieurs de mes amis. Elle en a fait rire certains, d'autres pas. Elle indique une verticalité du bas vers le haut. Et dans l'autre sens ? Pas de plafond, pas de fond ? C'est vrai aussi. Quand les deux marchent ensemble, peut jaillir une magie, une rencontre qui permet de faire résonner la matière la plus sexuelle avec le divin le plus lumineux, d'entretisser la terre et le ciel, le corps et le monde. Le sourire de la Joconde sur les lèvres de l'inconnu ?

Pour la première fois de ma vie, j'embrasse une femme, plus que sur les joues, plus que sur la bouche.

Ou c'est elle qui m'a embrassée d'abord ? On est bien ensemble. Esther ressemble à Virginia Woolf, les yeux bleus noyés dans une rivière. On formule des projets : la restauration d'une ferme à quinze kilomètres de Cosne-sur-Loire. Il n'y a pas d'eau, on se lave à la source d'un puits. On met des bleus de travail comme ceux des ouvriers à l'usine. Esther est, elle aussi, militante de la gauche radicale. On apprend à mélanger du sable au béton, à peindre des fresques à l'ancienne dans la grange. On lave des légumes dans la mangeoire en pierre autrefois destinée au bétail. Des copines viennent nous aider. On est bien entre femmes.

Mon amie et amante est fille d'une grande famille juive. Bien que goy, je suis invitée. On dîne à six ou huit autour de la table. J'aime bien. Son appartement est beau, dans un quartier huppé. La beauté est un grand privilège des riches, s'ils ont du goût.

La mère d'Esther est une femme épatante, pleine d'esprit, pragmatique, sans romantisme culpabilisant : « Que quelqu'un m'aime pour mon argent ou pour mes beaux yeux, ça m'est complètement égal », ou : « Vouloir coucher entre Juifs, c'est normal. Mieux vaut s'accoupler avec des gens qu'on connaît. » À table, ce genre de propos sonne à mes oreilles comme un souffle de vent frais. Que sa fille vive en couple avec une femme ne lui pose aucun problème. Cosmopolite et tolérante.

Une joie pour moi : être acceptée par une famille juive qui ne m'accuse pas d'être née allemande. Qui ne remue pas le couteau dans la chair de mon vieux traumatisme.

Le père d'Esther adore nous recevoir dans sa maison des Landes. Une construction moderniste posée entre les pins. Une aile décorée de tentures de perroquets bleus sur fond orange est destinée aux femmes. Une autre aux murs austères d'un brun chocolat est réservée aux hommes. Esther n'a jamais su si une femme était déjà venue le retrouver dans ces lieux. Ce vieux monsieur à la retraite aime nous faire goûter de bons vins. J'adore les taches de vieillesse sur ses mains posées sur le volant de sa Peugeot. Pourquoi une Peugeot ? Pour faire peuple, répond-il.

Après la ferme de Cosne-sur-Loire, un refuge pour les femmes, nous décidons de louer un grand appartement à Paris, rue de Franche-Comté, dans le 3e arrondissement, juste derrière la mairie. Cinq femmes, des amies s'y sont installées, trois Allemandes un peu françaises et deux Françaises un peu allemandes. Flux et reflux des désirs. Une invitation à traverser la rue vers un monde amélioré. Nous y sommes presque ? Malheureusement, les passions pour les hommes perturbent notre communauté. Comment bien aimer ? Esther et moi sommes restées ensemble pendant des années. Je l'ai accompagnée, j'espère, sur son chemin pour devenir sage-femme. Elle m'a accompagnée dans mes désirs d'écriture. Elle et moi nous sommes bien aimées, jusqu'au moment où j'ai rencontré l'homme de ma vie, Georges. J'y reviendrai plus tard…

Un matin très tôt, on sonne à la porte de notre tribu de femmes rue de Franche-Comté. La sonnerie insiste. Les copines sont réveillées. J'ouvre la porte. Ce n'est pas le facteur, ce n'est pas un petit ami qui apporte les croissants. Quatre hommes se présentent – « Police ! » – avec un avis de perquisition. L'un d'eux s'excuse de perturber notre gynécée, alors qu'un autre bloque la porte avec son pied. Ils fouillent l'appartement de fond en comble. Y trouvent des dizaines de livres en langues française et allemande mais aussi des pelotes de laine, des broderies, les fiches-cuisine de nos plats préférés. C'est quoi ce bordel ? Un nid de terroristes ? Une table de repassage leur barre le chemin. C'est une arme ? Non, pas d'armes.

La veille, le 9 mai 1976, un dimanche, Ulrike Meinhof s'était pendue dans sa cellule de la prison de Stuttgart, ville-phare de la réussite industrielle d'Allemagne, siège des usines Mercedes. Auparavant elle avait déclaré : « Si la guerre est le seul moyen de combattre, nous défendons la guerre. » Peu avant de se pendre à l'aide d'un chiffon transformé en corde, Ulrike contestait l'efficacité de la lutte armée exercée par une vingtaine d'individus sur la conscience des masses. Vivement critiquée par les ténors de l'organisation, Baader et Ensslin, elle avait baissé les armes et s'était trouvée de plus en plus isolée. « Le suicide est le dernier recours quand tout s'effondre », déclara-t-elle quelques jours avant d'en finir.

La veille au soir, il y avait eu un attentat dans une succursale Mercedes sur les Champs-Élysées. Des cocktails

Molotov avaient incendié le bâtiment. La police me soupçonne d'y avoir participé. On m'embarque. Les accusations sont graves. En Allemagne, j'en prendrais pour des années si elles se révélaient justifiées. Au Quai des Orfèvres, dans un petit bureau, je suis interrogée par les services de Renseignements français et allemands. C'est fou tout ce qu'ils savent. Des événements mis sur le tapis dont j'avais même oublié l'existence. J'avoue ce qui est incontestable. Oui, avec Jean-Marcel Bouguereau, j'ai hébergé Andreas Baader et Gudrun Ensslin à Paris en 1970. Oui, j'ai demandé à mon père de leur faciliter le passage clandestin vers la France. Vati connaissait tous les chemins forestiers le long de la frontière. Oui, j'ai utilisé le numéro de téléphone d'une amie de mes parents afin de communiquer avec Gudrun Ensslin. Oui, j'ai gardé le contact, j'ai suivi leurs égarements, des braquages de banques, des vols. À quoi ça sert de parler, de lutter, d'organiser des manifestations ? À rien. Il faut sortir de la niche de la morale, de cette hypocrisie, de cette corruption. Il faut prendre les armes, me disait Gudrun Ensslin. J'avais promis de l'aider comme je pouvais. L'avocat Klaus Croissant entre autres fut le messager entre le monde extérieur et eux, les prisonniers de l'État. Oui, vers la fin, je me suis rendue à Berlin. Dix fois nous avions déplacé le rendez-vous dans les quatre étages du KDV, le plus grand centre commercial de Berlin-Ouest, à cinquante mètres de la ruine de l'église du Souvenir. Mais je n'ai pas avoué aux flics le motif du dernier rendez-vous, sur un appel d'urgence de Gudrun.

L'ultime recours pour les activistes de la bande à Baader consistait à changer de visage à l'aide de plusieurs opérations esthétiques, jusqu'à rendre leur apparence méconnaissable. « Tu ne connais pas une clinique à Paris ? », me demanda-t-elle. D'accord, j'irais prospecter. C'était une voie sans issue, une hallucination du néant. Tout était déjà trop tard.

J'aurais pu, comme Gudrun, être réduite au plus noir du désespoir si je ne m'étais pas éloignée avant que le piège se referme. En 1973, en France, nous mettions en kiosque quotidiennement un numéro de *Libération*, et depuis des mois les yeux étaient braqués sur la grève active des ouvriers de Lip. À la même époque exactement, l'Allemagne avait connu le plus sanglant des printemps depuis la fin de la guerre. La France montrait l'exemple d'une classe ouvrière unie et efficace. Une démonstration d'autogestion réussie depuis dix mois à l'usine des montres de Besançon. Les ouvriers scandaient : « Le patron a besoin de nous mais nous n'avons pas besoin de patron. » Sapant la légalité bourgeoise, les équipes de Lip avaient pris possession de leur outil de travail et avaient continué à produire et à vendre leurs montres. Collectivement, ils avaient opté pour la voie de l'illégalité sans répandre une goutte de sang. cent mille personnes calmes et décidées avaient initié « la marche sur Besançon ». Le patronat estime que l'action des ouvriers de Lip a ébranlé les fondements de la société, bien davantage que Mai 68.

En Allemagne, entre le 15 et le 24 mai 1972, des attentats ont été commis dans quatre villes différentes.

Une démonstration de la puissance de la Fraction armée rouge, qui comptait désormais une cinquantaine de membres.

Leurs cibles :

1) Punir la violence policière qui avait conduit à l'assassinat de Benno Ohnesorg, en 1967, et aux coups fatals portés à Rudi Dutschke en 1968. Ce qui justifiait d'abattre des policiers ;

2) Punir l'impérialisme américain qui, dans une seule journée, en 1972, avait lâché autant de bombes sur le Vietnam que pendant toute la Seconde Guerre mondiale. Ce qui justifiait de tuer des officiers américains à Augsburg ;

3) Punir la désinformation de la presse, dont les journaux de Springer, monopole de la droite agressive et populiste, étaient la vitrine. Il fallait donc faire exploser leurs bâtiments ;

4) Refuser une justice deux poids deux mesures, ventriloque et sourde, ne servant que les intérêts des puissants, d'où la nécessité de viser le juge organisateur de l'injustice.

Tout cela était raisonné, dans une certaine logique délirante à laquelle les formules du marxisme-léninisme nous avaient habitués. Cette sémantique triomphait des situations : la théorie veut, la révolution exige, la classe ouvrière sait. Cet étendard d'un savoir absolu, dont les porteurs n'étaient que d'humbles serviteurs, allumait des étincelles incendiaires dans les yeux des Allemands qui s'ennuyaient de la paix et du bien-être. La télé ne parlait que de ça, de l'aspect spectaculaire des attentats. Au fond, comme dans les années 1930, la radicalisation des mœurs excitait les esprits. Tant qu'on se refilait des concepts, le climat social restait tranquille. La démocratie a ses défauts, ses limites, mais on ne franchit pas le cadre. Là, un basculement opère. Deux ennemis se font face, l'État et la Fraction armée rouge qui appelle à la guerre civile pour imposer une théorie de la révolution par le meurtre.

« Ils sont prêts à tout », me dit ma mère au téléphone.

La guérilla urbaine désignait froidement ses cibles et n'hésitait pas à passer à l'acte. Il y eut des dizaines de victimes. Terreur quotidienne et haine furieuse se répandaient dans les foyers de la société allemande. L'autorité de l'État était remise en question. Ces années de plomb durèrent de 1972 à 1978. Helmut Schmidt tenait la barre. 160 000 agents des forces de l'ordre furent lancés à la poursuite des terroristes. La population fut invitée à dénoncer un voisin forcément coupable. Les têtes des malfaiteurs étaient mises à prix via des affiches partout avec photos en noir et blanc : « WANTED » comme au Far West. Et ça marchait bien sûr. Les Allemands s'y connaissent en délation.

Il suffit de quatre mois pour que tous les membres de la bande à Baader soient sous les verrous.

Contrairement à eux, je ne qualifiais pas l'État allemand de nouveau fascisme. J'avais découpé dans le journal la photo de Willy Brandt, prédécesseur de Helmut Schmidt, agenouillé devant le mémorial du ghetto de Varsovie. « Nous sommes la génération d'Auschwitz », avait déclaré Gudrun Ensslin dans un amphithéâtre à Berlin. Sur ce point, j'étais bien d'accord avec elle. Mais on ne pouvait pas accuser nos dirigeants d'être des anciens fascistes, c'étaient de braves sociaux-démocrates au-dessus de tout soupçon. Mais le peuple ? Et les institutions ? La police ?

« Et pour l'attentat de la succursale de Mercedes ? Vous avez un alibi ? », me demandent les flics pendant mon interrogatoire, le lendemain du suicide de Ulrike Meinhof dans sa prison. « Un dimanche ? Qu'est-ce qu'on fait un dimanche ? Je suis restée chez moi. Rien ne s'est passé, aucun événement. J'ai écrit des lettres et écouté de la musique.

Vous avez un témoin ? »

J'avais demandé à un copain de promener mon chien Mickey. Il faisait beau. Il est arrivé en fin d'après-midi et m'a ramené le chien une heure plus tard. Il m'avait vue à la maison pendant l'attentat contre Mercedes aux Champs-Élysées. « Comment s'appelle-t-il ? »

Il s'appelait Laurent Dispot, il fut mon alibi. Les services de Renseignement franco-allemands me laissèrent rentrer chez moi. Je n'ai jamais trouvé Paris aussi beau.

De mon exil en France, j'ai pu observer la spirale mortifère s'emballer outre-Rhin.

Que mes camarades dans un premier temps se fassent renvoyer d'un camp d'entraînement en Jordanie parce qu'ils n'acceptaient pas de faire chambre – ou sac de couchage – à part, entre garçons et filles, m'amusait.

On tient bon sur la libido. Une fois de retour, qu'ils aient besoin d'argent pour vivre et se lancent dans des braquages et d'autres actes de délinquance, peut se justifier. On aime bien jouer au Robin des Bois et la clandestinité procure des frissons. Tant qu'il n'y a que des dommages matériels, ça passe. Fuck l'argent, fuck le capitalisme. On est là pour changer le système. Mais très vite, la situation s'est aggravée. Un mort et deux blessés dans la spectaculaire évasion de Baader de la prison de Moabit à Berlin changèrent la donne. Elle avait été rendue possible grâce à une ruse digne du cheval de Troie. Ulrike prétendit avoir besoin de retrouver Baader pour rédiger avec lui un article prévu dans le magazine *Konkret.* Grâce à sa complicité Baader a pu s'échapper. S'ensuivit une cavale sanglante de plusieurs mois avant qu'ils ne soient tous deux repris et incarcérés plus durement.

Ulrike raconta le calvaire de cet enfermement, une torture qui dura trois ans et demi : « Sentir ta tête exploser, sentir ta boîte crânienne sur le point d'éclater en morceaux, sentir ta moelle épinière te remonter au cerveau à force d'être comprimée, sentir ton cerveau comme un fruit sec, te sentir sans cesse et inconsciemment et comme électriquement téléguidée, sentir qu'on te vole tes associations d'idées, sentir ton âme pisser de ton corps… impossible de savoir si tu trembles de froid ou de fièvre… impossible de te rappeler le sens des mots, sinon très vaguement… être persuadée que tu n'as pas la moindre chance, et impossible de faire entendre ça. *La Colonie pénitentiaire* de Kafka – le type sur une planche à clous – et le grand huit sans arrêt », écrit Ulrike Meinhof, habituée à manier une langue qui n'est pas de bois.

Alors la bande à Baader entame une grève de la faim. Le 9 novembre 1974, Jean Genet publie un article dans *Le Monde* en soutien aux militants de la Fraction armée rouge. À l'appel de Ulrike Meinhof, Jean-Paul Sartre se rend à Stammheim, accompagné de Daniel Cohn-Bendit et de Jean-Marcel Bouguereau. Il déplore le sort des militants, mais comment ne pas accuser leurs méthodes qui ont fait d'eux des assassins ?

Le cycle de la terreur continue. La première génération se trouve en prison, mais la deuxième a pour objectif essentiel de parvenir à la libération des membres fondateurs.

Eux qui dénonçaient la terrifiante brutalité de nos pères nazis propageaient une pulsion de mort réactivée d'une génération à l'autre.

Holger Meins meurt en 1974, des suites de la grève de la faim. La photo de son corps décharné émeut le monde entier, au-delà des médias allemands. Monique Frydman, peintre française, m'offre un dessin de son corps cadavérique. C'est d'une tristesse qui me fait pleurer. Une vague de compassion se déclenche. Un commando autonommé Holger Meins tue 12 membres de la représentation diplomatique à Stockholm, la même année. Enfin, le procès de la bande à Baader devrait avoir lieu en 1975. Devant l'insolence des propos, le juge ordonne l'expulsion des accusés. Que faire ? À l'extérieur de la prison, on s'agite.

Le 13 octobre 1977, un commando exige la libération de 11 membres de la Fraction armée rouge. Un Boeing 737 de la Lufthansa a été détourné par quatre pirates de l'air, des Palestiniens et des membres de la Fraction armée rouge se réclamant du Front populaire de libération de la Palestine. Avec 86 passagers à bord, l'avion erre pendant cinq jours entre le 13 et le 17 octobre, de Munich à Dubaï, d'Amman à Mogadiscio. Avant de procéder à l'exécution des otages, le commando sépare les Juifs des non-Juifs. Les Juifs ont la sinistre priorité d'être exécutés les premiers. L'intervention audacieuse d'un commando israélien mettra fin à la prise d'otages.

En septembre de la même année, Helmut Schmidt et toute la population allemande sont à cran à cause de l'enlèvement du patron des patrons : Hanns Martin Schleyer. Il est retenu en otage après que son chauffeur et trois autres personnes ont été tués dans le rapt de cette figure emblématique de la nouvelle Allemagne. Schleyer était un ancien SS. Alors on pleure ? Pas trop quand même. Helmut Schmidt n'a pas hésité à donner l'assaut. Les otages sont sauvés et le patron est sacrifié.

Le 18 octobre 1977, Gudrun Ensslin, Andreas Baader et Jan-Carl Raspe sont retrouvés morts dans la prison de Stammheim. Ils avaient été soumis à un régime de privations sensorielles qui avait fait d'eux des êtres modifiés, déshumanisés, amputés de leur corps et du monde. Baader et Raspe ont été tués par balles. Des assassinats ?

Certains ont dit qu'à leur demande, leurs avocats avaient fait passer des armes lors des visites au parloir. Gudrun s'est pendue avec des fils électriques. Suicide ou meurtre d'État ? Comment peut-on savoir ?

« Suicide collectif » fut la thèse officielle après enquête.

6.

La méduse rit

Je flâne dans la librairie Maspero, refuge des ex-militants. Le terrain de lutte s'est beaucoup rétréci.

À notre retour de Lisbonne, au début de l'été 1974, une réunion a été convoquée à *Libération* pour clarifier la ligne politique du journal. Pierre Audibert et moi ne sommes pas dans les clous. Il y a scission. Partent avec nous Jean-Pierre Barrou et Antoine de Gaudemar, deux forts piliers de la GP. Le timbre doux de la voix d'Antoine et la modération de ses propos tranchent avec l'attitude quelque peu brutale des militants d'extrême gauche. Dans l'assemblée des camarades pétris d'idéologie, il fait figure de Petit Prince, très littéraire.

Je suis bien sûr féministe. Divorce avec Guy. Je pensais, afin de continuer ma petite carrière de femme émancipée, qu'il fallait renoncer à avoir des enfants. Guy en voulait et me reprochait de ne pas en vouloir. Je m'étais fait avorter aux Pays-Bas, il m'avait accompagnée, à contrecœur. Au bout de cinq ans, notre alliance avait volé en éclats.

Je m'installe en couple avec Esther, rue Rambuteau. Nos certitudes d'antan ont vacillé, puis se sont mises à sombrer. Beaucoup de jeunes militants qu'on avait dissuadé de s'instruire davantage, qu'on avait incités à quitter l'école, la fac, toute cette éducation bourgeoise devenue inutile puisque la révolution était pour demain, se retrouvent sur le carreau. Ils déambulent entre les rayons et les piles de livres en attendant le bon moment pour en glisser un dans leur poche. François Maspero, ne voulant pas passer pour un flic, avait choisi de passer pour un idiot en refusant de resserrer la vigilance. Il est des nôtres. Les vols se font en famille. Un de ceux qui traînent par là, peut-être le plus jeune lycéen de la GP, s'appelle Arnulf, nom de guerre, de son vrai nom Claude Arnaud. Il me dit : « Tu devrais voir du côté de Vincennes, département Études féminines. Tous les samedis. La maîtresse des lieux : Hélène Cixous. »

J'y suis allée, j'ai vu et entendu. Mon destin pour les années à venir était scellé.

Qu'est-ce qu'on apprend du côté d'Hélène ? Sa beauté d'abord. À la regarder, port altier, cheveux noirs coupés court épousant la forme du crâne, regard d'aigle en alerte constante – on a devant nos yeux une figure en mesure de délivrer un oracle. Que dit l'oracle ? Qu'avant, les puissances féminines détenaient la clef du mystère. Depuis toujours elles veillent sur l'origine.

On ne peut pas tuer l'origine, même mise en sourdine, elle œuvre toujours. Du corps d'Hélène, tout élancé, émanent les textes fondamentaux de notre civilisation, dans toute leur variété de langues et de disciplines artistiques. Elle en fait sa lecture et nous invite à entendre, entre les lignes, ce que le texte dit de l'autre en nous.

À l'écouter, le travail s'avère ardu, existentiel. Place est donnée au poétique, aux métaphores, aux métissages. Par sa voix, d'une douceur de sonate murmurée, je me sens immédiatement concernée. Est mise en perspective une révolution sans fin, sans violence, dont un jour on retiendra le nom. Il s'agit de nous mettre au monde une nouvelle fois.

Comment ? La plupart des textes qui se trouvent dans nos bibliothèques ont bien entendu été écrits par des hommes qui n'ont pas su ou voulu entendre des voix discordantes pour leur vérité virile. Les voix des femmes ont été étouffées. Une lecture différente rend au féminin une lumière que nos traditions lui ont longtemps confisquée. Alors le monde pourrait se narrer autrement en tenant compte de la pulsation des corps sexués.

Relecture de Kafka, Proust, Stendhal, Freud, Lacan, Blanchot, Duras, Rilke, von Hofmannsthal, sur un mode incarné, donc en déchiffrant les marques de l'inconscient, opérateur d'un retour du refoulé… Le travail d'Hélène court à fleur de peau. Il n'y a pas de monde sans corps, ni de corps sans monde. Les deux enchevêtrés sont des sources d'inspiration, mais la vibration n'est pas la même côté masculin ou féminin. Une mise à nu s'avère nécessaire. Percevoir sensiblement cette différence demande un discernement de tous les jours. On change d'oreille : sous une trame narrative gronde l'inouï, le chant de la Terre.

Le regard change de l'extérieur vers l'intérieur. On aperçoit l'invisible. C'est subtil, c'est passionnant.

Tous les samedis, à l'aube, je passe en voiture, avenue René-Coty, j'embarque Hélène et la conduis à l'université de Vincennes. L'amphithéâtre est plein, une grande majorité de jeunes et moins jeunes femmes. Quelques hommes, désireux d'entendre une parole qui sonde les textes en profondeur et propose un changement de culture.

Pause à midi, promenade dans le bois, retour à seize heures.

Le soir, on se retrouve quelques-uns chez Hélène, après un détour rue des Rosiers où l'on achète, chez Goldenberg, du foie haché, des cornichons, de la carpe farcie et d'autres délices juifs ashkénazes. Hélène se détend. Je suis autorisée à lui faire des petits câlins. C'est que la mère d'Hélène, Ève, est allemande. On partage des « *kleine Witze* », des petites blagues entre connaisseuses de la même langue. Pour un oui ou pour un non, parfois on rit, parfois on pleure. Le rôle du langage est constitutif des émotions. Alors on y va.

C'est tellement bien dit déjà par Jacques Derrida : « Au fond je n'ai jamais su ni voulu distinguer entre l'amour et l'amitié. Mais pour pouvoir dire "je t'aime" à un ami ou une amie, et d'amour fou, il faut traverser jusque dans son corps l'immense forêt d'interdits et de discriminations. J'aime y risquer des pas, j'aime aussi m'y perdre, le temps de me perdre. »

Quelle sublime confession que j'aimerais volontiers faire mienne.

Hélène m'a appris à lire le français, à sa manière. J'en ai fait mon métier d'éditrice plus tard. Elle m'a appris à écrire, lecture et écriture étant intimement liées. Je suis devenue auteure de plusieurs romans.

Te souviens-tu, Hélène, de notre voyage en Crète, avec Lena Vandray, notre amie allemande la plus belle de l'Hexagone ? Nos corps nus épousaient les rochers brûlants. Un pêcheur nous emmenait naviguer sur le bleu de la mer. On accepte de s'abandonner. Enée dort, la guerre de Troie a eu lieu, ne restent que les ruines. De son foyer il emporte ce qui lui est le plus cher, son père et son fils, les sauvant du déshonneur. Pendant sept ans il migre à travers le monde. Guidé par sa mère Aphrodite, son destin est de créer une nouvelle cité. Une cité où régneront la beauté et l'amour ?

On file à travers les vagues. Le pêcheur nous chante des mélodies de son île. L'œil voit ce qui doit être vu. Une lumière. Elle est si forte que nous devons fermer les yeux.

Plus tard, au musée d'Héraklion, les visiteurs se retournent sur ton passage, tu ressembles à la gardienne d'un ordre archaïque. Nos esprits sont hantés par un flot d'hallucinations. Les vivants et les morts se côtoient. Mais nous sommes dans un présent qui cherche encore ses mots. Le rire de la Méduse provoque des ravages nimbés de tendresse, de doux ravissements.

Bien sûr qu'il y a eu des orages. À une époque de radicale orientation lesbienne auprès d'Antoinette Fouque de la mouvance Psychanalyse et Politique, ce phalanstère sororal s'est retrouvé à Saint-Rémy-de-Provence. La pièce d'Helène, *Portrait de Dora*, se donnait sur la grande scène du Palais des Papes à Avignon.

Pendant une réunion, il m'a été demandé de montrer patte blanche concernant ma relation aux hommes. Elle n'était pas vraiment blanche. Antoinette fut sévère à mon égard. « Tu manges à tous les râteliers », m'a-t-elle reproché. *So what* ? Est-ce grave ?

Non, ce n'est pas grave. C'est une différence de nature entre hommes et femmes. Le sexe de l'homme lui joue des tours. Tantôt il fait l'amour avec tout son corps, et ça se sent, c'est agréable, tantôt son pénis s'emballe tout seul, il n'y peut rien et ça se sent, ce sont des petits viols, ça ne prend pas beaucoup de temps. Au contraire, quand le corps entier s'engage, il faut prendre du temps et, au lieu d'éjaculer, laisser venir la jouissance.

Whatever Works, le film de Woody Allen, croque le portrait d'un homme vieillissant qui aimerait voir pointer sa prochaine érection. On dirait que l'autre est moins son partenaire que son zizi – instrument avec lequel il est en échange permanent d'informations. Veut-il, ne veut-il pas ? Peut-il, ne peut-il pas ? C'est sa queue qui décide du triomphe ou de la défaite. Et le pauvre monsieur hanté par la question se félicite ou rougit de honte. Austerlitz, la victoire enivrante, ou Waterloo, morne plaine. Il aime se comparer aux grands hommes parce qu'ils sont des hommes et carburent sur le même mode. Ce qui compte n'est pas la vérité mais l'efficience. Pourvu que ça fonctionne, peu importe la qualité de la démarche. Ainsi, de façon mécanique aussi, le capitalisme se reproduit à l'infini, le fake prend le relais du fake, le consommateur est lui-même consommé, l'influenceur est influencé, ça se répand sur les réseaux sociaux comme de la bave.

Les visions neuves, il faut les dénicher dans les marges. Mai 68 est déjà aux oubliettes. On reproche à ses acteurs d'avoir agi de manière irresponsable. Mais sans ces préparatifs de noces de tous les sens, sans la plage sous les pavés, sans la scintillante étoffe des rêves d'une génération, celle de 68, à quoi ressemblerait le monde aujourd'hui ?

On s'est vues, on s'est revues avec Hélène.

En 2016, elle m'a invitée à l'accompagner à Osnabrück, en Basse-Saxe, nommée Ville de la paix depuis qu'y furent signés les traités de Westphalie voilà quatre cents ans. Elle est à la recherche de ses ancêtres. Nous avons marché sur les *Stolpersteine*, des pierres qui font trébucher sur les trottoirs pour rappeler le nom des juifs déportés vers les camps. Hélène y a reconnu, gravés, ceux de sa famille maternelle. On a des leçons à tirer de ce XXe siècle meurtri et meurtrier.

Nous nous sommes retrouvées aussi à Pondichéry où Ariane Mouchkine séjournait pour les répétitions de la pièce *Une chambre en Inde* destinée au Théâtre du Soleil. Nous habitions chez Alain, mon ami grand frère, dans sa maison donnant sur le golfe du Bengale. Alain est un géant, fort d'une autorité bienveillante. Chaque matin, il nous préparait un petit déjeuner somptueux avec des fruits exotiques. Hélène a un appétit d'oiseau. Mais il est hors de question qu'elle ne finisse pas son assiette. « Ah bon ? Je dois obéir ? plaisante-t-elle. C'est une première pour moi. » Une connivence due à leur origine lie Hélène et Alain. Enfants, ils auraient pu jouer ensemble sur la place du marché d'Oran, en Algérie. Les maisons de leurs parents se touchaient. Une famille juive, une famille pied-noir. Il aura fallu presque un siècle pour que les deux partagent enfin le même repas.

J'ai toujours lu et relu les livres d'Hélène. En temps de sécheresse, ils m'abreuvent. *Le Rire de la Méduse,* manifeste de 1975, a inspiré les féministes de l'époque. Il inspire ma fille Katia et ses copines aujourd'hui encore. Hélène, en 2024, à la réédition de ce texte, écrit ceci :

« À bord de ce texte, la Méduse a pris sa fuite en 1975, et depuis, à travers temps de paix à travers tant de guerres, elle bat toujours des ailes.

Je ne sais pas sous quel ciel elle arrivera en quel siècle si elle arrive.

Dans quelle langue dans quelles langues la Méduse rira-t-elle ? Rira-t-elle ?

De quelles couleurs nouvelles seront les voyelles ?

Les VoixIels ? A sera-t-elle en noir, E bleu ou vert et inversement ?

Y aurait-il des articles définis, des pronoms personnels ? Le jour où elle perdra son aile je n'y serai pas.

Dira-t-elle jamais à quelle heure “nous y sommes” ?

Ainsi rêvais-je en 2025 d'un prochain an prochain.

La Méduse volait.

Non seulement la Méduse n'était pas morte mais elle rajeunissait encore. »

Aujourd'hui, il nous arrive de compter les années, un tendre sourire aux lèvres. Je me trompe toujours, le compte d'Hélène est précis. Bientôt cinquante ans d'amitié. « À Maren, pour toujours », fut la dédicace de sa dernière publication, *Incendire*. Qu'est-ce qu'on emporte quand il est temps de fuir d'urgence l'incendie de la vie ? « Le temps et le monde et la personne ne se rencontrent qu'une seule fois. » Pour toujours HC, *you are the queen* dans mon cœur.

« C'est en écrivant qu'on devient sujet », déclara-t-elle à la cantonade dans l'amphi de Vincennes, invitant l'assistance à l'aventure. Écrire, c'est gagner en conscience et trouver enfin la bonne distance, pour balayer le statu quo et éluder la pulsion de mort.

Je fais des rêves récurrents : je mets la table, des assiettes bleues, assorties aux verres de Bohême, des bougies allumées, j'attends les invités. Tout à coup ma mère fait irruption : « Débarrasse tout ça. C'est fini avant que ça commence. » Une condamnation à ne rien entreprendre. Plutôt rien que quelque chose. Aucun commencement ne peut se profiler à l'horizon, sauf à trouver enfin les mots pour nommer ce qui nous met en cage. L'écriture « est un coup de hache qui brise la mer gelée en nous ». (Kafka).

Bernard-Henry Lévy m'ouvre une porte. Il est « l'Homme en question » de l'émission d'Anne Sinclair. Sa proposition : sonder des organisations terroristes qui se font entendre dans le monde entier. Il me donne la parole. Je me souviens d'avoir dit : « Nous, la génération des Baader-Meinhof, nous avons un cadavre dans le corps. » Ça va mieux en le disant. La phrase m'est venue spontanément en même temps qu'elle a parlé aux spectateurs de ce destin allemand encombrant. Les camarades de la bande à Baader venaient de mourir dans la prison de Stammheim. J'ai quelque chose à en dire, ou je me contente de pleurer ? J'ose employer des mots, faire des phrases, noircir des feuilles dans une langue qui ne m'appartient pas. J'écris un poème en français. Ça résonne. J'en écris un autre. Ma nouvelle langue m'accueille dans son être-là, sonore. « On n'est autorisé que par soi-même », a écrit Lacan. C'est une invitation au courage. Une gageure, un défi, un gage : on paie une dette en déposant un objet, un livre. La mort de mes camarades, bien que qualifiés de terroristes, fut aussi des vies sacrifiées. Je voudrais quand même leur rendre hommage, essayer de faire comprendre aux lecteurs français comment l'étau de l'Histoire s'est refermé sur eux, comment la spirale de la violence les a enchaînés. N'est-ce pas le silence de nos parents, l'absence des mots qui les ont poussés au passage à l'acte meurtrier ? Et ensuite, selon l'expression de Ulrike Meinhof, leur serrer la tête et les priver de toute sensation pendant leur détention leur a fait perdre toute raison.

Trois semaines plus tard, Bernard-Henri Lévy m'appelle à vingt-trois heures. Je revenais d'Italie, de Milan, où j'avais été invitée pour un séminaire de réflexion par Verdiglione, un intellectuel mondain brassant large. De retour à Paris, on s'amusait avec ma copine Esther à répéter les trente mots qu'on savait en italien. *Espresso, cappuccino, pizza, linguine, mozzarella, mortadella, gelati, Valpolicella, vongole, lasagne, spaghetti, parmigiano, etc.* On était dans un état d'hilarité avancé, comme quand on s'amuse de sa propre ignorance et qu'on boit quelques verres de vin. Et là le téléphone a sonné. Que veut-il me dire, Bernard ? Il m'annonce qu'un contrat m'attend aux éditions Grasset. Je dois passer illico, demain, le signer et écrire mon livre.

Porter un livre dans son corps vous assigne à une singularité muette. On se sent plein, mais pour se mettre à écrire il faut en éprouver la nécessité. Comment faire entrer des assassins terroristes dans la communauté des humains ? Comment inviter des lecteurs à la compassion envers des « monstres » ? Le livre m'aide. Il se fraye un chemin, il enjambe les corps morts de Stammheim et ceux de leurs victimes. Le livre veut qu'on se souvienne, il veut que j'écrive *Mourir d'absence* et que je sois vivante au présent. La guerre extérieure est achevée. Il n'y a pas d'alibi. Chacun est dans sa tombe. J'ai été épargnée, alors je dois témoigner. Dire ce que j'ai partagé avec eux, dire ce qui nous a séparés.

« Et toi ? As-tu tué ? » On m'a souvent posé la question. En ai-je eu la tentation ? Je me le demande. Et je sais bien qu'un jour, vous, mes enfants et petits-enfants, finirez bien par me la poser, cette question. C'est LA question.

« La réponse est Non. Je n'ai pas tué. »

Des alarmes se sont déclenchées à temps.

Première alarme : « Tu ne tueras pas », le Cinquième Commandement du Dieu chrétien.

Je ne peux pas ne pas l'entendre. Je l'ai entendu dans l'enfance, je l'entends. Je sais par l'histoire qu'en Son Nom, des fanatiques ont brandi l'étendard du Dieu unique et commis des massacres. A-t-il été mal compris ? « Dieu est mort », Son fils Jésus a pris sur lui tous nos péchés. Même celui de vouloir faire disparaître de la Terre tous les Juifs ? Le pape Pie XII, à l'époque, faisait alliance avec les régimes antisémites, avec Hitler, avec Mussolini. Un autre dieu émet le même commandement. « Tu ne tueras pas… ton semblable », dit également le Coran. Entendu. Mais l'étranger ? Le croyant attaché à un autre dieu ?

Pendant ces terribles années de plomb, où le ciel a été muet, où la violence s'est substituée à la parole, où on a compté les cadavres des deux côtés, où l'État et les terroristes se sont livré une guerre sans merci, le cri de toute une génération était là : il faut que ça s'arrête ! Mais ça ne s'arrête pas. Pendant les années de plomb, le cri ne crie plus, en absence de mots, il flingue. Seul le crime peut répondre au crime : une mécanique de destruction se met en marche, en miroir, une pure chasse à l'homme qui se terminera par un désastre. Quand les bouches seront cousues par l'absence de souffle, qui témoignera ?

Deuxième alarme : la philosophie. *Crainte et Tremblement* de Kierkegaard. Je comprends que Dieu a demandé à Abraham de sacrifier son fils Isaac. Abraham est obéissant.

Son fils Isaac est l'être qu'il aime le plus au monde. Mais Dieu est son maître. Alors il fend le bois pour le sacrifice et se met en route pour l'endroit que Dieu lui a indiqué. Il demande à Isaac de se coucher sur l'autel. Un ange apparaît alors et pose un agneau à la place du fils.

On peut toujours substituer une métaphore à un corps destiné à la mise à mort. Dieu demande et ne demande pas. Aucun Dieu ne demande de sacrifier une vie humaine.

Il y avait aussi dans mon esprit, par mes lectures de Levinas, la révélation du visage de l'autre. On ne peut pas tuer quand les cagoules sont ôtées et qu'on se trouve face au visage de celui qu'une furie obsessionnelle a décidé d'éliminer. Une fois qu'on se perçoit de la même humanité, n'est-ce pas la preuve qu'il y a de l'Un, que nous sommes une seule et même espèce ?

Troisième alerte : la psychanalyse. Ce désir de meurtre, de ce qui nous a précédés, est vieux comme le monde. Les Brigades rouges ont pris en otage Aldo Moro, père par excellence, chrétien humaniste, on ne pouvait que l'aimer. Mais une certaine idéologie exige la haine. Alors on va jusqu'au bout, reculer serait lâche, et on tue. Le père doit mourir afin de laisser le pouvoir aux fils qui s'entretueront. Mais le meurtre est toujours trompeur, la victime a beau être morte, elle est toujours là. Même morte, elle sera toujours là. La nuit, au réveil, une hantise jette son ombre sur toute l'existence. Le passage à l'acte ne résout rien. Tuer ne guérit pas.

« Qui tue un œuf tue un bœuf », me fait remarquer mon fils Kunga, bouddhiste, alors que je viens d'écraser un cafard sous la semelle de ma chaussure. Il a raison. Il ne faut pas commencer, même avec la plus petite bête. Je pense à *La Métamorphose* de Kafka. Dans le cafard se niche, qui sait, un être prometteur.

Je n'ai pas tué. Pour toutes ces raisons.

Je détestais la télévision. Elle fonctionnait outre-Rhin déjà à cette époque comme annonciatrice de mauvaises nouvelles. Un scoop chassait l'autre, dans une accélération infernale. Absence de voix, absence de visages, absence de corps en mouvement dans le temps et dans l'espace. Quelques photomatons noir et blanc de la tête figée des terroristes. Des images volées dans un décor vide : une banque, la cour d'une prison, le hall d'un aéroport. On parlait d'eux comme de cibles, la chasse était ouverte, et leur mise à mort annoncée partout comme imminente. Toute une nation est concernée, mais rien ne trahit la moindre émotion. C'est le langage des médias qui donne le ton. C'est de la com. Nous avons froid dans le dos sans en être réellement affectés. La sensibilité moderne réagit davantage à la société du spectacle qu'à la dimension politique de l'événement.

Parmi mes camarades de jeunesse, plus d'un a flingué sa vie par romantisme et utopie. C'est le cas de Hans-Joachim Klein.

Le 4 décembre 1974, il est le chauffeur de Klaus Croissant, l'avocat de la bande à Baader, et il conduit Jean-Paul Sartre, Daniel Cohn-Bendit et Jean-Marcel Bouguereau à la prison de Stammheim.

1975. On voit son nom sur la liste des personnes recherchées pour avoir participé, avec Carlos, au commando terroriste qui a pris en otage les ministres de l'OPEP, réunis à Vienne. 3 otages furent tués dans cette attaque.

Hans-Joachim Klein en était. Mais pendant la fusillade de Vienne, il refusa de tuer. Il avait ensuite, pendant une longue dérive, failli être buté pour ce refus. Son témoignage fut le premier d'un repenti de la lutte armée, tant prisée par l'extrême gauche. De cache en cache, poursuivi à la fois par les mafiosi de Carlos et par Interpol, Hans-Joachim est finalement tombé dans notre giron. Il était notre protégé, le plus malheureux de tous, un déchet de l'histoire. Mes enfants l'aimaient bien quand il venait nous rendre visite à Paris. Et dans son petit village en Normandie où il vivait très modestement, tous les gens lui témoignaient de la sympathie. Il s'appelait Dirk désormais. Jean-Marcel Bouguereau, Dany Cohn-Bendit, André Glucksmann, Olivier Rolin, moi et d'autres copains avons essayé de lui montrer qu'il n'était pas abandonné. Il est mort seul dans son village, le 9 novembre 2022.

Il est vrai, comme le déplorait Pasolini, que nous ne voyons plus les tendres lucioles sous les projecteurs de la grande consommation du spectacle et du divertissement. C'est une sorte de fascisme sans visage que nous subissons tous les jours, un totalitarisme tout en douceur, dont il est difficile de détecter la faille. Ça tient, ça se tient.

Où frapper s'il n'y a pas de substance ? Où enfoncer l'épée, alors qu'il n'y a pas de corps ? Comment faire rendre l'âme à un système qui n'en a pas et se moque des souffrances ? Le système persévère tel qu'il est, immobile et proliférant.

Devant l'effondrement de nos valeurs, devant nos vains efforts de démocratie, devant cette impuissance à éviter le pire, le pire est arrivé. Et il arrive encore que l'humanité effraie l'humanité.

Non, je n'ai pas tué. Mais si ça continue comme ça, si le pire du pire revient, l'inadmissible, je ne suis pas sûre qu'il ne faudrait pas vous dire à vous mes enfants et petits-enfants : Résistez ! Faites-le comme vous voulez, mais résistez ! Si vous n'êtes pas achevés avant, comme le poète, écrivain, cinéaste italien Pier Paolo Pasolini, massacré sur une plage d'Ostie, près de Rome.

7.

Ne pas mourir d'absence

Fin des années 70. Fin de la lutte armée en Europe. Nous chantions à tue-tête : Du passé, faisons table rase ! Notre credo : un nouveau monde allait naître sur notre vieux continent avec des hommes et des femmes refaits et corrigés. Telle était la prophétie du Grand Timonier Mao. Pendant une dizaine d'années, des odes à la construction d'un mode de vie *made in China* avaient martelé nos oreilles. Une fois les vestiges de l'ancien monde balayés par la révolution culturelle, essorés nos cerveaux bourgeois, rien ne nous empêcherait plus de faire le grand bond en avant. Mais n'est pas garde rouge qui veut. J'aurais été un piètre soldat. Résonne alors le bémol des requiems.

Ma mère, ma Mutti, apparue dans un rêve, m'avait fait une mystérieuse prophétie : « C'est fini avant que ça commence. »

Pour la Révolution culturelle comme modèle pour l'Europe, chère Mutti, tu as eu sacrément raison. Elle s'est révélée un feu de paille sur notre vieux continent.

Mais je doute que tu y aies pensé. Tu aurais préféré que l'engagement à l'extrême gauche de ta progéniture ne commence jamais, voir ta fille perdue sur les barricades à jeter des pierres sur les policiers, dans une clandestinité douteuse, te désespérait, tu voulais que ce délire cesse.

« À quoi ça sert de mettre le bordel ? Tu as tort de te révolter ! Un jour tu finiras en prison. Tu n'imagines pas la chance que nous avons. L'Allemagne a perdu la guerre mais nos footballeurs ont gagné la Coupe du monde. Tout est rentré dans l'ordre. Et ce n'est qu'un début. »

Une fois la folie Mao passée, je me dis que tout n'est peut-être pas pourri sur notre vieux continent. Au fond, j'ai toujours triché avec la révolution. Le jour, je chantonnais en chœur avec les camarades : « Du passé faisons table rase… », et le soir, je revenais à mes classiques, Stendhal, Montaigne, Flaubert, Thomas Mann, Robert Musil et la musique baroque. Notre culture, notre éducation restent un socle. À partir de ce socle, notre bonne conscience de républicains de gauche s'acclimate aux atouts de la société libérale, championne des promesses. Il est plus confortable d'applaudir une révolution mise en scène sur les planches d'un théâtre à Paris que de supporter les exténuants labeurs des champs, de s'user au travail à la chaîne dans une usine en imitant la révolution culturelle en Chine. Le Grand Soir se change en belles soirées. Nous mutons de la gauche au ventre creux à la gauche nourrie de vernissages, de premières et de colloques. Certains la nommeront bientôt… la « gauche caviar».

Nous les filles – pourquoi d'ailleurs disait-on « filles » et non « femmes », alors que nous avions autour de 30 ans ? –, nous nous habillons à la Maison bleue dans les Halles, première initiative d'Agnès B., dans de jolis lins indigo ou outre-mer, noirs ou faux noir, blancs ou blanc cassé, coupe uniforme, col Mao, pantalon large retenu à la taille par un élastique. On sirote des jus de fruits exotiques, on mange des salades légères, grossir serait une horreur réservée aux gouines allemandes qui s'affichent en XXL, sans maquillage aucun, sans soutien-gorge ni le moindre parfum. Notre genre est plutôt androgyne, le dress code chic et simple, feignant de ne rien faire pour attirer la drague lourde des mâles. Avec une touche rétro d'avant-guerre, je manie le fume-cigarette entre des lèvres peintes en rouge avec, sur les épaules, un châle en cachemire.

Quand l'envie nous prenait, en petit commando on allait taguer les vitrines des magasins de : « À bas le capitalisme » signé : « Les Prêtes à casser. »

La chute fut proportionnelle à l'arrogance. Du haut de nos prétentions à créer une société idéale, on s'est contentés du banal prêt-à-porter des idées. Il y a eu de la casse ? Sommes-nous tombés de haut ? Oui et non. La transcendance a disparu de nos aspirations à partir du moment où l'utopie d'un monde meilleur s'est effacée de notre horizon de combattant. Est-ce que tout changement radical se révèle être une *fake* ?

Je me souviens d'un discours d'orientation du gouvernement Fabius sous la présidence de Mitterrand en 1984, présenté par Yves Montand à la télévision : « Vive la crise ! » Sauve qui peut l'économie ! Bref, enrichissez-vous ! La justice sociale comme impératif de la social-démocratie avait disparu du programme. Le sang était contaminé mais la Bourse devait flamber. Dans ce feu d'artifice brillaient l'argent, la consommation. Des jouissances sans destin étaient censées attendre chacun. Aux oubliettes le besoin de faire corps dans un collectif se projetant dans l'avenir, chacun se mettait en quête de son propre succès, dénichant une opportunité où se placer sur l'échiquier social. Seul comptait le présent. Jouissons sans entraves ! La nouvelle recette : le cynisme.

La société de consommation, tel le joueur de flûte de Hamelin fascinant dans ses habits chatoyants et sachant produire de séduisantes mélodies, a embarqué le citoyen dans une hypothétique richesse perpétuelle. Beaucoup, parmi ceux que le charmeur a pu compter dans son cortège, n'en sont jamais revenus. La classe modeste, les petits salaires souffrent, quand un petit nombre s'enrichit… Dorment toujours sous les ponts les misérables, les SDF, les migrants.

« Penses-tu que le capitalisme est un miroir aux alouettes, une tromperie ? questionne ma petite-fille Petra, qui vient de passer le bac.

— Oui. Je crois que son but principal est de se nourrir lui-même. Mais à l'époque, ça ne se voyait pas aussi clairement. »

Une fois la grande illusion de la révolution laissée au vestiaire, je cherche modestement à donner un sens à ma vie. Je signe de mon nom de jeune fille, du nom de mon père, mon livre *Mourir d'absence*. Il arrive sur la table des libraires à l'automne 1978. François Bott, alors directeur du *Monde des livres,* m'offre un article à la une du journal. *Mourir d'absence* est bien reçu. Mon passé d'Allemande me désigne comme coupable de la faute des parents, de l'Holocauste. Mon histoire se révèle utile à la compréhension de ma génération mise au pilori par les autorités de l'État allemand. Nés coupables, la plupart de mes amis d'autrefois ont fini par devenir victimes. Je les pleure. J'obéis à ce que dicte mon cœur. Contre toute attente, le livre rencontre un petit succès. L'éditrice Françoise Verny est contente. Étape suivante : Foire du livre de Francfort.

« Maintenant, vois-tu, il faut coucher utile », me recommande-t-elle. Tout à coup, ce que j'avais entrepris d'écrire dans une intention pure est jugé comme une marchandise, et son auteure de la chair à canon sur un terrain de guerre commerciale, selon les mœurs et coutumes apparents du milieu littéraire en France. Si je dois jouer à la pute pour être applaudie, j'y resterai étrangère.

Mes parents ne liront pas ce roman qui pourtant les concerne, écrit en français. Mes anciens compagnons de lutte d'outre-Rhin ne me liront pas non plus. Mon pays natal ne veut pas de moi, qui trahis ma langue maternelle (*Muttersprache*) au profit d'une autre langue et qui, nourrie des mythes romantiques de son pays (*Vaterland*), les juge par la psychanalyse. Résultat : mon livre, garni d'un bandeau rouge « Naître allemande en 1945 », reste un objet hybride entre attirance et rejet, un texte avec des signifiants qui résistent à la traduction. Je me sens abandonnée.

Ma chambre d'écho est donc la France. Les lecteurs et lectrices trouvent, cristallisé en moi, le profil parfait de l'Allemande croulant sous le poids d'une écrasante culpabilité. Je suis comme Angelus Novus sur une aquarelle de Paul Klee, que Walter Benjamin décrit ainsi en 1940, juste avant qu'il ne mette fin à ses jours : « Un ange qui semble avoir comme dessein de s'éloigner de ce à quoi son regard semble rivé. Il ne voit qu'une seule et unique catastrophe, qui ne cesse d'amonceler ruines sur ruines et les jette à ses pieds. Il voudrait bien s'attarder, réveiller les morts et rassembler les vaincus. Mais du paradis souffle une tempête qui s'est prise dans ses ailes, si forte que l'ange ne peut plus les refermer. »

L'ange de Walter Benjamin a un nom : le progrès. En 1940, l'écrivain savait déjà que ce qui s'annonçait comme une avancée était la fin de tout, alors qu'on n'avait pas encore la preuve de l'extermination, la plus efficace jamais orchestrée. Angelus Novus, l'ange nouveau, sait que la technique sans conscience est un toboggan vers la catastrophe. Il prendra un nouveau coup dans l'aile en constatant que la performance de la science a engendré, pas empêché, Hiroshima et Nagasaki.

Idéalement, me voir en ange volant au secours des sans-défense me convenait. Moi qui ne savais pas qui j'étais, avec la publication de mon livre, je rejoins le peuple élu, perdu, emporté par le vent. Je deviens juive comme tous les exilés. Je crache sur mon peuple coupable de l'Holocauste. Me désignant coupable moi-même, je passe aux yeux des Français comme la bonne Allemande. On m'offre l'accès à la communauté des hommes et des femmes de Lettres, reconnue par ses pairs, et je me suis adonnée à cette reconnaissance. On m'invite aux cocktails offerts par les médias. On veut mieux connaître ma blessure. « Il ne faudrait pas qu'elle en meure de cette absence quand même », écrit Dominique Desanti dans *Le Monde.* Mais qu'est-ce que je partage avec ces « gens de Lettres » de la société française ? Pas grand-chose. Une complicité règne entre eux dont je me sens exclue, entre usages et chapelles. Étrangère, je resterai étrangère. En dehors de la langue que nous partageons, peu nous unit. Et encore cette langue française n'a pas été ma première demeure, je n'ai jamais entendu en français les murmures de l'enfance qui nous fondent. On n'est jamais bilingue dans toutes les occasions et à tous les moments. C'est la langue qui choisit. Elle me parle berceuses et chansons en allemand. Elle me parle psychanalyse exclusivement en français, puisque j'ai été longtemps en thérapie en France. Chaque langue donne ce qu'on attend d'elle à des moments précis. À celà s'ajoute, entre les êtres qui parlent la même langue, l'alchimie de la connivence, la capacité d'entendre ce que d'autres n'entendent pas, une langue dans la langue, une rumeur de l'inconscient. Le livre de Georges-Arthur Goldschmidt, *Quand Freud voit la mer,* donne des exemples. Le terme « inconscient » traduit de l'allemand « *Unbewusst* » est certes correct, mais n'indique pas du tout la même dimension. Le « *un* » de *unbewusst* nous plonge dans des profondeurs, alors que le « *in* » de l'inconscient reste à la surface, en miroir logique du conscient. Ayant l'allemand à l'oreille même quand j'écris en français, j'écris d'une autre manière. J'utilise le français par le biais d'une autre langue. Mon accent se lit autant qu'il s'entend. Depuis le temps, mon allemand est également teinté, traversé par le français, parce que la langue est un corps qui respire, un corps mouvant, elle tremble de l'un à l'autre… Une inquiétante étrangeté est propice à la littérature… Mais être estampillée la bonne Allemande qui a payé sa dette avec des mots m'enferme dans une case, me dérange. Il y a un malentendu, ai-je envie de faire remarquer. Je sais pour quelle raison j'ai quitté mon pays natal. Je sais pourquoi, pendant des années, lors de mes séjours outre-Rhin, j'ai aimé me faire passer pour une Française ne maîtrisant pas la langue de Goethe. Mais je ne veux plus être une ombre dans cet entre-deux. J'aime vivre. J'aime ce qui est français, le bal des pompiers, Prévert, Rimbaud, Georges Brassens, Barbara, les terrasses, l'Atlantique, la Méditerranée, la forêt de Fontainebleau, Paris où sous les ponts coule la Seine, tous les plaisirs qui viennent à la rescousse de l'oubli, une supportable légèreté de l'être.

« T'es gonflée quand même », me dit mon petit-fils Dai-son, lorsque nous prenons le bus et que je n'ai pas acheté de titre de transport.

Un contrôleur m'interpelle :

« Votre ticket, madame, s'il vous plaît ! »

Je fais celle qui ne comprend pas.

« *Was bitte ?*

— Vous avez besoin d'un ticket, vous comprenez ! »

Je hausse les épaules.

« *Ich verstehe nicht !*

— *English ?*

— *No. I am German.* »

Je lui lance un sourire hypocrite, lui montrant mes mains vides.

« *Nix.*

— Et vous allez où ? *Where ?*

— Tour Eiffel. »

Il lève la tête, tout prêt à me pardonner.

« À la troisième station, vous descendez.

— *Thank you, Dankeschön.* »

Je me suis tirée de pas mal de situations cocasses en brouillant mon identité. C'est déjà ça de pris. On n'est pas à la merci d'un contrôleur. À défaut de ne pas être inattaquable, veiller à être inattrapable. Je raconte à mon petit-fils :

« En revenant de Russie, à la fin de la *perestroïka*, au début des années 90, j'avais acheté au marché noir une grosse quantité de boîtes de caviar. À la douane, un officiel m'interpelle. J'avais glissé cinq dollars entre les pages de mon passeport. Il scrute mon visage. " Marina Vlady ? me demande-t-il.

— Non, par malchance… Je suis sa sœur.

— Vous vous ressemblez tellement ! »

À mon arrivée à Paris, j'ai récupéré ma valise avec les vingt boîtes de caviar.

« Comme ça tu triches, Momo ?

— J'aime tromper l'ennemi. J'aime le caviar et mes amis aussi. Certaines compromissions sont agréables et même parfois salutaires. Mon amie Anne-lise Stern m'a confié un jour qu'elle avait couché avec un SS pour échapper à la mort dans le camp de Birkenau.

Dans ce terrible passé allemand, j'aime rappeler à mes petits-enfants qu'il y a eu quelques vrais héros. Sophie Scholl rejoint en 1942 le groupe de résistance au régime nazi « La Rose Blanche ». Au risque de sa vie, pendant deux années, elle appelle la population à se dresser contre Hitler. Avec son frère Hans, ils furent exécutés dans la prison de Munich. Quarante ans plus tard, je me désigne encore victime des crimes commis et du silence sur ces crimes. J'ai certes reçu le choc de l'absence de paroles de mes parents, mais « Mourir » est une métaphore trop lourde. Peut-on mourir d'un événement qu'on n'a pas vécu à cause d'une naissance tardive ? Que cache le mot « absence » dont je me suis couverte ? Une carence d'amour maternel réservé à ma sœur ? Trop d'absence pour avoir l'audace d'incarner l'amour ? Ou l'absence simplement d'une vie plus grande ? Je ne le sais toujours pas aujourd'hui. Absence résonne avec enfance. Et l'enfance nous déchire.

Monique Cahen, éditrice aux éditions du Seuil, m'arrête dans la rue :

« Ah ! vous êtes toujours vivante ? J'aurais parié que vous vous étiez suicidée. »

Là je me dis à moi-même : Stop. Tu trompes ton monde.

Dans mon être, la pulsion de vie et la pulsion de mort se bagarrent comme chez tout un chacun. Comment se fait-il que, dès que je me mets à ma table de travail avec un projet d'écriture, la pulsion de mort me donne le premier mot ? Faut-il aller là où ça fait mal ? Peut-être vaudrait-il mieux que j'évite la compagnie d'un Juif ? Mais nous avons tant de choses en commun, venues de nos cultures de l'Est. Entre Juifs et Allemands, on se comprend sans rien dire. On ne peut pas toujours ressasser le passé. Il faut juste en rester avertis ! Y penser ! Et vivre.

Ce fut le credo de mes pairs allemands. Le cinéma touchait les fonds inavouables de notre *Vaterland*, pays des pères où le ventre des mères était encore fécond. Werner Fassbinder, avec *Le Mariage de Maria Braun* sorti en salle en 1979, signe une parabole de l'échec du peuple allemand à se renouveler. La vedette : Hanna Schygulla. Elle aussi choisit l'exil en France. L'envoûtante caméra en noir et blanc de Wim Wenders, dès l'année 1974, nous a fait partager la triste et tendre errance d'*Alice dans les villes* accompagnée d'un reporter rêveur, en mal d'inspiration. Werner Herzog, avec *Aguirre, la colère de Dieu*, en 1975, fait connaître son démentiel acteur Klaus Kinski au public français. Je connaissais l'immense talent du comédien, qui sur une scène de théâtre à Kaiserslautern dans le Palatinat n'avait pas hésité à balancer un chandelier en bronze sur le public, dont moi, terrifiée. Sa carrière aurait pu s'arrêter là. Volker Schlöndorff et Margarethe von Trotta ont campé l'intrigue du film *L'honneur perdu de Katharina Blum* en 1976, dans l'ambiance inquiétante des années de plomb. Angela Winkler y incarne Katharina. Le texte de l'écrivain Heinrich Böll, un des rares intellectuels à avoir exprimé sa sympathie envers les membres de la Fraction armée rouge, se voulait une alerte politique contre la violence d'État.

Ce nouveau cinéma d'outre-Rhin des années 1960-1970 a sensibilisé un assez large public à cette ténébreuse âme allemande qui puise ses racines dans un romantisme violent. Ma génération tend un miroir à la société du miracle économique d'après guerre et pointe le cynisme des nouveaux gagnants. Nous, les inconsolés, nous nous reconnaissons la même obsession : que les spectres du passé puissent côtoyer les spectres du futur. Le pire est arrivé et arrivera de nouveau. Peut-être est-ce cela aussi, être juif aujourd'hui.

Il y a quelques années, nous nous sommes retrouvées entre femmes et compagnes de route de cette époque, Angela Winckler, Ulla Berkéwitz, la patronne des Éditions Suhrkamp, Ingrid Caven, vivant à Paris, Hanna Schygulla, ma voisine de Montmartre. Nous nous réunissons autour d'une coupe de Veuve Cliquot, le meilleur champagne. Et nous buvons au temps qui fut le nôtre, *die gute Zeit*, le bon temps, en versant deux trois larmes amères et amusées. Pour chacune, la douleur a trouvé son accomplissement artistique.

L'année 1969, je m'en souviens, fut l'année érotique chantée par Serge Gainsbourg. L'année 79, elle, s'annonce islamique. On savait à peine que dans une banlieue proche, à Neauphle-le-Château, un village à l'ouest de Paris, pas loin de la maison de Marguerite Duras, vivait un vieil homme étrange avec une longue barbe, en tenue de moine, une lourde cape marron sur les épaules. Personne ne l'a jamais vu sourire. Son nom est devenu célèbre le 1er février 1979, quand il fut accueilli par une foule en transe sur le tarmac de l'aéroport de Téhéran : l'ayatollah Khomeiny. Nous avons découvert son statut : il était le guide religieux poussé vers l'exil par le shah d'Iran, un imam qui avait attendu son heure pour libérer son peuple des péchés de la luxure et du libéralisme occidental. Son dogme : la charia. Ignorants à l'époque et sans se soucier des conséquences, on plaisantait : « Charia, c'est quoi ? Je charia, tu charias, il charia… Ah tu charries ! »

Il fallut vite se rendre à l'évidence, les barbus ne plaisantaient pas du tout. Les résidus de pensées les plus archaïques, les plus machistes, les plus intolérants, les plus répressifs, furent proclamés et exhumés, de nouvelles lois imposées. Aucune lumière, en dehors du zèle des fidèles d'Allah et de leurs yeux brûlants des feux d'une haine pure, déjà.

Un de nos maîtres à penser, Michel Foucault, approuvait cette « révolution islamiste ».

Était-ce parce que le mot « révolution » avait une douce sonorité familière à nos oreilles de militants gauchistes ? Était-ce parce que « le nouveau désordre amoureux » qui nous avait saisis, nous, la génération des libertaires et profanes, se trouvait soudain troublé par un règne strict et exclusivement mâle ? Le souffle radical efface tous les compromis. Il y a une tradition philosophique révolutionnaire qui chante la louange des spartiates : entre hommes, le corps et l'esprit se forgent et dominent le monde. Nous en étions revenus là ? Une bête immonde préparait ses tentacules, l'islamisme politique… sans qu'on imagine rien encore des crimes qui se commettraient en son nom.

Briançon. Décembre 1979.

Pour les fêtes de fin d'année, je me lance en cuisine. N'est pas digne d'être française qui n'a pas quelques recettes dans un coin de la tête. Le gigot de sept heures savoyard est une spécialité du coin. Pendant trois heures, une bonne cuisse mijote en compagnie d'un jarret de veau dans une cocotte. On retire le jarret, et la cuisse en solitaire reste à cuire encore quatre heures, entourée de 20 oignons et 20 tomates. Il faut surveiller la bête toute la journée. En fin de cuisson, la viande est si tendre qu'on la mange à la petite cuillère. Cet excellent plat, préparé par mes soins, est le festin d'un long adieu. J'irai prendre congé d'Esther et de sa famille. Je leur dirai la vérité : une étoile s'est ajoutée à la Voie lactée de mes sentiments et elle brille d'un amour plus fort que les autres.

C'est Noël, un beau feu se consume dans la cheminée, nous sommes entre amis, il n'y a pas encore de téléphone portable mais la radio diffuse la nouvelle :

« Dans la nuit du 24 au 25 décembre, à trois heures du matin, l'armée de l'Union soviétique a envahi le territoire afghan pour soutenir une des fractions afghanes communistes. » La guerre va durer dix ans et les talibans en sortiront vainqueurs. Kaboul en 1979 restera, comme Berlin en 1989, l'emblème de la défaite du bloc soviétique. Depuis, les groupes terroristes ont poussé comme des champignons sur ce terrain explosif.

La nouvelle de cette invasion, sur le moment, ne nous a pas empêchés de trouver le gigot de sept heures très bon. Avec le temps, de gros morceaux nous resteront coincés dans la gorge. La liste des attentats commis en Europe est longue. Depuis quarante ans, l'islam politique occupe l'œil du cyclone de nos cauchemars.

Pour les 75 ans de mon ami philosophe allemand, Peter Sloterdijk, je suis invitée à Berlin par une belle journée du mois de juin de l'année 2022.

La fête se tient dans le jardin de sa vaste maison, à Berlin-Grunewald. La demeure de l'autre côté de la rue a appartenu au photographe officiel de Hitler. Est présent aujourd'hui un digne échantillon de l'intelligentsia allemande. Quelques anciennes connaissances de ma vie professionnelle dans le milieu de l'édition sont là, et aussi de plus jeunes auteurs, dont je n'ai jamais entendu parler. Michael Krüger, grande figure de l'édition, désormais à la retraite, me présente : « Voici une rescapée du terrorisme, auteure et éditrice. » Il faisait allusion bien sûr à nos jeunes années ravagées par les actions de la bande à Baader. J'en avais été. Beaucoup, un peu, passionnément ? Nous avons tous connu Andreas Baader, Gudrun Ensslin, Ulrike Meinhof. Évidemment, Michael s'en souvenait. Mais les jeunes Allemands d'aujourd'hui ? Un des tout frais écrivains me pose une question incongrue : terroriste islamiste ? Comment aurais-je pu avoir été une « Terroriste islamiste » et me trouver là devant lui en train de dîner tranquillement dans le jardin de mon ami philosophe à Berlin ? Je ne me suis pas sentie obligée de lui répondre. Michael n'a pas voulu non plus rappeler notre passé commun. Le temps a filé et s'est perdu. Avons-nous seulement existé ? En tout cas, désormais, le terrorisme islamiste a l'exclusivité du crime, le terrorisme intereuropéen ne représente plus aucun danger. *Left is over.*

Il nous reste heureusement les *Fragments d'un discours amoureux*. Roland Barthes nous sauve par la finesse de ses propos de la grossièreté des idéologies. Sa notion du « neutre » nous fait apprécier les nuances d'un corps subtil qui résiste à toutes les appropriations égocentriques.

Le 26 mars 1980, Roland Barthes est renversé par une camionnette, rue des Écoles, devant le Collège de France où il enseignait. J'en ai été désolée. Je n'avais pas poursuivi mon projet de faire une thèse sur son ouvrage *S/Z* où il expérimentait les différentes entrées dans un texte selon la spécificité de la discipline employée. J'avais proposé à mon ami Jürgen Hoch d'assurer la traduction de cet ouvrage en allemand. Ce qui fut fait. Roland Barthes, le maître des nuances, forma des milliers de lecteurs hypersensibles, auxquels il dévoila l'influence de la langue sur nos engagements érotiques et sociaux. Il est de cette gauche de la sophistication des sentiments qui trouve son aboutissement dans la mélancolie d'une âme, traçant ce qui demeure et restant aux aguets. Je serai toujours de cette gauche-là.

J'ai beaucoup appris de lui. Le « *fading* », cette diminution temporaire du cours de la pensée afin de ne laisser arriver que ce qui arrive, avait dû, pensais-je, provoquer une inattention face au danger. Certains ont dit que, incapable de se relever de la mort de sa mère, il s'était laissé happer par cette camionnette d'une entreprise de blanchisserie qui fonçait sur lui. Roland Barthes nous manque.

Un événement inattendu a surgi dans ma vie, inimaginable. À une époque lointaine, parmi nos actions de militants d'après-68, nous avions inscrit au programme la séquestration d'un directeur d'entreprise pour faire pression sur le patronat. Au printemps 1972, à Saint-Brieuc, les ouvriers du Joint français luttaient pour une augmentation de salaires. La direction ne pliait pas, on cherchait un repreneur.

Les joints, me disais-je, c'est intéressant, en pensant aux joints auxquels nous étions habitués à l'époque, fumeurs de hach et de marijuana. Fallait pas confondre. Le Joint français fabriquait des joints en caoutchouc pour l'automobile. Mille ouvriers sont en grève depuis deux mois et le conflit est en train d'embraser toute la région.

Avec mes camarades nous nous mettons en route, direction la Bretagne. *La Cause du peuple* titre : « Nous aurons nos 70 centimes ! » Une foule de travailleurs munis de pancartes s'est rassemblée devant le portail de l'usine. Des gendarmes forment un cordon pour sécuriser le bâtiment. J'entends chuchoter que quelqu'un doit prendre la parole, un actionnaire, éventuel futur directeur de l'entreprise. Un homme monte à la tribune, accueilli par des sifflets. L'homme demande le silence. Habillé d'un trench-coat, il paraît jeune, un peu maladroit. Mais l'assistance l'écoute, sa voix presque timide inspire confiance. Pour les problèmes des travailleurs, il n'a pas encore de solution, mais il y réfléchit. Je supplie mes camarades de ne pas le maltraiter. Il m'inspire de la sympathie, ce n'est pas un « méchant ». Mais ce n'est pas moi bien sûr qui décide. Ensuite sera dit que je n'ai pas voulu le séquestrer pour attirer son attention. C'est faux. La vérité est que nous renonçons au projet initial. L'homme sur la tribune est d'une beauté à faire des ravages, du genre Alain Delon, solaire, les yeux bleus comme un lac de montagne, sous un haut front lisse, les cheveux châtains. Sa bouche sourit d'une façon mystérieuse. Il me trouble. L'orateur est incontestablement de noble apparence. Et patron. Un comble. Comment un ennemi de classe grand-bourgeois ose-t-il afficher un physique si séduisant ? Il y a des nantis vraiment trop bien lotis. Lorsqu'il descend finalement de la tribune, son chauffeur l'attend. Je le vois monter dans une limousine allemande, une Mercedes, m'adressant un regard, un long regard, avant d'allumer un cigare. C'est carrément le pompon. Et le début d'une histoire à raconter. Parfois quelque chose débute sans avoir lieu. Deux regards intrigués qui se croisent, un sourire énigmatique qui se dessine sur les lèvres : il y a bien une séquestration réciproque. On appelle cela un coup de foudre, phénomène violent et éphémère.

Puis un jour, des années plus tard, un ami m'invite à une soirée « très chic, tu verras », me prévient-il. De mon placard je sors le plus sexy de mes chemisiers, volé au Bon Marché, au rayon du couturier japonais Yamamoto.

« Vous êtes une femme de luxe, me dit l'hôte en m'accueillant sous le porche en pierre de son hôtel particulier rue Suger, proche de la place Saint-André-des-Arts. Bienvenue ! »

M'a-t-il reconnue ? Un sourire comme un clin d'œil complice s'esquisse sur ses lèvres. Il se présente : Georges Flouest. Nos regards se croisent. C'est bien lui, l'homme dont j'ai rêvé. Le « patron-pompon ». Mon bel ennemi de classe de jadis. J'ai dû évoluer depuis.

Je lui tends un bouquet savamment composé.

« Comme ça vous offrez des fleurs aux hommes ?

— Non. Le bouquet est pour votre épouse ! »

La maison est magnifique, avec des bougies allumées partout dans des candelabres d'argent.

Georges Flouest reçoit en maître des lieux avec les manières d'un prince : un petit mot de convenance adressé à chacun. Une trentaine de convives se pressent autour de lui pour le remercier de son accueil. Il n'a pas l'air de les connaître tous, mais les accueille avec une même élégance. Entre deux invités, chaque fois, il revient vers moi comme s'il voulait échapper à la fête organisée dans sa maison. Inadaptée à cette soirée de grands-bourgeois, je me tiens un peu à l'écart, près de la fenêtre qui donne sur une cour pavée. Il ne me perd pas du regard, s'approche à nouveau en me donnant quelques indications concernant le passé historique de sa belle demeure. Il m'initie à son monde. En quelques minutes, je comprends qu'il me choisit.

« On s'approche, on sourit, la main touche la main. Et nous nous souvenons que nous marchons ensemble. Que l'âme est immortelle et qu'hier c'est demain. » (Alfred de Musset).

Finalement, qu'est-ce qui nous oppose ?

Pourquoi cet homme ne serait-il pas à ma portée ? D'une façon opposée, certes, mais je suis aussi un pompon : activiste, écrivain, originaire de l'Est, roulant sur une moto Honda 125, et en ménage avec une femme.

À cent pour cent l'opposée de ce Monsieur, totalement atypique. Une Allemande de 35 ans, à la réputation plutôt sulfureuse, avec un passé de gauche révolutionnaire, rencontre un brillant entrepreneur français de 50 ans partisan d'une droite conservatrice.

Un ami m'a renseignée. Georges habite ici avec sa femme Marie-Josée et ses deux filles, Charlotte et Sandra. Marie-Josée souffre d'un cancer. On chuchote qu'elle est mourante. L'hôtel particulier est somptueux et sombre. L'ombre de la mort rôde dans les étages. Des fantômes y résident encore, dont celui de Huysmans, jadis maître des lieux. J'entre dans la maison de des Esseintes dans *À rebours.* Tout est étrange, décalé. Dans mon cœur, le coup de foudre s'est précisé quand Marie-Josée m'a demandé de prendre soin de son mari après son décès à elle. Elle est morte le dernier jour de l'année 1979. Et Georges et moi, amoureux depuis le premier regard échangé, nous sommes mariés et avons vécu ensemble durant trente-deux ans.

L'époque nous vient en aide.

Pour lui : l'économie, le discours sur l'entreprise, encore réservé à la droite, fait son entrée dans le discours de la gauche, une gauche modérée qui, en la personne de François Mitterrand, se prépare à gagner l'élection présidentielle. Ce qui signifie que le glissement d'une droite modérée vers une gauche accueillante devient possible.

C'est dans l'air du temps.

Pour elle : la révolution peut attendre ou être mise en sourdine. Les rêves immodérés n'ont pas changé le monde. En politique il s'agit désormais de se montrer modeste et responsable. Les camarades vont descendre des barricades pour entrer dans des conseils d'administration.

C'est aussi dans l'air du temps.

Ensemble, cet homme et cette femme incarnent l'époque entre sagesse politique et compromissions. Et, plus important que tout, en audace amoureuse. Lui est Balance, elle est Verseau, deux signes d'air. Un équilibre peut se profiler malgré les paradoxes. Ils croient aux actes qui réconfortent l'humanité, avec le même cœur compatissant. Ça tombe bien.

Dans un premier temps, nos amours furent clandestines – il n'y a rien de plus excitant. Il ne fallait pas que les filles de Georges, âgées de 11 et 12 ans, puissent avoir le moindre soupçon. Nous nous cachions, nous réservions une chambre d'hôtel, et même parfois, en haute saison touristique, un lit dans une maison de passe autour de Pigalle. Ou encore je garais mon combi Renault sous les arbres de l'avenue de l'Observatoire, devant l'immeuble de ma psychanalyste. Georges et moi y passions la nuit comme à la belle étoile. Je faisais pipi entre deux bagnoles et Georges contre un arbre. Nous nous sentions libres. Le désir est une boîte de Pandore qui contient toutes les ruses et autorise tous les coups.

Georges n'est pas juif, pour une fois je ne suis pas amoureuse d'un Juif. Ou d'une Juive. On reste entre goys, certes très différents – pas le même milieu, pas la même éducation, pas la même génération. Georges est vraiment un autre, il est mon autre, mais il n'est pas l'Autre dans une relation transférentielle, comme un Juif le sera toujours pour un Allemand.

La famille de Georges n'est pas franco-française, mais un mélange de Russes blancs, côté père, et de pieds-noirs, côté mère, catholiques pratiquants et riches non par héritage mais par mérite personnel. Ils possédaient un petit château en bord de Seine.

Quand j'ai connu Georges, ses parents venaient de mourir et le château était en vente.

Au lieu de suivre des études d'histoire, comme il le souhaitait, Georges avait dû reprendre l'affaire du père : une usine de joints en caoutchouc et amiante. Selon les dires, il était un businessman remarquable, et conseiller économique auprès du ministère du Commerce extérieur.

À ma surprise, Georges était aussi fin lecteur. Il avait, disait-il, été bouleversé par *Mourir d'absence*. Il savait donc à qui il avait affaire. De quelle absence pouvait-il bien souffrir, lui ? Je le saurai plus tard.

« Pourquoi pleurez-vous ? me demande ma psy. Ce sont des bonnes nouvelles, vous êtes amoureuse. »

Oui, mais je n'y croyais pas, imprégnée de romantisme allemand, j'analysais tous les éléments par lesquels cet amour serait forcément condamné, un amour impossible, comme toujours. Une passion fulgurante, sœur enchanteresse de la mort. Ma psy était très avare de paroles. Pour une fois, je l'ai entendue répliquer : « Cette fois-ci, l'amour vaincra. » Elle m'a donné le courage de ne pas céder à la peur, à la pudeur, à la panique, bref elle m'a rendue sourde au message de ma mère pour qui rien jamais ne commencerait pour ses deux filles. Mutti voulait, je pense, rester la seule mère à jamais.

J'ai 36 ans, je viens de rencontrer l'homme de ma vie, l'homme d'une saison très longue. « Le cœur s'est mis à battre au rythme du grand amour dans lequel l'extérieur et l'intérieur se joignent, l'amour qui soudain comprend tous ses trésors et se penche sur eux comme sur des fiancés. » (Lou Andreas-Salomé). Quand l'amour est grand, on a envie de se projeter dans l'avenir. Mon projet a tout de suite été d'avoir un enfant avec Georges. Après deux avortements, et encore tout récemment une fausse couche, ma psy taciturne, quand je lui ai annoncé que j'étais enceinte, a lâché juste une phrase : « Cette fois-ci c'est bon. »

J'y ai cru et c'était bon.

J'ai dû prendre comme modèle *La Femme sans ombre*, merveilleux texte de Hugo von Hofmannsthal. Un prince, chasseur de faucons dans les hautes montagnes, se complaît dans sa splendeur. Il est séduisant et riche, on s'agenouille devant lui. Son épouse est la plus belle femme du pays. Tous les soirs, elle attend dans leur château en haut des cimes le retour de chasse de son mari. Luxe et volupté. Tout va pour le mieux. Sauf que le couple n'arrive pas à faire d'enfant.

Alors enfin, à 36 ans, je comprends le conte de Hugo von Hofmannsthal : tant que le cerveau ne se connecte pas avec le ventre, tant que l'imaginaire surplombe le réel, tant que le narcissisme de l'un trouve son pendant dans le narcissisme de l'autre, tant que le prince chasse les faucons et la princesse brode du vide, il ne peut y avoir de descendance. Il faut que l'ombre se fasse. L'amour sert à nous laisser tomber du haut ensoleillé dans les chaudes ténèbres du corps.

Je me souviens exactement du jour de la conception de notre fille Katia.

C'était en avril. J'avais aménagé un joli appartement traversant, cour et jardin, dans le Marais, encore authentiquement juif à l'époque, au 82, rue Vieille-du-Temple. Le refuge de notre couple clandestin abritait notre amour caché.

Toutes les demi-heures, les filles téléphonaient pour réclamer leur père : à quelle heure pensait-il rentrer à la maison, pouvaient-elles manger la tranche de jambon dans le réfrigérateur, avait-il signé leur cahier de correspondance ? Ce harcèlement s'expliquait par la peur d'être abandonnées encore. Elles venaient de perdre leur mère. Elles redoutaient que Lucifer ne se soit introduit dans leur maison pour capturer leur papa. Elles le disaient et l'écrivaient même sur de petits papiers. Lucifer, c'était moi en veste de cuir rouge, sur une Honda 125. Avec Georges, nous entretenions le secret des fautifs. J'avais chanté l'éloge des amours saphiques à la fin de mon livre *Mourir d'absence*. Je me livrais à la douceur entre femmes comme on peut s'agripper à une bouée. Mais un reste demeurait insatisfait. Au moment décisif, je l'avoue, il me manquait l'aplomb de la verge.

Georges de son côté quittait sa vie de père de famille dans un palais ouvert à tous vents pour une bohème juvénile à deux. Avait-il eu des aventures pendant son premier mariage ? Avait-il entretenu des liaisons comme tant d'hommes ? Je ne me suis posé aucune question. Très vite, notre secret fut tellement visible qu'il se révéla inutile d'en cacher les indices.

Une belle saison s'annonce quand un homme se présente, une rose à la main : François Mitterrand.

« Une rose a des épines », me prévient un ami.

Un homme, une rose à la main, m'attendait toujours sur le quai de la gare de Hombourg dans la Sarre, à vingt kilomètres de la maison de mes parents, quand je descendais du train Paris-Francfort : Vati, mon père. Parfois, un citoyen de la région me reconnaissait et Vati était fier. Pendant des années, j'avais chaque samedi présenté une église de la Sarre à la télévision. « Sainte Maren » méritait bien une rose.

Georges, mon merveilleux amant, m'en offrait de somptueux bouquets composés d'abord par Renaud, rue de Buci, précurseur de Christian Tortu. Ce n'étaient plus des compositions florales comme on avait l'habitude d'en recevoir. Christian Tortu, inspiré d'un Mai 68 parfumé et sauvage, dynamita le bouquet bourgeois au profit d'assemblages naturels, fleurettes de campagne, branches d'arbres fruitiers en éclosion. Son magasin, au carrefour de l'Odéon, était incontournable, comme fut incontournable la conception des jardins de Gilles Clément qui favorisait la friche, des espaces verts comme laissés à l'abandon, au détriment des jardins ordonnés à la française.

L'esprit Mai 68 se perpétuait dans les mœurs et les modes de vie. Sonia Rykiel en tête s'intéressait à un prêt-à-porter confortable pour le corps des femmes au travail et en action, fières de leur émancipation sensuelle. Les coutures se portaient non plus dissimulées à l'envers, mais visibles à l'endroit. Son style traversait les frontières. Sonia Rykiel est devenue la référence d'une mode faite par et pour les femmes. À sa boutique de fringues rue de Grenelle fut annexé un très érotique espace, « HHmm je jouis », proposant des jolis toys destinés à stimuler le clitoris. Le désir de vivre pleinement les joies de la sexualité était à son comble. La gauche caviar donnait déjà le la.

Le jour de la victoire de François Mitterrand, le 10 mai 1981, Georges et moi avons eu le courage d'afficher notre relation. Nous nous sommes rendus ensemble place de la Bastille. Chez Bofinger, fameux restaurant où Aragon, Strauss-Kahn, BHL, Laurent Fabius, Anne Sinclair, Régine Deforges et des centaines d'autres fêtaient le changement. N'entrait pas n'importe qui. Dans l'euphorie, tout le monde embrassa tout le monde.

Au printemps 81, une soif de recommencement traversait toute la société, l'excitation à l'idée d'expérimenter une autre politique, de rejouer ensemble une partie, de risquer l'inédit. L'imagination au pouvoir ! À nous de prouver que l'inédit se construit sur des bases solides. Un ami avait voulu tempérer mon enthousiasme :

« Mitterrand, c'est comme les dieux, quand ils descendent sur Terre ils se découvrent toujours plus décevants qu'en rêve. Il aurait mieux valu que notre idole reste au ciel. Tu verras. »

J'avais pris des billets pour assister au *Dell'Inferno* de Dante, mis en scène par André Engel, sur un terrain de la SNCF au nord de Paris. Un événement. C'était peut-être la dernière fois qu'on pouvait admirer sur les planches le très magnifique Laurent Terzieff.

Tout l'entrepôt était noyé dans les eaux, l'élément de l'oubli. À l'entrée il y avait le cortège des femmes d'un côté et le cortège des hommes de l'autre. « Comme dans les camps de concentration, fis-je remarquer à Georges. Il va falloir se séparer. On passe par ici ou par là pour accéder aux enfers. Tu vois, ça nous poursuit, on ne s'en sortira jamais. »

Il avait fait fort, André Engel. Le lieu choisi pour le spectacle était l'endroit précis d'où, en 1942, étaient partis les trains qui transportaient les Juifs vers les camps. Et là encore un wagon nous rappelait les faits. Des chiens policiers veillaient au bon déroulement du spectacle. Une fois les hommes et les femmes divisés, on prit place dans l'enfer, Orphée avança sur un radeau porté par les flots pour retrouver Eurydice.

Afin de nous remettre du choc, à la sortie, Georges et moi avons fumé un peu de hach des faux paradis. Et le lendemain, une petite rumeur se manifeste dans mon ventre. Georges est déjà parti au travail. Quelque chose remue dans mes entrailles, je le sens tout de suite. Et tout de suite, j'ai confiance.

Elle avait raison ma psy, un enfant s'annonçait.

Je prends le métro, je cours à mon bureau rue Bernard-Palissy où les éditions Lieu Commun occupaient l'arrière-boutique des Éditions de Minuit. En arrivant, je vomis. Je me dis : quelle chance ! Tout est identique et tout est radicalement différent. Je suis dans la vie du travail comme avant et je suis dans une autre vie, une vie féconde. Oui, cette fois je porterai l'enfant dont je rêve depuis longtemps. Je le porterai jusqu'au bout. Cet enfant dont mon corps n'avait pas voulu, plusieurs fois. Là, je sens qu'il est rassuré. Plus rien ne peut lui arriver de mal, j'ai chassé les interdits funestes du genre « ne pas contribuer à perpétuer ce peuple d'assassins allemands, ne pas vouloir prolonger la tragédie ».

C'est dans la bohème de la rue Vieille-du-Temple, la nuit suivant *Dell'Inferno*, que notre fille a été conçue, j'ai glissé par un coup du destin de l'Enfer au Paradis.

J'ai vécu une grossesse bienheureuse, mon corps malmené à de multiples reprises ne m'en a pas voulu, il me faisait confiance.

Et je lui ai fait confiance.

Georges fut rassuré aussi. Françoise Dolto, une amie de sa femme décédée, avait donné sa bénédiction à notre couple. À la naissance de notre fille, elle nous adresse ce mot : « Je félicite Katia d'avoir choisi comme parents Georges et Maren. »

J'étais enceinte de trois mois lorsque, le 21 juin 1982, a eu lieu pour la première fois la fête de la Musique. Depuis ma grossesse, je partageais avec Georges son somptueux hôtel particulier à deux étages. Au rez-de-chaussée, une tapisserie précieuse couvre le mur au-dessus d'une desserte en bois sculpté. Une fenêtre donne sur la rue, l'autre sur une cour que j'ai fleurie afin de cacher un puits par lequel les supposés fantômes arrivent. Au milieu de la pièce trône une table ovale autour de laquelle dix convives peuvent se tenir. Au premier étage, Georges a fait installer un piano à queue pour me faire plaisir. Personne encore ne touche le clavier. Georges aime les belles choses, en jouit rarement. Son travail de chef d'entreprise lui laisse peu de temps. Depuis que j'occupe les lieux, je tente de mettre en mouvement les trésors qui dorment immobiles. À commencer par la musique.

Au cours de mon déménagement du Marais rive droite au 6e arrondissement rive gauche, j'ai mis en cartons des quantités de livres et de disques afin que la maison de mon bien-aimé résonne de tonalités qu'il écoute pour la première fois. Le réfrigérateur se remplit par mes soins, pour le plus grand plaisir de ses filles. Le soir, nous regardons très rarement la télévision, sous une couverture nous nous plongeons dans un livre. Nos portes sont toujours ouvertes pour offrir l'hospitalité à des amis. Le luxe se cale sur nos voluptés. La vie se voit grande.

Nous sommes allongés sur le lit conjugal, les oreilles grandes ouvertes, accueillant, accueillant, le corps de l'autre, oh que c'est bon. Georges a acquis un naturel dans sa façon d'aimer et de faire l'amour. Et moi, je me suis affranchie d'une pudeur pour trouver des gestes que seules celles qui adorent et dévorent la chair de l'aimé s'autorisent. Nous sommes heureux à fleur de peau, transfigurés par ce grand amour qui fait vibrer toutes les cordes.

« Mais tout ce qui effleure toi et moi nous unit comme un archet qui tire de deux cordes une seule voix ». (R.M. Rilke).

Je peux enfin faire l'annonce à ma mère : « Tu vois ! Non, ce n'est pas fini avant que ça commence, ce n'est qu'un début, la partie se poursuit, le combat continue et on réussira à repousser les forces du mal et cette fois-ci l'amour aimera l'amour. »

Je continue à faire mon travail d'éditrice en apparence comme avant, mais mon centre de gravité s'est déplacé. Je ne cherche plus les cicatrices de la mort survenues dans les camps de concentration. Je cherche la vie. Je mets de côté la lecture des grands penseurs – Deleuze, Lacan, Bourdieu, Heidegger –, préférant être accompagnée par la poésie comme le sonnet de Nietzsche : « *Ja ! ich weiss, woher ich stamme… Flamme bin ich sicherlich* », « Oui je sais d'où je viens… À coup sûr je suis flamme ».

Oui, il faut savoir d'où on vient. Les vers de nos anciens nourrissent l'esprit avec de toutes nouvelles énergies.

Après les trois premiers mois à l'affût du moindre signe, passant de la jubilation d'accomplir cette œuvre et la fragilité du petit trésor qui hésite encore à faire son apparition, respectueux des lois de la nature, j'abandonne toute crainte, laissant agir la puissance du vivant.

À peine rentrée du travail, je me demande ce que le petit être niché dans mon ventre voudrait bien entendre. Son désir supposé me dirige moins vers les symphonies que vers les chants intimes, les *Lieder* allemands. Et Johann Sebastian Bach bien sûr, le limpide, solennel, honnête et fulgurant protestant installé dans la sereine certitude du règne de Dieu à qui il doit son génie : « *Bist Du bei mir* », « Si tu es près de moi ».

Le bébé croît et nos horizons s'élargissent. Nous sommes sous la protection de la Nature. Alors rien d'étonnant à ce qu'un ami poète, Nabil, venant du Maghreb, frappe à ma porte une rose rouge à la main. Nous sommes déjà aux alentours de Noël. « Quand le dernier pétale tombera, tu seras prête à accoucher », me dit-il. Et c'est exactement ce qui arrive. Neuf mois exactement, jour pour jour après la conception, on m'emmène, comme annoncé, à l'hôpital. Le dernier pétale vient de tomber.

C'est le 17 janvier 1983. Notre fille Katia naît le 18 dans l'après-midi.

Je ne ferai pas entendre à ma fille tout ce que j'ai entendu dans le ventre de ma mère en Pologne si près d'un camp d'extermination. J'ai l'âge d'Auschwitz mais notre fille aura l'âge de la paix et de l'amour. Elle sera plus forte que l'Histoire.

Commence une toute nouvelle tranche de ma vie, nous et toi, et moi et toi, ma fille, serons des êtres inséparables à jamais.

J'ai vraiment envie, une folle envie, de me découvrir autre, par l'Autre, si petit soit-il. Y a-t-il une puissance plus absolue que celle de donner naissance ?

L'existence peut prendre des aspects très différents, la même personne peut se révéler une autre, il y a tant de possibles inexplorés en chacun. Pour une femme, devenir mère est un immense événement.

Le chiffre 2 se révèle insuffisant. À mon déchirement entre la France et l'Allemagne, à mes batailles entre deux langues, à cette impression d'inachevé de part et d'autre, malgré les aléas, parfois les turpitudes du couple, je me dois désormais d'ajouter cette épiphanie : jamais deux sans trois. Le 3 se porte garant qu'on est ensemble pour de bon. L'alliance que l'on noue avec un enfant existe éternellement.

8.

Mon mari, mon complice, mon bel amant

Je vis alors les plus belles années de ma vie. Aujourd'hui, à presque 80 ans, j'en suis consciente. Mais longtemps j'en ai été inquiète. Si la vie m'offre cette chance, elle sera forcément éphémère. J'ai toujours pensé que le bonheur ne me concernait pas. Et puis oui, je l'apprends. Pourquoi cette phrase de Hugo von Hofmannsthal ne quitte-t-elle pas mon esprit ? « Le bonheur ne rend pas heureux. »

C'est que pour nous, les chasseurs de rêves d'un meilleur monde futur, les bâtisseurs d'utopies soufflées par le vent, nous les fans des Beatles et du hurlement de Mick Jagger, « *I can get no satisfaction* », le bonheur, cet état de complète satisfaction, que ne trouble aucun événement extérieur, est considéré comme le pré carré des nouvelles bourgeoisies. Les mêmes avaient contribué à l'arrivée du Troisième Reich.

Le confort retrouvé après la guerre n'était qu'un trompe-l'œil qui dissimulait la vérité : les foyers cosy cachaient des monstres. Sous de douillettes couvertures familiales grouillaient des anciens bataillons SS et SA. La quiétude affichée du bonheur retrouvé était pure hypocrisie.

Nos tempéraments fougueux de l'époque rejetaient avec mépris ce mode de vie bien cadré et sécurisé. Nous refusions ces recettes d'« accès au bonheur » qui se multipliaient sous la forme de l'acquisition d'une télé, d'une machine à laver, d'une voiture, et plus tard de la célébration narcissique d'un corps impeccable. Une apparence lisse donnait l'assurance de bien figurer en société. *Fitness* était la devise. Fallait-il exclure de se cogner ? Ne plus risquer le « bon-heurt » ? Y avait-il encore des aventuriers dans nos rangs mus par la faculté de désirer ? D'après ce que je sais, très peu. Nous étions désormais dans le cocon de la mal-nommée « gauche caviar », garants de son statu quo. Pour se maintenir, elle devait innover, présenter des spectacles toujours plus extravagants. Le mot d'ordre : la nouveauté ! Alors nous avons innové sous la houlette de Jack Lang, ministre de la Culture. À défaut de nous faire rééduquer dans les usines et dans les champs selon les principes de la révolution culturelle, nous avons invité l'appel à la révolution sur nos scènes de théâtre, avec Chéreau, Planchon, Bondy, Grüber et Lavaudant ; dans nos salles de cinéma, avec Truffaut, Varda, Godard et Visconti ; dans nos librairies, avec Duras, Blanchot, Cixous, Barthes et Derrida. Et nous étions heureux, satisfaits de nos découvertes, derrière cette flopée de petits et grands génies qui stimulaient notre imagination. Non, le bonheur mode d'emploi ne rend pas heureux, il tasse, mais heureux qui sait s'émerveiller qu'une voix d'ange, la voix d'Andreas Scholl chantant *Didon et Enée*, soudain traverse tous les bruits du quotidien, quand un beau matin au soleil s'élève un merle noir sur la terrasse qui déploie ses ailes, quand un enfant au milieu des ruines pleure la mort de ses parents mais sourit à la vie ; quand d'une brève rencontre éclôt un long poème célébrant la beauté d'une passante sur un pont de Florence : Béatrice, l'égérie de Dante…

Même si cette joie ne dure qu'un instant, l'instant dans le cœur de celui qui le vit s'élance hors de lui vers l'éternité. Et lorsqu'on est heureux, partager cet état de grâce avec un être qui semble nous être destiné, avec des amis ou des inconnus, lorsque l'instant et la continuité s'harmonisent, que tout devient communion, la nouvelle vie commence.

Cette nouvelle vie, pour faire simple, se différencie de l'ancienne en ceci : la fameuse *Sehnsucht* allemande, cette nostalgie sans but, où l'objet du désir est le désir lui-même, ce désir inassouvi, à la longue a fini par se révéler vaine et erratique. Elle manquait d'incarnation. Depuis mon union avec Georges, mon imagination se cale sur le charme renouvelé de sa personne, de nos enfants, des belles maisons où nous habitons. Les impossibles deviennent possibles et les possibles, ma réalité.

Nous nous sommes mariés le 18 juin 1983, cinq mois après la naissance de Katia. Fête de mariage et baptême de notre fille eurent lieu le même jour, dans l'hôtel particulier de la rue Suger. Dans la cour pavée, une table garnie d'une nappe blanche brodée servait d'autel. Un prêtre protestant a dit quelques mots. Du haut d'un balcon, l'aria de la soprano des *Noces de Figaro* nous fut chantée. Tout était merveilleux à voir et à entendre. De la beauté du cadre naissait la grâce. Georges était un esthète, « un peu plus et un peu moins qu'un homme », selon Oscar Wilde.

Il régnait entre lui et moi comme un accord tacite : notre maison devait être ouverte, une maison d'accueil, d'hospitalité, pas seulement pour les amis, cela va de soi, mais pour des personnes exilées, des migrants, des réfugiés engagés dans un combat et qui cherchaient un lieu de sécurité. Insupportable la souffrance de tous ceux qui succombaient, victimes d'une tyrannie politique. Il nous suffisait d'échanger un regard et l'invitation était lancée : « Restez chez nous tant que vous voulez, ici il y a de la place, mais on peut aussi se serrer. Vous êtes à l'abri des poursuites, alors continuons le combat ensemble. »

L'ambiance de notre foyer aurait pu se comparer à une ruche. J'étais la reine des abeilles et Georges le roi, à nous deux nous mettions à disposition des alvéoles, des petites niches où chacun, porté par une belle énergie à la fois politique et érotique, pouvait fertiliser son espace, recouvrer ses espoirs, ses désirs. Ça entrait et sortait de tous côtés, une activité perpétuelle, la vie familiale et la vie sociale se mélangeaient pour former une communauté de corps en résonance avec les contextes politiques, le dedans avec le dehors. Nous fabriquions du miel avec les fleurs du monde entier. J'étais devenue, grâce à Georges, plus riche matériellement que ce à quoi je m'attendais dans l'existence. Nous avions les moyens de mettre concrètement sur la table la grande marmite parfumée aux épices des pays lointains, des plats multiculturels où chacun pouvait se régaler jusqu'à plus faim. Un repas partagé qui épanouit et maintient en bonne santé.

Nous formions un couple un peu baroque, un peu exubérant, comme notre mobilier. Encore aujourd'hui, je n'arrive pas à intégrer une discipline d'austérité. Souvent seule à me nourrir, je continue à remplir le panier pour dix.

Ce qui aurait pu être un fastueux écrin vide de contenu n'inspirait pas l'embarras que peut susciter un paon faisant ostentatoirement la roue. La beauté du cadre était rehaussée par le sens que nous avions décidé de donner à nos existences, Georges et moi. Une bonne vie se manifeste par une attitude d'écoute et de réponse, une bonne vie songe à l'autre. Tant qu'on le peut, chaque jour. Il y a toujours, souvent, une réciproque.

La qualité d'une communauté pourrait se mesurer à la manière et à la fréquence avec lesquelles on rit et pleure ensemble. Nous avons beaucoup pleuré le sort des persécutés, des opprimés. Et nous avons beaucoup ri de leur présence amie.

Pendant les années 1995-1996, quand la terreur islamiste parcourait l'Algérie, des femmes engagées dans leur pays se refugièrent en France. Nous avons hébergé Malika Boussouf, journaliste au quotidien *Le Soir d'Algérie*. Une belle pasionaria, tout feu tout flamme. Pendant son séjour chez nous, elle écrivit son livre *Vivre traquée*, que j'ai publié.

À la Mutualité se tient un meeting de soutien aux combattants pour la liberté en Algérie. Nous avons écouté des récits témoignant de la cruauté effroyable des terroristes islamistes. Une cruauté minutieusement calibrée. Un manuel à l'intention des troupes avait été trouvé sur le lieu d'un massacre, où une famille entière avait été assassinée par le GIA (Groupe islamique armé). Y était écrit : « Un islamiste peut violer toutes les femmes mécréantes, mais pas une mère en présence de sa fille, ensuite il peut violer la fille sous le regard de sa mère. Il peut associer ses semblables à son acte, à condition de respecter la hiérarchie des grades. Un officier a la priorité pour déchaîner sa libido sur le ventre d'une femme, la mutiler. Le bon soldat d'Allah peut également violer les fillettes mais de préférence à l'extérieur de la maison… »

Nous en avions frémi, une sensation de grand froid avait fait trembler nos corps. La furie de l'extermination se donne des règles strictes. Ainsi, comme déjà révélé dans le procès Eichmann, le plus monstrueux des crimes tente d'attester sa banalité par le cadre rigoureux de son exécution.

Quand Malika voulut retourner à Alger, et afin qu'elle puisse franchir la douane sans se faire arrêter, nous avons sillonné les rues de Barbès, haut lieu de la culture maghrébine dans le 18e arrondissement de Paris, pour trouver le bon déguisement, la perruque adéquate. Le choix était vaste. Malika en a essayé un grand nombre. Plus sa tenue devenait grotesque, plus la mascarade nous amusait. À la fin, la belle et fougueuse journaliste ressemblait à la sombre esclave d'un mari musulman. Nous avons applaudi sa stupéfiante transformation qui ne la montrait pas à son avantage. Et Malika Boussouf a passé le contrôle de la douane sans être démasquée. Son pied de nez à la police des frontières nous a enchantés.

Quand notre invitée, Zhang Ji, l'écrivaine chinoise, nous a roulés dans la farine, nous avons ri un peu jaune. Son livre traitait de la corruption au sein du Parti communiste dans la Chine d'aujourd'hui, « un bel enfer ou un paradis contrefait ». La règle habituelle : plus haut tu es placé dans la hiérarchie, mieux tu es servi.

Dès le premier jour, notre invitée nous fit remarquer que la soupe servie à notre table n'était pas assez chaude. Plus grave, il était inacceptable selon elle qu'une femme noire la prépare. Et enfin, pouvait-on lui trouver un médecin spécialiste pour diagnostiquer le cancer dont elle disait souffrir ? Georges réactiva ses relations avec des cancérologues, nouées pendant la longue maladie de sa première femme. Il obtint un rendez-vous avec le professeur Israël le lendemain. Le médecin examine la patiente : Zhang Ji n'a pas de cancer. Interrogée sur France Culture dans la foulée, elle déclare : « La corruption existe bel et bien en Chine. Mais chez vous aussi. La preuve : mon hôte a obtenu un rendez-vous médical pour moi en vingt-quatre heures, alors que normalement j'étais sur une liste d'attente de six mois. »

Merci de nous faire passer pour des pourris sur France Culture ! Il est vrai qu'un beau geste, quand il se heurte à un esprit mal intentionné, peut faire tourner le meilleur vin en vinaigre. J'ai ce défaut dont je n'ai jamais guéri : j'aime faire confiance. Neuf fois sur dix, je ne suis pas déçue. Parfois ça coince. Tant pis. Je préfère ne pas devenir amère.

Cette expérience malheureuse fut une exception qui confirme la règle.

En 1991, la guerre déchire l'ex-Yougoslavie, Slovènes contre Serbes, Serbes contre Croates, puis Serbes et Croates contre Bosniaques, le Kosovo devient un brasier…

Une guerre civile d'une violence inouïe. Chaque pays, redevenu fraîchement indépendant après des années de régime communiste, défend son territoire. Sarajevo, ville-carrefour où plusieurs ethnies, plusieurs religions, plusieurs langues échangeaient pacifiquement leurs différences, devient le centre des affrontements et des massacres. Francis Bueb, responsable en communication de la FNAC, camarade de la Gauche prolétarienne, crée le Centre André-Malraux à Sarajevo avec le soutien de Florence Malraux. La culture peut faire contrepoint à la barbarie. On invente « La grande bibliothèque ». Nos amis éditeurs fournissent des centaines de livres qui viennent garnir les rayons du Centre de Francis Bueb sous les bombes. Le monde artistique se mobilise vite. Patrice Chéreau, Edgar Morin, Olivier Rolin, André Glucksmann, BHL, Jane Birkin et tant d'autres répondent à l'invitation de se rendre sur place pour soutenir les Bosniaques. Les déplacements se font sous surveillance militaire, des snipers en embuscade sont un danger à chaque coin de rue. Ma présence – je suis la présidente de l'association Paris-Sarajevo – est planifiée pour un prochain voyage. Retenue par une réunion de travail, je laisse ma place à Georges, très motivé. Georges tombe amoureux de Jane – comment aurait-il pu en être autrement ? – et Jane tombe amoureuse d'Olivier Rolin, le farouche militant de la Gauche prolétarienne des années 70, devenu depuis un tigre de papier. Mais quel papier ! Il est un des meilleurs écrivains de langue française. On connaît la suite de l'histoire : l'écrivain et la chanteuse se sont aimés plusieurs années. Avec des bémols sans doute, dont un me concernant. Un manuscrit de Jane, sur la base d'entretiens, se trouvait sur mon bureau chez l'éditeur Calmann-Lévy, prêt à partir à la fabrication. Une confiance réciproque régnait sur notre amitié. Le texte avait été arrangé sous forme d'abécédaire. Le titre : *L'Air de rien*. Sur la couverture : une Jane en chemisier blanc, rayonnante. La réunion des représentants devait avoir lieu trois semaines plus tard.

Dans la maison Calmann-Lévy, tout le monde se réjouissait d'accueillir Jane. À peine une semaine avant l'annonce officielle de la publication de *L'Air de rien*, Jane, en pleurs, monte les grands escaliers en bois foncé de la très ancienne maison d'édition. Tout le monde est aux aguets. Passant devant l'accueil, sans s'annoncer, elle se précipite dans mon bureau, à l'étage au-dessus. Secouée par une respiration saccadée, la voix étouffée par les sanglots, elle m'annonce : « Il n'y aura pas de livre ! Olivier me l'interdit ! Que je m'occupe de mes oignons ! C'est lui l'écrivain. » Interdire la pensée et l'écriture à une femme qu'on prétend aimer… Elle l'a ressenti comme un abandon. Ancien camarade de la GP, il n'a pas hésité non plus à me causer, à moi, l'éditrice, des ennuis professionnels. Olivier est resté néanmoins un ami fidèle pendant la longue maladie de Jane. Elle était d'une beauté adolescente, innocemment sexy, gracieuse dans ses maladresses, fragile et effrontée dans ses choix transgressifs, courageuse dans ses combats politiques en soutien aux opprimés. Cela, tout le monde le savait ou le devinait. Dans l'église Saint-Roch à Paris, le 24 juillet 2023, une semaine après sa mort, des milliers de personnes chantaient « La Javanaise ». Dans son oraison funèbre, Olivier Rolin, en larmes, révéla ce qui restera ancré à jamais dans sa mémoire : Jane fut une bonne personne. Jane avait un sens aigu de ce qui est juste. Jane était admirable en tout. Enfin !

Trois femmes, Alena, Gina, Angelina, et un homme, Zlatko Disdarevic, les piliers de la rédaction d'un journal de résistance bosniaque, *Oslobođenje*, doivent fuir les massacres. Tous trouvent refuge chez nous, rue Suger à Paris. On est bien ensemble. Nos fous rires graves font fi du désespoir. Les femmes tricotent des écharpes en laine pour Katia et Kunga. Nous échangeons nos recettes de cuisine et préparons des plats. Cela a duré des mois. Encore des années plus tard, nous recevions des cartes avec quelques mots doux, à l'encre un peu brouillée par les larmes.

Nous avons beaucoup ri avec nos auteurs et amis russes, Youri Afanassiev et Serguei Kaledine. Youri était le doyen de l'université de la Russie à Moscou et directeur des Archives, entre autres du KGB, sur la place Rouge. Député de la Fédération de la Russie, ami de Gorbatchev, dans l'incertitude de l'avenir de celui qui fut le grand espoir de l'Occident, il figurait parmi les candidats à sa succession. Quand je me promenais avec lui sur l'Arbat, quartier animé au centre de Moscou, les gens l'applaudissaient et l'encourageaient à se présenter. Grand historien des Annales, honnête et populaire, il avait le profil idéal du démocrate de la Nouvelle Russie, sous le signe de la *glasnost* et de la *perestroïka*. Pendant son séjour à Paris, il rencontra Jean Daniel, directeur du *Nouvel Observateur*, pour une série de conversations publiées sous le titre *Cette grande lueur à l'Est*. Nous le poussions tous à se déclarer candidat à la présidentielle, à saisir le moment historique qui allait décider du sort de l'immense continent tantôt tourné vers l'Ouest européen, tantôt vers l'Est. Youri, historien dans l'âme, s'avouait fier de son université qu'il avait réussi à hisser au diapason du progrès. C'était un bon vivant, au solide charme slave, passionné et ténébreux. Il aimait les femmes de Paris qui le lui rendaient bien. Déjà certains compatriotes l'accusaient d'avoir équipé l'université dont il était le doyen d'ordinateurs à la pointe de la technique. Grâce à l'argent de la CIA ? Ou à celui d'un oligarque repéré pour ses sympathies avec l'affreux Occident capitaliste ? Bref, on soupçonnait Youri de pactiser avec l'ennemi de l'Ouest. Sa carrière politique était compromise. Le KGB allait prendre sa revanche en effaçant sur la photo des futurs dirigeants la tête de Youri.

À l'étranger, on n'avait pas idée du pouvoir persistant des instances du Parti communiste soviétique.

Quand, des années plus tard, avec ma fille, étudiante en littérature russe, nous avons rendu visite à Youri, il vivait enfermé dans une cave transformée en atelier, où il apprenait l'ébénisterie.

Quant à Serguei Kaledine, auteur fétiche d'une jeunesse russe rebelle, il découvrit chez nous la France pour la première fois. Revenu des hautes montagnes d'Afghanistan où l'armée russe menait une guerre perdue d'avance, cet intellectuel mit l'Union soviétique sur le banc d'accusation. Serguei est devenu un opposant à abattre. Les boîtes de nuit sur les Champs lui faisaient oublier la « *stroibat* », son régiment de lumpen-militaires. À cinq heures du matin, soûlé à la vodka, il réveillait de ses cris tout le pâté de maisons. Il venait de découvrir les boutons-pression et nous faisait part de sa joie en arrachant, par le devant, sa chemise, dénudant d'un geste brusque son puissant torse velu ! Que faire d'autre que l'applaudir ?

« Super ! Au dodo maintenant, Serguei. »

Quand notre fils tibétain fait venir sa famille, son frère et sa mère, nous mangeons des momos, les raviolis du pays, matin, midi et soir. Sa maman, à l'aube, après avoir prié devant la statue du bouddha en bronze, en tenue colorée des femmes des hautes montagnes de l'Himalaya, s'empare d'un balai pour nettoyer les trottoirs devant la maison. Des passants s'arrêtent et se moquent : « C'est quoi ce bordel ? On assure la propreté de Paris maintenant en costume folklorique ? » Des commentaires tristes à entendre.

Alors je vole à son secours : « Ce bordel est le nôtre, vous devriez remercier Madame pour sa gentillesse. » Je m'empare d'un balai également et nous continuons ensemble : « Entreprise familiale franco-tibétaine. » Nous rions comme deux gamines.

On affiche rarement de bonnes manières envers les étrangers dans la plus belle capitale du monde.

Il n'est jamais trop tard pour commencer.

Après la naissance de notre fille Katia, nous avons avec Georges cherché une maison pas trop loin de Paris avec une belle pelouse pour voir les enfants y jouer avec des chiens. La maison et les chiens se sont présentés en même temps. Deux Borders Collies aux longs poils et très joueurs, Éros et Frima. De leur couple, de nombreux bébés-chiens sont nés. Nous les avons distribués dans les villages des alentours. Éros était mon chien chéri, forcément. Un jour du mois de mars, en pleine réunion de travail, le téléphone sonne. Éros a été attaqué par une tique. Les tiques du printemps s'avèrent souvent fatales. J'interromps ma réunion. Je roule à toute vitesse sur l'autoroute du Sud pour être près de lui. Éros, comme mon père, n'a pas voulu mourir seul, il a attendu mon arrivée. Il est mort dans mes bras.

Mourir dans les bras…, ces mots me bouleversent.

Je me souviens d'innombrables promenades à bicyclette à travers les paysages vallonnés du Palatinat. Un jour, une pensée m'a traversée : si mes parents mouraient pendant mon absence ! Immédiatement, j'ai fait demi-tour, rebroussé chemin, afin de regagner la maison pour vérifier que ma crainte était injustifiée. J'ai toujours imaginé le pire, et tremblé que le pire n'advienne à tous ceux qui me sont chers.

Au dernier rendez-vous ici-bas, cette ultime occasion où peut se révéler le potentiel de bonté de l'homme, le corps doit se rendre disponible.

En prenant un être qui quitte la vie dans vos bras, vous lui faites éprouver d'où il vient, vous le reconduisez aux commencements. Car par le corps tout s'unit. Il n'y a pas d'autre consolation. Un corps mourant devient comme un intrus dans la réalité moderne, si froide, si performante sur le plan technique, médical, conceptuel. La mort reste un mystère devant lequel on préfère fermer les yeux. Mais à la regarder en face, chacun peut en percevoir la beauté.

Dans le film d'Ingmar Bergmann *Cris et chuchotements*, on voit une femme agoniser. Une mère, des sœurs, une fille, sa grande famille l'entourent. Personne ne sait comment s'y prendre avec cet être meurtri, sanglotant de souffrance. Le premier à son chevet, sentant la mort approcher, rappelle les principes de l'héritage, le deuxième évoque le devoir de décence afin d'épargner à l'entourage le pathétique des convulsions… Des mots précautionneux, vides, fusent autour du lit aux draps moites de sueur. Seule la servante, dans une disponibilité muette non entravée par les conventions, selon son instinct, sait faire le geste juste, le geste qui apaise, en dénudant ses seins généreux et pleins de pitié pour les offrir à la mourante. Ainsi tout est accompli.

Je me souviens aussi, en 1993, de la tentative de suicide de mon vieil ami Jean-Marcel.

Du haut du quatrième étage de l'hôtel Terminus Nord, en face de la gare du Nord, il veut se jeter dans le vide. Avertis, les pompiers interviennent et l'emmènent à l'Hôtel-Dieu, dernier étage, réservé aux fous.

Quand je lui rends visite, je lui demande : « Comment s'habille-t-on quand on décide d'en terminer ? Tu y as pensé ? Rasé ou pas ? Un peu d'eau de toilette… ? » Difficile de faire redescendre Jean-Marcel sur terre, parmi nous. Une jolie infirmière s'occupe de lui. Des boucles brunes entourent son visage et des seins volumineux débordent de son corsage serré. Jean-Marcel est accro aux seins. Je demande à la ravissante créature : « Accepteriez-vous que mon ami touche vos seins ? Je crois qu'il en a envie. Cela le distraira de son mauvais trip. »

Elle accepte et Jean-Marcel retrouve son sourire.

La maison de nos rêves se situait en Île-de-France, en bord de Seine avec un parc, des arbres centenaires, dans un village qui s'appelle Boissettes. Georges et moi sommes tout de suite tombés sous le charme démodé de cette bâtisse XVIIIe siècle. Tout était à refaire à l'intérieur mais, à deux, nous savions comment l'aménager, à notre goût. Les Varennes serait notre Cerisaie que nous ne quitterions jamais, notre maison de famille pour les générations à venir. Allaient y vivre avec nous ceux et celles habités par les mêmes aspirations politiques et poétiques. Certains de mes amis d'outre-Rhin se moquaient de moi : « Une ex-terroriste allemande trouve refuge dans un lieu aristocratique en Île-de-France. » Autre sujet de sarcasme : j'ai même été élue au conseil municipal pendant deux mandats consécutifs.

Un petit scandale mit fin à cette fonction civique.

Le maire du village m'informe. Une écrivaine du nom d'Elisabeth Barillé cherche à contacter les propriétaires de la maison du 9, rue Brouard, à Boissettes. Le maire lui donne notre nom : M. et Mme Flouest. Je reçois un coup de téléphone :

« C'est vous, madame Flouest ?

— Oui.

— Je voudrais vous demander la permission de passer quelques heures chez vous à Boissettes. Je fais des recherches en ce moment.

— Entendu. »

Elle ne m'en dit pas davantage et je ne lui demande rien de plus.

On prend rendez-vous au café de la gare de Melun. On se connaît des milieux littéraires parisiens mais sous le nom de Sell, pas Flouest. Alors Elisabeth Barillé est surprise de me découvrir au café de la gare. J'apprends par elle que Laure Bataille, née Peignot, avait habité notre maison pendant des années. Georges Bataille avait coutume d'y passer les week-ends, *Les Écrits de Laure*, ce couronnement magnifique de leur amour-passion, fut inspiré par le lieu et son paysage. J'en suis profondément émue.

Illico, je propose au conseil municipal de poser une plaque de granit gravée en souvenir de Laure sur le battant de la porte d'entrée de notre maison, et d'organiser une dédicace de la biographie de Laure par Elisabeth Barillé sur la place du village, un dimanche après la messe. Si le temps se montrait favorable à notre projet, nous inviterions l'auteur et tous les voisins et habitants à une discussion autour d'un verre sur l'herbe. Enthousiasme immédiat. Un événement culturel dans notre petite communauté est bienvenu. Même le curé y fait allusion dans son prêche. Seulement voilà. Personne ne s'est renseigné sur la personne de Laure. Une fois chose faite, les réprimandes n'ont pas tardé : une érotomane ! Une communiste ! Les bons bourgeois du village commencent à me regarder de travers, à détourner la tête, avant de me calomnier et de marmonner des insultes. Qui est la coupable ? L'étrangère du 9, rue Brouard… engagée à gauche de surcroît d'après les rumeurs. Fin de l'idylle et de mon mandat municipal.

Cette maison, avant que nous l'habitions, avait comme nom « Les Varennes » en souvenir de la fuite du roi, mais, en arrivant, à cause des lapins qui couraient par dizaines, nous l'avons surnommée « les Garennes ». Le parc devait rester un brin sauvage, j'ai demandé à Gilles Clément de m'éduquer en botanique, de m'apprendre les couleurs, la bonne saison des plantations, les annuelles, les vivaces, les roses anciennes saisonnières et remontantes, les persistants et les éphémères. Petit à petit je devenais une jardinière de plus en plus expérimentée. Une pasionaria verte. Je réfléchissais à trois fois avant de m'offrir une nouvelle paire de chaussures, mais dépensais sans compter chez Truffaut à la sortie de l'autoroute pour acheter des jolies fleurs par dizaines. Et ce fut ma fierté de faire admirer aux invités du week-end mes roses anciennes – surtout les anglaises – de teintes délicates et aux parfums variés, qui poussaient le long des façades et en massif autour du banc en fer forgé.

Toutes les roses ont un nom : *Rosa gallica*, Cuisse de nymphe, Canary bird, Sidonie.

Et il y a *La Rose de personne*, le recueil de poèmes de Paul Celan. Devant une rose inconnue du jardin, si épanouie qu'elle ne pouvait plus se refermer, j'ai écrit un nom : Romy Schneider.

Romy est morte à 43 ans, le 29 mai 1982, quelques mois après l'accident mortel de son fils. Romy était ma compatriote Berlin-Paris.

« Quand on est intelligent, on est intelligent sur tout », dit Marguerite Duras. Avec élan, je me perfectionnais « femme d'intérieur » en cuisine et en entretien du jardin et de la maison. *Work in progress*, me félicitais-je à chaque étape. De son côté, Georges se révélait le noble maître de notre datcha, expert en coupe des roses fanées qu'il rassemblait dans un panier d'osier avant de s'asseoir sur une chaise longue et de contempler la Seine couler sous le saule pleureur, au fond du parc. Peut-être se souvenait-il de l'époque où, jeune homme, il filait à ski nautique à quelques kilomètres de là en aval du fleuve, devant les yeux ébahis de ses parents. Ses deux grandes filles, Charlotte et Sandra, dans nos Garennes du temps retrouvé, y fêtèrent les anniversaires de leur adolescence. La maison grouilla alors de jeunes copines et copains, et à l'ombre des arbres, des premiers baisers furent échangés. Des bains de minuit au clair de lune rafraîchirent des corps enflammés. Leurs flirts sont devenus des fiancés et quelques années plus tard, des maris. L'aînée en prêtant serment dans la petite église sur la place du village. La cadette devant le maire barré de tricolore au son de l'orgue de Barbarie. Les petits, notre fille Katia et notre fils Kunga, y ont grimpé aux arbres, ont fabriqué des cabanes, ont entraîné les chiens à sauter par-dessus des barricades, ont senti leurs corps d'adolescents s'enflammer de désirs, frère et sœur se sont aimés et déchirés, battus et réconciliés, ils ont fait l'apprentissage du partage, fille unique et lui venant de l'Himalaya.

C'est là que plusieurs années de suite, fin 1990, nous avons caché les œufs en chocolat pour des Pâques russes selon un jeu de piste inventé astucieusement par notre ami écrivain Jean-François Kervéan. C'est là que André Glucksmann, sa femme Fanfan et leur fils Raphaël aimaient passer un Noël allemand avec des vraies bougies fixées aux branches du sapin. Là que j'ai écrit en 1996 *Le Dernier Amant*, qui n'est pas resté le dernier. Là encore que Jean-François Kervéan a trouvé l'inspiration pour son premier roman, *La Folie du moment*. Là enfin que Yann Andréa a vécu et écrit, pendant deux sombres années après la mort de Marguerite Duras, deux livres admirables.

Et c'est là aussi, dans le cimetière au bord de la forêt, que nous avons enterré mon père, en 1994, et ma mère en 2000.

En 2007, les affaires de Georges allaient de plus en plus mal. Nous avons dû mettre la maison en vente après vingt-cinq ans d'un bonheur qui s'étiolait. Pour les enfants, ce fut un déchirement. La perte de leurs jeunes années, de leur enfance, de leur découverte de la vie. Georges et moi avions compris que notre Cerisaie éternelle était elle aussi soumise aux lois de l'impermanence.

Ce poids de l'impermanence grignotait de plus en plus notre existence et, aussi douloureuse que fut l'expérience, ce savoir que « tout s'en va », cet arrachement, ce détachement, nous liait profondément dans le présent et à jamais. Par Georges j'avais appris des choses inestimables pour mener une vie. Devant une montagne impossible à escalader, ma tendance aurait été de me résigner, de me laisser étouffer par la difficulté de réaliser mon idéal. Avec Georges, j'ai appris qu'on pouvait tout simplement passer à côté, contourner la montagne, sans qu'il s'agisse d'un échec, au contraire. L'essentiel étant de trouver son passage, une idée, une ruse pour tirer profit d'une situation. Ne pas rester bloqué, empêché, mais utiliser l'intelligence visant la solution. J'ai appris à négocier, à déléguer, quand un problème dépassait mes compétences, à me contenter de compromis au lieu de foncer dans le mur. Mon mari était un homme d'affaires éclairé, un ingénieur ingénieux, un entrepreneur entreprenant. Et j'étais sa femme qui s'inspirait de ses manières.

Partout où nous vivions, d'abord rue Suger, puis rue de Lille, puis place des Abbesses, on « tenait salon ». Tous les derniers dimanches du mois, c'était portes ouvertes. Les convives venaient nombreux. Les dernières nouvelles du monde littéraire rivalisaient avec le rappel des bien-aimés auteurs du monde d'hier. Le courant philosophique allait vers la déconstruction et la théorie du simulacre incarnée par Jean Baudrillard, qui fut le visionnaire le plus avisé du monde virtuel en train de bouleverser nos existences. Paysan de stature, germaniste de formation, il aimait échanger avec des intellectuels allemands, fidèles à la notion de l'homme « berger de l'être », héritée de Martin Heidegger, alors que lui jouait avec la réalité, la pliant et la dépliant selon les mots de passe de la séduction. L'ambiance de nos soirées était à son goût. On le disait cynique mais il n'y avait pas de meilleur compagnon pour célébrer les plaisirs du *Mit-sein,* de l'« être avec l'autre », et se trouver en compagnie d'amis de tous bords. Le pari était de préparer un monde qui, par la culture, résisterait à la barbarie. La musique, le piano, pièce maîtresse au milieu du salon, rassemblait les âmes dans une même jubilation. Catherine David, fine intellectuelle, nous faisait découvrir ses talents de pianiste. Jack-Alain Léger, auteur à succès se disant maudit, se révélait un infaillible connaisseur de l'opéra et nous faisait écouter des voix sublimes. Claude Arnaud, mon ami écrivain des subtilités de la psyché, se montrait maître des conversations inspirées. Finis les affrontements idéologiques, le temps était à la commune célébration de la beauté des arts, à la diversité de nos ambitions, donc à de possibles nouveaux désirs.

Je n'ai pas été à la traîne d'aventures, la plupart du temps fantasmées. L'ambiance à l'époque était électrique, les corps, traversés d'énergies érotiques, se laissaient transporter vers des paradis sublimés, promis depuis l'enfance par le romantisme allemand. Souvent la jouissance artistique tient lieu de passage à l'acte. Pas toujours.

Notre fils Kunga avait surpris Georges embrassant un garçon dans l'escalier, mais il avait préféré ne pas me le dire. Kunga devine que je ne veux pas le savoir. Georges m'avait avertie avant notre mariage qu'il ne serait pas un époux exemplaire, mais je n'avais pas voulu l'entendre. L'amour arrive à surmonter tous les obstacles, n'est-ce pas ? N'ai-je pas su tisser de jolis liens de connivence avec Henri, son ami de jeunesse et ami toujours ? Ensemble, nous allons à l'hippodrome de Vincennes assister aux courses de chevaux, des trotteurs, des belles bêtes que j'adore depuis mon enfance. Nous étudions leurs origines, leurs performances. Nous gagnons un pari et en perdons un autre. Georges nous accompagne mais reste indifférent à la passion des chevaux partagée par sa femme et son meilleur ami, il se met en retrait. De quoi rêve-t-il ? Un trouble le hante ? Visiblement, il a l'esprit ailleurs.

Je me crois si forte.

Nous assistons à la première d'un spectacle de Sacha Guitry au Théâtre des Variétés : *Le Mari, la Femme et l'Amant*, mis en scène par Bernard Murat. Georges m'avait présenté Bernard des années auparavant.

« C'est mon cousin. Le seul, parmi mes connaissances, avec qui tu pourrais t'entendre en politique. Il est de gauche. »

À la sortie de la représentation, on va souper. Georges est assis en face de moi.

Une ombre nomade erre dans ses yeux. Son regard change. Il me dit que la voiture, une RAV4 bleue, est garée sur le périphérique. Je proteste :

« Mais non, on l'a garée juste devant, sur le boulevard. »

Il insiste :

« La voiture se trouve sur le périphérique au milieu d'un troupeau de moutons. En Algérie. »

Que se passe-t-il ? Mon mari délire. Est-il devenu fou ? Je tremble de la tête aux pieds. Non, il ne faut pas aggraver la situation. Je paie l'addition, attrape d'une main ferme la manche de son costume et le conduis à la voiture garée juste devant le restaurant.

« Tu vois, elle est là, lui dis-je, voulant le rassurer. J'avais raison. »

Mais la question n'est plus qui a tort, qui a raison. La raison a quitté son cerveau.

Mon seul objectif : rentrer de toute urgence à la maison.

Une fois arrivée, je téléphone à Jean-Marie, le conjoint médecin de notre fille Charlotte. Je résume les faits : le troupeau de moutons sur le périphérique, le regard nomade de Georges. Jean-Marie arrive à toute allure. Son diagnostic : AVC. Georges est conduit aux urgences de Cochin, puis hospitalisé. Le lendemain, au pied de son lit d'hôpital, deux garçons polonais montent la garde. Un couple d'homosexuels, Michel et Marcus. Je reconnais les deux ouvriers qui rénovent la cave au-dessous du bureau de Georges, situé au 41, rue Dauphine. Pourquoi sont-ils là ? Et comment ont-ils été prévenus ? Je le leur demande.

« Par Georges Flouest », me répondent-ils calmement. Ainsi, Georges les aurait prévenus avant même de contacter sa famille ? Jean-Marie est là, Charlotte aussi. Nous nous regardons, ahuris. Que penser ? Nous ne pensons rien, le premier souci étant la santé de Georges. L'interne nous explique : un caillot a bloqué une artère, il va falloir fluidifier le sang.

« Des séquelles ? demande Jean-Marie.

— Il est trop tôt pour le dire, on gardera votre beau-père quelques jours. Ensuite, il pourra rentrer chez lui.

— On peut s'en occuper », disent les deux Polonais d'une seule voix.

Qui les autorise à s'imposer ainsi ? J'en reste stupéfaite, incrédule. Il va falloir se rendre à l'évidence. Mon mari a des relations homosexuelles. J'ai envie de leur hurler : « Foutez le camp ! Tout de suite ! » Je ne le fais pas. Georges a besoin de repos. Jean-Marie leur fait signe de s'en aller. Ils s'exécutent. Des comportements étranges me reviennent à l'esprit. Des départs précipités, des chuchotements au téléphone, des rendez-vous avec un urologue pour soigner des pannes d'érection. Et tout récemment cette lettre non cachetée que Georges a voulu que je poste : un catalogue d'accessoires SM hard, chaînes en acier, ceintures en cuir cloutées, poppers et stimulants pour sexes fatigués par l'âge. Sidérée, je découvre un monde animé par des pulsions qui me sont totalement étrangères. Un monde à part.

« Si Georges a mis entre tes mains cette commande, c'est qu'il veut que tu saches », interprète mon amie Anne Dufourmantelle, psychanalyste.

Dorénavant, je suis informée : mon mari mène une double vie. Depuis quand ? Longtemps ? Toujours ? Je n'ai rien vu. Je me mets à fouiller ses affaires. Je surveille ses allées et venues pour le sauver. Son penchant pour des rapports violents va le tuer. Je me vois faire des gestes petits, misérables. Cette femme-là ne me ressemble pas. Elle se révèle une automate de plus en plus aliénée à elle-même. Le beau couple qu'elle imaginait solidement ancré vacille, la trahit, la blesse. Elle devient folle. Chez Jacqueline, sa psy, elle pleure.

« Essayez de penser que votre mari est amoureux. Comme ça vous arrive aussi. »

Je serais mal placée pour juger l'homosexualité. J'ai lu *La Maladie de la mort* de Marguerite Duras, qui parle de ce mal qui empêche le corps d'aimer. La maladie de Georges annonce-t-elle l'arrêt de mort de notre amour ? L'homosexualité tue ? Quel fantasme aberrant s'empare de mon esprit ! Subsiste la peur de la mort de notre intimité.

Mon mari ne me désire plus.

Une fois sortie de l'hôpital, je demande au médecin :

« Mon mari va s'en sortir ?

— Il faudrait faire des examens plus approfondis en gériatrie. »

Le diagnostic tombe : Georges est atteint de la maladie d'Alzheimer.

Des années vont suivre d'allées et venues vers l'hôpital Broca. Nous ne nous quittons pas, nous nous aimons toujours.

Je vais à une réunion des accompagnants de patients souffrant de cette dégénérescence du cerveau. Leur état second révèle au grand jour les non-dits des familles une vie durant.

Comment en parler aux enfants ? Ils scrutent sur Internet le déclin fatal annoncé par cette maladie. Non, l'état de leur père ne va pas s'améliorer. Tôt ou tard il sera un légume ? Et puis non. Internet se trompe ! Notre vie continue, avec cette épée de Damoclès au-dessus de nos têtes. Je découvre un mari qui, désinhibé, met en ma présence, la main aux fesses des serveurs dans les restaurants. Un mari qui oublie presque tout, sauf de noter le numéro de téléphone d'un homme de passage avec qui il suppose pouvoir faire affaire. Quelle affaire ? Maintenant je le sais. Sa raison fout le camp, mais l'instinct sexuel reste vivace.

« C'est au-delà de vos forces », me met en garde un de nos amis, que Georges avait attiré dans notre lit conjugal. Cet ami a raison. Moi qui pensais être d'une tolérance totale, en fait je m'effondre.

Georges se perd dans les rues. Avec les enfants, nous sillonnons le quartier à la recherche de leur père, nous le retrouvons, accoudé à une table de bistrot où il boit une bière qu'il ne pourra pas payer car il a oublié son porte-monnaie à la maison. Il est toujours de bonne humeur, presque radieux. Et nous aussi par ricochet. On resserre les rangs et, amusés, on se raconte ses pérégrinations lunatiques. Pourvu que ça dure.

Je convoque les Polonais dans un bistrot, le Rostand, en face du jardin du Luxembourg, afin de leur proposer un marché :

« Je vous donne 2 000 euros et vous disparaissez de la circulation. »

Ils acceptent. Avant de sortir du bistrot, l'un d'eux me souffle en tapotant d'un doigt sa tempe :

« Votre mari exagère. Parfois il me fait peur. »

Où se situe le mal ? Que s'est-il passé dans cette cave sans fenêtres du 41 de la rue Dauphine, ce cachot abritant des sévices clandestins ? Qui a tenu bestialement l'autre ? Qui en demande encore, le visage grimaçant, entre plaisir et douleur ?

Dix ans plus tard, le couperet tombe. Le 9 novembre 2009. Deuxième AVC, beaucoup plus sévère. Nous luttons par tous les moyens, une rééducation les six premières semaines peut apporter des améliorations. Six semaines passent. Le temps s'étire. Que faire ? Tout est trop tard. Ce que nous redoutions arrive : Georges ne marchera plus, ne parlera plus, ne rira plus, ne pleurera plus, mangera avec difficulté en faisant des fausses routes. Notre vie de famille changera du tout au tout. Mais Georges restera Georges, et cette vie, la nôtre, la seule. Je n'en ai pas d'autres. En me permettant de prrendre soin de lui, Georges m'offre l'occasion de me montrer meilleure que je ne suis.

On me voit souvent accompagnée en ville de Yann Andréa ou de Jean-Francois Kervéan, mes amis homosexuels. Ils me consolent de l'affligeante réalité de mon existence. Philippe Sollers, un jour, sortant de la Closerie des Lilas, me glisse à l'oreille : « Tu es la reine des pédés. » Philippe peut être méchant. Il m'a toujours bien aimée. Pourquoi cherche-t-il à me blesser ? Je ne le contredis pas. Je lui rappelle juste qu'un jour, il m'a nommée sa reine et qu'il n'est pas pédé pour autant, et que ceux qu'il nomme « les pédés » peuvent aimer une femme. À Philippe, il faut répondre vertement.

N'empêche qu'il n'a pas tout à fait tort. Depuis que Volker, un de mes trois garçons aimés à l'âge de mon adolescence, m'avait donné à lire *l'École de l'amour*, en empruntant le nom de Diotime, philosophe et prophétesse dans *le Banquet* de Platon, pour me mettre en garde contre la brutalité des sexes, j'ai souvent été attirée par un type d'homme qui n'hésite pas à admettre sa part de féminité, à l'opposé des mâles conquérants.

Il faut absolument épargner à Georges le supplice d'un EHPAD. Il passe tout de même six mois dans l'un de ces établissements proche de la maison des Abbesses, sur le boulevard Magenta. Après six mois sans se plaindre, mais quotidiennement en compagnie de vieux qui bavent, je vois bien qu'il en a marre. Je demande à la directrice de l'institution :

« Vous approuvez si j'essaie d'emmener mon mari en Inde ? Il aime le pays, il le connaît bien. On y finit sa vie plus dignement qu'ici.

— On fait ce qu'on peut, me rétorque-t-elle, mais je suis d'accord avec vous. Ils font mieux ailleurs que nous ne pouvons faire ici. »

Avec Georges, nous passerons les deux dernières années ensemble dans une maison près d'Auroville, à Pondichéry, ancienne colonie française, au Tamil Nadu, au sud de l'Inde.

Deux jeunes hommes tamouls, des aides-soignants, se relayent à ton chevet, jour et nuit. Les gens du village apportent des jus de mangue. Le matin, après avoir fait ta toilette, il m'arrive de te chanter une chanson. Ta préférée, m'indiques-tu par un petit sourire, est toujours et pour toujours : *La vie en rose*.

Ta fatigue de vivre devenait mortelle, mon Georges, mon mari depuis trente ans.

Cette fois-ci, en juin, je l'ai sentie. Je m'étais accoutumée à tes agonies, mais là tu étais à la clinique Nallam de Pondichéry et tu refusais de manger.

J'ai pris le premier vol. Devant ton lit, à ma question : « Quand veux-tu rentrer à la maison ? »

Tu as répondu par un hochement de tête :

« Maintenant. »

Et nous nous sommes sauvés comme des amants qui veulent retrouver leur intimité alors que plus rien ni personne ne peut les sauver.

Ton corps dans mes bras est si léger… trois libellules en train de s'envoler, fragiles, sans défense.

La candeur bleue toujours intacte de tes yeux, l'iris souriant. Tu es heureux de me sentir près de toi. Tu me regardes mais ton œil est vague, comme si tu cherchais plus loin, dans le vaste champ de l'être lorsqu'une certaine existence se retire. Ton âme dans ta chair meurtrie a pris une dimension particulière, comme débarrassée de ce qui peut empêcher sa destination.

Nous sommes de retour à la maison, notre maison rouge bâtie sur la terre rouge, noyée dans le vert profond des feuilles de manguier, veillée par les bouddhas. Cette maison qui est notre dernière œuvre, nous l'avions baptisée WUWEI, ce qui signifie « juste être là ».

Toi, homme de l'Est par ta famille russe, c'est l'Est asiatique qui avait ta préférence.

Tu aimais l'Inde depuis de longues années, tu voulais mourir là, tu l'avais écrit, terre où règnent des dieux d'une beauté puissante, des esprits dompteurs des éléments, terre de hautes légendes, des maîtres qui conduisent à la libération des vivants et des morts en perpétuelle transmigration.

Depuis de longs mois déjà ton corps avait coupé court à toute dispersion.

« Tu ne souffres pas ? » D'un revers de la main, avec une toujours égale élégance, tu effaçais la question. En effet, il n'y a pas à plaindre un homme aussi souverain dans son art d'habiter une existence diminuée.

C'est bien avant, je me souviens, que tu m'avais invitée à mettre des clochettes au pied le jour de ton enterrement, à me faire polir les ongles à cette occasion, à déverser des roses pâles et odorantes sur les dalles de l'église Saint-Séverin lors d'une cérémonie en ta mémoire. Je me souviens. Je me souviens de ton indulgence amusée devant nos affairements, de ton intelligence sensible qui fut et restera un encouragement à vivre, à aller de l'avant toujours, toujours, à éprouver l'élasticité du cœur. Tu as été pour nous tous le messager de perspectives joyeuses : « C'est juste un petit souci, tu verras, ça ira mieux dans un an. » D'une philosophie capable de rendre la vie plus intense et les êtres humains plus précieux : « Calme-toi, ce n'est pas important, rien n'est important. »

Messager aussi d'instants délicieux :

« Il est quelle heure, ma chérie ? demandes-tu à ta nièce Stéphanie.

— Quatre heures, mon oncle », et, mollement retombé sur tes oreillers, tu lui réponds :

« Ah ! quelle bonne nouvelle ! »

« Juste être là » fut notre dernière aventure, celle de l'immobilité sans le supplice de l'espérance. Toi, mon mari, retiré de plus en plus du visible, de toute agitation, c'est par les mains infiniment tendres de ceux qui prennent soin de toi, par leurs espiègles caresses que l'humanité continue à se manifester. Chaque après-midi, nous chantions ensemble.

Barbara : « J'étais partie ce matin, au bois/Pour toi, mon amour, pour toi/Cueillir les premières fraises des bois/Pour toi, mon amour, pour toi. » Et Dalida, et « La Chanson des Vieux Amants » de Brel, et « La mer qu'on voit danser le long des golfes clairs », et « Quand tu me prends dans tes bras je vois la vie en rose ». Et toujours, jusqu'au bout de ton pauvre souffle, « Quand on n'a que l'amour », d'Edith Piaf. Tous les refrains de ta géographie passionnelle, des stations sur l'atlas des émotions d'une vie, vibraient dans ta mémoire.

Tu chantes à tue-tête car tu sais que tu vas mourir sans encore trouver la mort, puisqu'il y a cette terre et son soleil, ton grand amour, ta famille et cette famille sans frontières.

Je te dis : « Les enfants vont bientôt venir », un jour de grande faiblesse, le jour où notre jeune chien est mort, prenant sur lui exactement le mal dont tu souffrais : accident vasculaire cérébral. « Il est parti montrer le chemin vers l'autre monde », chuchote Vikram, le masseur. Alors il se peut que tu t'apprêtes à partir aussi.

Les enfants sont arrivés, ils sont là. Main dans la main, les mêmes joies, les mêmes soleils d'hier révolus sont évoqués. Douleur et gratitude. « Je ne regrette rien », te chantonnent tes filles, et encore en allemand, « *Wenn nicht die Wolke da gewesen wär* », la ballade des nuages, charmes de l'impermanence. Selon le Bardo Thödol, *Livre tibétain des morts*, ton passage sera long, 49 jours à cheminer dans l'au-delà, de la mort physique jusqu'au Moksha, la libération.

Cinq jours après leur arrivée, tu décides que tu as eu ta part de temps. Ta conscience change et tu souris.

Un homme est mort. Toi, mon mari de trente ans, sur une civière blanche ton corps est porté.

Devant ta chambre, une fleur de lotus s'est épanouie. Un prêtre va venir te bénir.

Quatre moines bouddhistes t'accompagneront avec leurs prières vers tes existences futures.

Nous mettrons la moitié de tes cendres en terre dans le jardin, sous la branche du manguier d'où tu aimais contempler la mer.

Un homme est mort. Toi, mon Georges, mon bel amant. Mon complice.

Ce sera long de ne pas t'oublier. Il y a des tâches vouées à rester inachevées.

Après la mort de Georges, le vertige du néant m'a happée. Alors que je pensais soutenir Georges, en fait c'est lui qui me soutenait. La présence de son corps, même malade, structurait ma vie, je savais ce que j'avais à faire. Je le savais jour et nuit.

Lui parti, ne restait que le néant. J'ai donc cherché un psy. Le psy, le seul, pas comme les autres, qui attirait mon attention, était François Roustang. J'avais compris, par la lecture de ses livres, qu'il entretenait un petit commerce spirituel avec des maîtres de l'Orient. Il voulait bien me recevoir pour une, deux, trois séances, pas plus. Il était déjà très âgé.

J'ai essayé de faire une courte présentation de mon cas, de mes angoisses récurrentes, l'Holocauste, l'Allemagne, la mort à chaque coin de rue et dans les méandres de mon cerveau. Récemment, la disparition de mon mari… La litanie de mes malheurs dans un récit d'à peine cinq minutes. Je voyais bien que cela ne l'intéressait pas du tout. Il me trouvait banale, moi et ma névrose rabâchée pour la énième fois. Bon.

« Êtes-vous bien assise ? », m'a-t-il finalement demandé.

J'ai été surprise. En quoi cette question d'une simplicité consternante pouvait-elle concerner mes « tragédies » de cœur ?

« Oui oui, ça va.

— Non, je ne crois pas. Calez-vous confortablement. C'est important. Vous avez un corps. De préférence ne dites rien. Il faut toujours attendre un peu. »

La psychanalyse est une thérapie par la parole, chacun creuse son passé par le harcèlement des mots. Que faire en face d'un psy de grande renommée qui s'en fout de ce que je dis ?

Bah, on se regarde. Longtemps, et ce n'est pas facile. Un exercice à en perdre la boule. Je me cramponne un peu au fauteuil. Les étayages, le comportement social qui tient notre corps debout s'effondrent comme un château de cartes. Les minutes passent, cinq, dix, c'est très long. J'ai des sensations bizarres. À un moment, je lui dis :

« Vous m'envoyez sur les roses, en fait. »

Et lui : « Oui, exactement sur les roses. »

Deux semaines plus tard, je partais pour la Foire du livre de Francfort. Un bel éditeur israélien tombe amoureux de mes yeux et moi de sa bouche. Nous n'avions plus vingt ans depuis longtemps et notre étreinte n'était pas bâclée. Son nom : ROSE.

François Roustang m'avait envoyée sur les roses et j'ai atterri dans les bras très confortables de ROSE.

Ça m'a fait rire. Je lui ai raconté mon aventure à notre dernière séance.

« Vous voyez, la vie change. Il suffit juste d'être là. Et de l'accueillir. »

9.

L'édition, un souvenir

Il était une fois l'édition, « le plus beau métier du monde », écrivait Françoise Verny.

À l'époque, dans les années 70, 80, exercer ce métier était merveilleux.

Pourquoi ? Parce que, dans la hiérarchie, les auteurs occupent la première place, eux seuls sont les créateurs. Les autres, seulement des intervenants dans la chaîne de la publication, doivent être à leur service. Après, viennent les éditeurs, leur fonction de découvreurs et ensuite de travailleurs du texte est incontestable. Les attachées de presse entourent de leur charme les nouveautés et persuadent les journalistes de faire un usage efficace de leur lecture avisée. Troisième intervenant, les commerciaux, dont l'avis précieux estime les ventes qui déterminent le premier tirage. Leur simple indication est devenue de plus en plus déterminante. Leurs critères : un auteur avec « une gueule », qui passe bien à la télévision, francophone pour ne pas voler le temps d'antenne par une traduction nécessaire à la compréhension de ses propos, ou un écrivain facilement identifiable dans la galaxie des *people*. Loin derrière, dans l'ombre de l'anonymat, œuvre une petite armée de fonctionnaires dont la tâche consiste à traduire en chiffres les aventures littéraires. On ne les voit jamais. Ceux-là constituent l'arrière-garde, sans leur mot à dire. Ils doivent se plier devant l'épiphanie de l'écrivain promis à un grand avenir. Peu à peu, ces administratifs vont prendre leur revanche. Sortis de l'ombre, ils dictent leurs lois comptables dans un contexte où dépenser moins pour gagner plus devient la loi de l'édition, comme partout. Aujourd'hui, ce sont eux qu'on interroge pour savoir si un livre mérite d'être publié ou pas, si le sort qu'on réserve à tel ou tel manuscrit est viable, à savoir rentable.

Il leur arrive de se tromper, évidemment, comment calculer ce qui n'est pas calculable ? La beauté d'une langue, le style reconnaissable entre tous d'un auteur, l'originalité de sa vision, sa singularité susceptible d''éveiller la curiosité des lecteurs…

Pierre Belfond, grand éditeur instinctif, résume la quintessence du métier ainsi : « Les éditeurs sont des gens assez cultivés qui jouent au poker. »

Je suis de son bord. Ça tombe bien pour moi, passablement cultivée grâce à mon double parcours franco-allemand. J'ai clairement désigné mes préférences d'auteurs. Mon rapport à la chose littéraire est viscéral, je renifle les merveilles non pas du haut d'un savoir mais le nez enfoui dans la densité de leur chair d'écriture. Puis je joue au poker, je sais apprécier un brelan ou mieux un full house plus avantageux qu'une simple paire, il m'arrive de bluffer aussi pour tromper l'adversaire. Le costume d'éditeur semble taillé à mon gabarit.

Première expérience : les éditions Lieu Commun, créées en 1980. À l'initiative, trois hommes aussi peu professionnels que moi, mais on se lance et on apprend en marchant. J'ai des idées que mes camarades n'ont pas, nous n'avons pas les mêmes affinités électives. Je suis sensible à la problématique des Juifs et des Allemands, au sort des femmes. La Foire du livre de Francfort est mon terrain de jeux. J'ai été dans les années 70 parmi les contestataires de l'institution, en marge des affaires, sur les stands des alternatifs installés sur les trottoirs devant les bâtiments officiels de la Foire où les éditeurs du monde entier se donnent rendez-vous chaque année au mois d'octobre. Nous proposions des classiques de Marx, Engels, Marcuse, Bakounine, Rosa Luxemburg.

Des *samizdats* aussi, cette littérature libre cachée sous le manteau qui circulait en absence de liberté. C'est grâce aux samizdats imprimés clandestinement sur du papier bon marché que nous étions informés d'une opposition au totalitarisme stalinien sur le sol de l'Union soviétique.

Avec Lieu Commun, nous tenons un stand à l'intérieur de la Foire et je reconnais parmi les exposants pas mal d'anciens copains et copines. Je suis allemande. Mon statut un peu hybride me permet de conclure de bonnes affaires. Car à l'époque, les affaires marchaient ainsi : entre un éditeur et un autre, un Français, un Allemand, un Danois, un Anglais, un Néerlandais, un Polonais, un Italien, un Espagnol, n'importe qui de n'importe où, un je-ne-sais-quoi, un presque-rien, fait qu'on s'apprécie. Parce que nous apprécions un même ouvrage publié par une maison d'édition à l'étranger. Alors on échange quelques mots, on se regarde dans les yeux, on se tape dans la main pour confirmer le prix de l'acquisition et le contrat est scellé.

Les formalités suivront.

Le soir, on se retrouve au bar du Frankfurter Hof. On picole, on s'aime chastement ou pas, avant de se quitter en se donnant rendez-vous dans un an.

De retour à Paris, quelque chose coince. Je suis fière d'avoir décroché pour une traduction en français les textes de Milena Jesenská. Elle était connue seulement par les *Lettres à Milena* de Franz Kafka, des lettres anxieuses, déchirantes, écrites entre 1920 et 1923 à l'adresse de la femme-sœur de sa vie, la seule à comprendre son irréductible passion d'écrire et son étrangeté. Ils s'étaient croisés, mais Kafka rata la rencontre amoureuse. Les textes de Milena, inspirés par une farouche volonté de libérer son partenaire des tourments de son existence, révèlent un grand talent d'écrivain. Milena signifie en tchèque « Amante ». Elle est morte le 17 mai 1944 dans le camp de concentration de Ravensbrück. Je choisis le titre de son livre *Vivre.* Jusqu'au bout, elle est restée elle-même, une femme au cœur chamboulé. Une Combattante. Alors je ne supporte pas que mes camarades de Lieu Commun veuillent lui voler son identité indomptable en la présentant en quatrième de couverture comme la « maîtresse de Kafka ». Je ne laisse pas faire. Je m'y oppose.

Le lendemain, je plonge dans la piscine pour calmer ma colère. Mon mari Georges m'observe. « Ce qui n'est pas supportable, on ne le supporte pas. Ce ne fut pas ton credo en 68 ? Alors vas-y, change !

— D'accord, lui ai-je répondu. Je crée ma maison d'édition. »

Nous sommes en 1986. J'ai des consœurs audacieuses. Régine Deforges, Liana Levi, Marion Hennebert, des Éditions de l'Aube, Anne-Marie Métailié et d'autres encore. Ce sont des éditrices courageuses. L'édition se féminise.

Je crée les Éditions Maren Sell et Cie. Ma ligne éditoriale : « Faire découvrir l'Europe des écrivains. Garder le souci de l'âme. »

« Ça fait fleur bleue », se moque Francoise Verny, mon éditrice chez Grasset et la prêtresse des humeurs de l'air du temps. « L'âme ! un vieux truc cher aux Allemands. En France, c'est ridicule. »

Elle ne savait pas, et moi non plus, qu'un des derniers cours de Michel Foucault au Collège de France avait comme intitulé : « Garder le souci de l'âme. » Le souci de l'âme d'après Foucault ne désigne pas un état flegmatique, un tempérament patient, mais appelle au devoir de se façonner, d'effectuer un travail sur soi, vécu comme une étape nécessaire pour être vrai avec soi-même et avec les autres. En choisissant cette formule imprimée en exergue de mon premier catalogue, je prends le pari de l'existence d'une instance autre que la raison.

Sans doute était-il temps, après tous nos égarements idéologiques, de mettre en lumière ce qui fonde tout être humain.

Je me souviens de Foucault au dernier grand spectacle donné à Berlin dans l'amphithéâtre de l'Université technique, du 27 au 29 janvier 1978. Pour s'y rendre, nous avions loué un Combi Volkswagen. Nous y étions sept, entassés dans un véhicule pour cinq, à rouler pendant des heures sur des autoroutes grises sans péage via Metz, puis Cologne, traversant l'Allemagne à l'époque encore divisée en quatre secteurs. Après la Seconde Guerre mondiale, les quatre forces libératrices du joug de Hitler avaient exigé de surveiller le pays afin d'éliminer en profondeur les vestiges du nazisme. Les Américains occupent le Sud, les Britanniques l'Ouest et le Nord, la France le Sud-Ouest et les Soviétiques le centre. Pour se rendre à Berlin, il faut emprunter l'unique accès, une autoroute tracée en plein milieu du secteur soviétique. Sur la gauche et sur la droite nous sommes cernés par des barbelés. S'arrêter, ne serait-ce que pour faire pipi derrière un poteau, est interprété par les gardes frontières comme un acte préliminaire au crime.

Une fois à Berlin il fait bien plus froid qu'à Paris. Mais le soleil d'hiver va se lever.

Nous sommes nombreux, des milliers venus de toute l'Europe. L'idée : réunir les anciens combattants de 68 sous des prémices nouvelles. Finies les violences qui visent à renverser l'État, l'heure est à l'accouchement de diverses tendances, à l'émergence de formes de vie non encore expérimentées. Les mouvements des alternatifs, des queers, des verts, des féministes sont nés là. À la tribune, l'ami Jean-Marcel raconte l'aventure du journal *Libération*, le quotidien de la nouvelle tendance d'une gauche alternative.

Au lieu d'attendre que la messe soit dite sous la bannière d'une révolution à venir, chaque soir nous nous retrouvons pour danser, improviser des pièces de théâtre, chanter du rock. Dans la journée, on s'entasse sur les rangs de l'amphithéâtre de l'Université pour écouter quelques discours. Ceux de Michel Foucault, André Glucksmann, Felix Guattari pour la France. Pour l'Allemagne, le philosophe engagé Peter Brückner, Daniel Cohn-Bendit, Günter Wallraff, auteur de *Tête de Turc*. Pour l'Italie, Toni Negri et les militants de Lotta Continua affichant un esprit plus apaisé.

Tous adhèrent à l'intitulé de la rencontre : « *Tu nix* », en français « Ne fais rien ». Mieux vaut ne rien faire que faire quelque chose qui ne ressemble à rien de bon. La lutte armée aux oubliettes, enterrée sous la chape en ciment de la prison de Stammheim où sont morts les membres de la Fraction armée rouge. La page de l'utopie sanglante est tournée. Dans la salle, des représentants politiques de la social-démocratie demandent à prendre la parole. Alors c'est la paix ? Pas vraiment. Lors de la manifestation où nous défilons ensemble pour célébrer le minuscule présent qui est encore le nôtre, trente policiers sont blessés. Qui n'a pas entendu le chant du cygne ?

Une nouvelle grande idée pointe à l'horizon : l'Europe.

Je n'ai aucun mérite en proposant de faire découvrir l'Europe des écrivains. Je puise dans le trésor de mes lectures depuis toujours, depuis l'adolescence. Les écrivains de l'Est, j'ai pu les lire traduits en allemand bien avant que la France ne s'y intéresse. Il y a une parenté de cœur entre les « tendres barbares » de l'est de l'Europe et les tendres barbares en Allemagne, la mémoire commune d'un destin absurde et tragique. Tous frôlaient un même inconscient, porté par une langue menacée de bâillon, au bord du silence. Herta Müller, Bohumil Hrabal, Ida Fink, Serguei Kaledine, Johannes Bobrowski, Rainer Maria Rilke, Veza Canetti, Lou Andreas-Salomé, Franz Hessel, Elsa Lasker-Schüler sont mes amis imaginaires depuis toujours. Dans ma maison d'édition, il a suffi de faire appel aux traducteurs pour regrouper ces textes dans une collection intitulée « Petite bibliothèque européenne », format allongé, couverture rouge pourpre. Elle se fait remarquer rapidement par les libraires.

Assis en face de moi dans notre petit bureau du 42, rue Dauphine, œuvre Michael Taylor, américain. Lui trimbale dans sa tête d'autres lectures, D.M. Thomas, Enrico Pea, Natalia Ginzsburg, Joseph Conrad, Hugo Claus… Le cercle des initiés à ces textes intenses va croître. Des auteurs français nous font confiance : Andrée Chédid, Sylvie Germain, René-Jean Clot, Michel Host, Béatrix Beck…

Notre ambition : que les textes publiés dans cette collection brillent au palmarès des petits chefs-d'œuvre discrets. Il aurait été peine perdue d'imaginer qu'ils deviennent des best-sellers, objectif impossible à atteindre pour une littérature exigeante. Faire connaître l'ouvrage de tel ou tel auteur est mon point d'honneur.

À cette époque, mon amie Anne Dufourmantelle est en train de changer sa vie. Philosophe et psychanalyste, elle a le désir de mettre les mains dans le cambouis de l'édition. Je peux lui offrir de s'associer à l'aventure de la Petite bibliothèque européenne en créant un pendant aux textes littéraires, sous la forme d'essais d'auteurs contemporains, même format, sous couverture noire au lieu du rouge des romans et récits. La secrète et séduisante Anne part alors à la chasse aux penseurs estimés de nous tous. Elle vole avec grâce à leur rencontre afin de les inviter à rejoindre sa collection. Notre double travail éditorial, alors, coulait de source vive.

Václav Havel, ancien président de la République tchèque, dramaturge et essayiste, Jacques Derrida, philosophe mondialement connu pour sa théorie de la déconstruction, Julia Kristeva, partisane d'une révolte toujours à recommencer et patiente épouse de Philippe Sollers, Jean Nouvel, l'architecte de la transparence des espaces, Frédéric Boyer, auteur des *Choses idiotes et douces* qui projetait déjà une traduction de la Bible par des « modernes »…, répondent à l'appel d'Anne Dufourmantelle sous le signe d 'une hospitalité offerte.

Nous avons le cran et la conviction de vouloir être présents au rendez-vous avec l'Europe, de contribuer à notre modeste échelle à une grande Europe fédérée culturellement. En 1994, nous proposons à nos confrères européens une publication simultanée de dix nouvelles parues chez dix différents éditeurs, regroupées dans un seul volume et traduites en dix langues. Cet ouvrage collectif, une gageure logistique qui demandait d'y sacrifier du temps pour un résultat de vente quasiment nul, fut le premier et le seul de son genre. Il est présenté à la Foire de Francfort. Il n'a bénéficié d'aucune subvention des instances de l'Union européenne. « Quelle belle idée ! Bravo ! » Des louanges pleuvent mais personne ne se risque à la reprendre. Une belle idée morte comme tant d'autres, de sa mort naturelle sous le poids de Bruxelles et de sa laborieuse administration.

En 1995, un collectif de femmes me choisit comme candidate pour le prix « Femme d'Europe ». Sous leur parrainage, je prends le train pour Bruxelles où la cérémonie aura lieu.

« Tu devras dire quelque chose », m'avertissent-elles. Mon identité, ce sont les livres que je publie, ces textes parlent de moi mieux que je ne saurais le faire. Dans un coin du wagon Paris-Bruxelles, j'écris sur un bout de papier : « L'homme ne vit pas de pain seulement », comme leitmotiv. Ce qui nous menace est une Europe purement économique, il faut mettre du beau, du sentiment, des lettres, du cul et du ciel dans la machinerie technocratique. Nous nous y employons. Je prononce mon speech dans une grande salle devant des parlementaires de tous bords. Ma voix tremble. On murmure que je suis une pasionaria. Je gagne. Je n'en reviens pas. Je gagne un prix pour la France tout en étant allemande.

Prochaine étape le même jour à Bonn, l'ex-capitale du gouvernement de la RFA. J'y suis chaleureusement reçue. Angela Merkel, à l'époque ministre de la Santé, me félicite. Je remercie mes concitoyens dans leur langue, l'allemand, ma langue maternelle. Je dis ceci : « Ma mère dans cette même salle de bal il y a soixante ans a rencontré mon père.

Le premier baiser s'est posé sur ses lèvres sous le grand lustre en métal au-dessus de nos têtes. De cela, je suis très émue. »

« Ton père serait fier de toi », me dit ma mère au téléphone. Mon père était décédé une année auparavant. Et elle ? Est-elle fière de moi ? Grand silence.

La cérémonie de la remise du prix réitéra au Palais d'Orsay à Paris. Au milieu des dorures. Michel Barnier, ministre des Affaires européennes, me remet un bijou : deux mains jointes autour d'un petit globe symbolisant l'Europe. Mon amour-propre fait un bond. Je suis flattée, puis j'oublie.

Il y a quelques mois, lors d'une fête familiale, mon petit-fils César, 20 ans, pose un baiser sur mon front : « Dis donc, Momo, tu es célèbre, je ne le savais pas. J'ai vu sur Wikipédia que tu es Femme d'Europe.

— Il y a longtemps, longtemps… Une de mes gloires d'antan. Buvons plutôt à ton avenir, mon grand ! »

Aujourd'hui, « le plus beau métier du monde » subit quelques revers. L'édition n'est pas morte, mais elle est en proie à un immense danger. Une autre guerre s'ajoute à celle du chiffre, le groupe Hachette (Lagardère) est vendu à Vincent Bolloré, industriel, propriétaire d'influents médias, dont le nouvel empire médiatique réunissant Canal+, CNews, les radios Europe 1 et RFM, *Télé loisirs*, *Geo*, *Femme actuelle*, *Capital* et le *Journal du dimanche*. L'argent sans scrupule ne sert pas seulement à s'enrichir toujours davantage, mais promeut à ciel ouvert une politique d'extrême droite, fallacieuse et stupide. L'objectif : rendre le pays à la seule race blanche, effacer les traces de métissage, de la diversité. On pensait que la Terre était ronde et la culture une ronde des peuples se tenant par la main. Et puis non, l'espace s'aplatit et l'horizon se rétrécit autour du nationalisme identitaire. À croire que le temps recule avec un déclin assumé, sous une montre sans tic-tac, écrasé en chose molle telle que sur le tableau de Salvator Dalí.

Le péril resurgit. Malgré le « plus jamais ça » d'un long après-guerre.

Je me trouvais à la Foire du livre de Brive-la-Gaillarde quand l'information de la chute du mur de Berlin est tombée sur les télex de l'AFP.

On avait pris la veille le fameux « train des écrivains » Paris-Brive le matin à onze heures. Pendant le trajet, on nous avait servi des pâtés de volaille, du foie gras d'oie du Périgord, de l'omelette aux cèpes, du magret de canard, du cabécou, tout cela déjà bien arrosé.

J'étais accompagnée de deux auteurs, Philippe S. Hadengue et Françoise Bouillot. Leurs livres, *Petite chronique de la nuit dans un port d'Atlantique Nord* pour Philippe et *La Boue* pour Françoise, connaissaient un succès d'estime. Tous les deux, planqués pendant deux heures derrière une pile de leurs romans, en ont signé deux, trois exemplaires. Ils se sont rendu compte de l'ambiance de la foire aux best-sellers et des célébrités du Goncourt. Philippe partage des propos désabusés avec Pascal Quignard, de grande réputation littéraire mais seul également derrière des piles sur la table de son éditeur. Toute l'assistance est suspendue à l'annonce de la sélection du Goncourt avant la remise du prix, chez Drouant, une semaine plus tard.

Dans la matinée du samedi 9 novembre, la fête du livre et ses joyeux banquets s'arrêtent net. Chacun retient son souffle. L'information se confirme : « Le mur de Berlin est tombé. » Les mines sont interdites, incrédules. Tout à coup, la grande Histoire fait irruption. Les participants se trouvent un peu penauds de leurs petits arrangements entre amis. Certains considèrent que l'événement ne doit pas perturber le business. D'autres se dévisagent avec espoir ou inquiétude.

Je suis la seule personne d'origine allemande dans cette foire au cœur de la France profonde. On me demande mon avis, un contact avec Günther Grass. Je ne le donne pas. Je ne dis rien, je ne fais rien. J'aimerais me trouver en compagnie de mes concitoyens d'outre-Rhin. Partagée, je n'accompagne pas l'événement de cris de joie. L'Allemagne de l'Est me revient en tête, en dépit de l'étau communiste, la partie refoulée à l'Est a été l'enclos de nos frères et sœurs aux yeux profonds, qui se retrouvaient pour réciter des poésies, des textes en train de s'écrire, des manuscrits dissidents. Après le travail, sans changer d'habits, ils assistaient à des représentations théâtrales, commentées avec prudence le jour suivant. Chez les Allemands de l'Est ne régnait pas l'effervescence du fortuné voisin de l'Ouest, tout se déroulait avec lenteur, retenue, de peur d'être observé, dénoncé, accusé, arrêté par la police du régime communiste. À l'Ouest, en revanche, scintillaient les lumières aveuglantes du miracle économique, le charivari strident de ceux qui se disputent l'ascension. Mais à l'Ouest, avant tout, c'est le monde libre. Le monde de la liberté !

Évidemment, je me suis réjouie des brèches ouvertes dans le béton du Mur, symbole de la guerre froide entre Berlin-Est et Berlin-Ouest, long de quarante-trois kilomètres, et qui depuis 1961 coupe un peuple en deux, blessure infligée à la ville, jamais cicatrisée. Avec des outils trouvés sur place, une hache, un marteau, un burin, un simple pied de chaise, il devient possible d'entrevoir l'autre côté mystérieux. Je devine leur soif de vouloir profiter comme nous de la liberté de dire, d'écrire, voyager, respirer, être en mouvement. Tant d'Allemands de l'Est voulant fuir le régime autoritaire ont été abattus aux frontières. Dans la liesse, comment mettre en garde nos frères et sœurs devant ce qu'ils croient être des pépites tombées d'une corne d'abondance ?

Nous n'allons pas troubler leur fête, nous y participons.

« L'histoire est folle », me dit au téléphone Klaus Wagenbach, éditeur de la gauche radicale, mon ex-patron. Gorbatchev, président de l'Union soviétique, avait donné quelques indices lors d'une récente visite en RDA. Ses propos avaient fragilisé le très dur gouvernement bolchevique de Honecker. J'ai encore sous les yeux l'affiche, placardée sur les murs des institutions du régime, du baiser appuyé sur la bouche entre Brejnev et Honecker, les deux dirigeants. « Imagine-toi, me dit mon interlocuteur, que cette affiche a été couverte de tags : "*Schweine*", cochons ! » Dans l'église luthérienne de Leipzig, des langues avaient chuchoté : Et si… et si, et si… Mais le Politbüro ne bougeait pas. Puis soudain, il y a eu cette annonce : les plus hautes instances auraient donné l'autorisation de franchir la frontière entre l'Est et l'Ouest. Il n'y avait pas encore eu de confirmation mais le bouchon avait sauté. Dans l'heure qui a suivi, des milliers de citoyens ont accouru vers les barrages des check-points, escaladé le Mur sur lequel ils dansent – en trinquant avec du mauvais champagne Rotkäppchen, chaperon rouge sans méfiance encore du loup. Tout est parti du malentendu d'un fonctionnaire du régime prenant son désir pour la réalité. Le désir de liberté s'est enflammé tel un feu de paille. L'événement le plus décisif de l'après-guerre remet en marche la roue de l'histoire. « Je t'attends, ne manque pas le spectacle, me conseille mon ami. C'est hallucinant ! »

Le lendemain, je quitte Brive-la-Gaillarde et je pars pour Berlin.

Des souvenirs m'envahissent. Combien de fois ne me suis-je pas rendue dans le secteur Est de l'ancienne capitale en franchissant la frontière à Checkpoint Charly, munie de mon passeport français, et de ce fait moins soupçonnée d'un trafic illicite à la solde des instances « dégénérées » de l'Ouest. Je transportais dans ma besace des écrits de Sartre soutenant la bande à Baader, des textes de Glucksmann dénonçant l'absurde et efficace méthode du diabolique régime stalinien. Les policiers à la frontière saisissaient les textes signés des auteurs suspects dont ils découpaient les photos pour me les refourguer d'un geste qui disait tout leur mépris pour l'aliénation de notre société occidentale et de ses messages. Les cerbères du communisme semblaient me les jeter à la figure, en me jugeant, moi, fascinée par la société du spectacle et des images de leurs vedettes. Jamais je n'ai croisé un seul regard où brillait une étincelle capable d'éveiller un contact humain et passant outre leur fonction de robot du régime. Une fois, j'ai osé la remarque : « Vos yeux ont la même couleur que votre uniforme. Un beau vert-gris. » Cette sortie me valut une fouille tatillonne dans l'arrière-boutique des bureaux de la douane qui puait le vomi aigre et la naphtaline.

« Vous allez où ?

— Je me promène dans votre belle ville. J'irai visiter le musée d'histoire naturelle et sa collection de squelettes de dinosaures unique en son genre. »

Me croyait-il ? Je ne sais pas. En vérité, je me rendais comme d'habitude à la Chausseestrasse où habitait le camarade Wolff Biermann, le très populaire chansonnier contestataire du régime.

Je suis suivie, bien sûr. En arrivant chez lui, Wolff se met à jouer de la guitare, suffisamment fort pour tromper les oreilles des fonctionnaires de l'État. Aux mille yeux de la Stasi revient la tâche de guetter la vie des autres. J'approche mon oreille de la bouche du musicien pour entendre les mots adressés à moi seule. Nous nous déplaçons en évitant les endroits précis où sont placés les micros. Wolff soulève le pan d'un rideau afin de me signaler que nous ne sommes pas seuls. Des mouchards plantés sur le trottoir d'en face sont en train de nous épier. Au bout de deux heures passées en compagnie du poète, quand je me retrouve en bas dans la rue, je sens l'odeur fétide des hommes qui ne me lâchent pas d'une semelle. Au Checkpoint Charly, j'ai une peur bleue qu'on m'accuse de quelque chose, n'importe quoi, et d'être prise dans l'engrenage des différents services de la police des frontières.

Une fois passé le contrôle, enfin je me permets de sourire : j'ai accompli ma mission, j'ai été utile. De retour chez mes amis de l'Ouest, sur le sol libre de toute suspicion, nous finissons par noyer nos angoisses dans l'alcool, mais les angoisses sont de bonnes nageuses.

Ce sont des souvenirs. En arrivant à Berlin, ce 10 novembre 1989, tout est différent. Les dents de la peur se sont relâchées. Incrédule, j'enjambe la frontière, aller-retour à plusieurs reprises pour vérifier que le Mur est bien tombé, qu'il n'y a plus d'obstacle. Je saute sur l'ancienne ligne de démarcation des camps ennemis jusqu'au vertige de mes hallucinations.

Les Trabants 601, petites automobiles communistes fabriquées entre 1964 et 1990 à l'Est, prix initial 13 000 DM, passent par centaines la frontière en direction des Mercedes fabriquées à l'Ouest, dix fois plus chères, dix fois plus puissantes. Partout vibre l'extase des retrouvailles d'un peuple divisé depuis quarante ans, les embrassades en famille, les fraternités renouvelées.

À partir d'aujourd'hui, pensons-nous, les habitants de l'Est auront leur part du gâteau, ils goûteront au miracle économique. Voilà le programme. Tout le monde est convaincu qu'il s'appliquera.

Dans les années qui suivent, des efforts soutenus, considérables, prouvent la bonne volonté commune. La Foire du livre de Leipzig gagnera en réputation. Bientôt elle rivalisera avec celle de Francfort, profitant de l'atout d'une plus grande proximité humaine, plus de chaleur, moins de business.

Après quelques années, un début de jalousie, de ressentiment se fait sentir. L'Ouest reste plus flamboyant que l'Est. Le gâteau de la fortune n'est pas digéré de la même façon. Une immense désillusion reste coincée dans la gorge des habitants des campagnes et des petites villes de la Saxe et de Thuringe. Après deux décennies, le constat est amer.

Un peuple entraîné à la soumission par le bolchevisme peut changer de cap et se soumettre à nouveau. Dans la partie Est de l'Allemagne, un fascisme nouveau, semblable à l'ancien, appelle aux urnes et les remplit. D'un tyran à l'autre, le mal est comparable. Les idéologies autoritaires font bon ménage. Wolff Biermann, pourtant, avait déclaré dans un de ses poèmes : « Nous avons tellement râpé les fesses du nazisme jusqu'au sang avec notre brosse du socialisme, que plus jamais un régime semblable n'y trouvera racine. »

Seul l'argent n'a pas d'odeur, pas de conviction. Le capitalisme arrive à effacer les différences idéologiques et à agir comme rempart contre la dictature. Et c'est cela qui est tenté dans cette réconciliation quand le Mur est tombé.

« J'aime tellement l'Allemagne que je suis ravi qu'il y en ait deux », a dit l'écrivain François Mauriac. Mitterrand hésite à féliciter Gorbatchev d'avoir lâché prise sur la partie Est de l'Allemagne. Le risque : la guerre froide, garante de la paix pendant une longue période, pourrait devenir chaude et, en l'absence de repères, produire une cascade d'effets pervers.

Je garde sur une de mes étagères, à côté des œuvres de Christa Wolf et de Stephan Heym, deux grands auteurs de la RDA, un petit morceau orné d'un tag rouge du mur de Berlin.

En 2005, au début du nouveau millénaire, ma fille Katia part vivre dans la nouvelle capitale. Dans la foulée de la réconciliation des deux Allemagnes, Berlin devient la ville de tous les possibles. Le gouvernement s'y installe dans des immeubles ultramodernes conçus par les meilleurs architectes du monde, des bâtiments d'avant guerre sont reconstruits à l'identique. Voir le Reichstag, de très mauvais souvenir, rebâti à l'identique par l'architecte britannique Forster, me fait l'effet d'une indécence. La Potsdamer Platz, autrefois Marché aux puces fréquenté par des marchands de bricoles polonais, devient le centre d'affaires de grosses enseignes mondialisées. Le mémorial de l'Holocauste, en souvenir des Juifs assassinés en Europe pendant la Seconde Guerre mondiale, se trouve devant la porte de Brandebourg. Pénétrer son labyrinthe de stèles en granit noir signifie consentir au risque de ne pas en ressortir, le visiteur se perd dans le dédale, secoué du dehors comme du dedans jusqu'au tournis. Ce vertige éveille la conscience aux égarements d'antan. Tout est froid et noir comme la mort. Les sans-abri y trouvent refuge, laissant traîner leurs affaires de clochards, les saletés rappellent la condition humaine. Après avoir passé l'épreuve, le visiteur continue sa route. Voilà que son pied trébuche sur les pierres qui dépassent de la surface des trottoirs. Les *Stolpersteine* : sur chacune est inscrit le nom d'un Juif déporté. *Remember me.* On n'échappe pas à l'éveil de la conscience. La pierre qui fait trébucher alarme.

L'ours de Berlin, l'emblème de la ville, est souriant. L'ambassadeur de la tolérance et de la paix partout dans le monde. La jeunesse se précipite vers la nouvelle capitale à l'est de l'Europe. Les loyers coûtent le quart des loyers de Paris, on mange bien pour neuf euros. Une liberté de pensée et de sexe s'épanouit comme nulle part ailleurs. Et il fait si bon y vivre…

Deux de mes amis ont suivi le courant : François Jonquet, chroniqueur des paradis des années 80 au Palace, biographe de Jenny Bel Air ; Camille de Tolédo, alias Alexis Mital, mon *Luftmensch* préféré, auteur à 23 ans de *Archimondain, joli punk*, une révolte de jeunesse adressée à sa famille archi-bourgeoise, auteur ensuite de livres de vertiges et de vies nouvelles promises à l'Europe.

Alexis, qui a deux fils et une fille me confie : « L'éducation en Allemagne est plus adaptée aux capacités créatives de l'enfant. Le système est moins formaté qu'en France. »

François passe plus de dix ans à Kreuzberg, le quartier le plus insolite de Berlin, avant de revenir à Paris. Même à Berlin, la société évolue vers le rétablissement de l'ordre moral.

Un peu partout sur notre continent, les nationalistes de l'extrême droite européenne se confondent avec les patriotes au service du dictateur Poutine.

Huit ans après la chute du Mur, je prends le même train Paris-Brive des écrivains. Nous sommes gâtés de la même façon avec les spécialités du Périgord. Mais les passagers d'aujourd'hui s'imposent des restrictions, qui n'embarrassaient pas ceux d'hier : ne pas manger gras, préférer l'eau à l'alcool avant le déjeuner, une salade à la grosse tranche de foie gras.

Ma maison Maren Sell a été reprise par la très ancienne et réputée maison Calmann-Lévy. Jean-Étienne Cohen-Séat me nomme directrice littéraire. L'estime entre nous est réciproque. Au tout début de notre collaboration, il se passe ceci : la porte de son bureau au premier étage reste fermée toute la journée. Avertissement. Il ne veut pas être dérangé, à aucun prix. Les équipes respectent bien sûr sa consigne. Je m'inquiète et je frappe, je pousse la porte, j'entre. « Pardon de vous déranger, ça ne va pas ? Vous ne voulez pas qu'on se parle ? » Placide, Jean-Étienne m'invite à m'asseoir en face de lui. Il ne dit rien pendant un long moment. Je tente quelques mots anodins et m'aperçois qu'il pleure en m'écoutant, des larmes tombent de ses yeux sur son costume gris de patron. « *Passion simple*, balbutie-t-il tout d'un coup, le livre d'Annie Ernaux. » Il avait trouvé le roman ouvert en évidence sur le piano dans son salon. Certaines phrases étaient soulignées en rouge. Il ne pouvait pas les ignorer. Il avait compris. « Ma femme est en train de me quitter. Elle me quitte, elle m'a quitté. Une passion, certes. Elle n'est pas simple. »

Je n'ai jamais oublié cette entrée en matière d'une longue et fructueuse collaboration. J'en ai gardé une tendresse pour Jean-Étienne qui, par ailleurs, pouvait se révéler impitoyable en affaires ou parfois manquer de flair, ou ne pas vouloir jouer au poker avec un de ses confrères. Ainsi, il n'a pas voulu signer le contrat avec Matthieu Ricard et avec son père Jean-François Revel, contrat qu'il considérait trop cher payé. *Le Moine et le Philosophe* a pourtant explosé tous les records. Les gains étaient destinés aux Tibétains. J'y avais œuvré de longue date.

De mon côté, il m'est arrivé également, bien sûr, de rater l'achat des droits d'un ouvrage. « Ce livre est vraiment pour toi », me disait un vendredi Boris Hoffman, l'agent littéraire de toute confiance. Eh non ! Je n'ai pas été à la hauteur de ma réputation.

J'ai raté *Les Émigrants* de W.G. Sebald. Il a fait beau ce week-end-là, je l'ai consacré à faire du jardinage au lieu de m'atteler à la lecture de ce livre extraordinaire. Un regret qui durera longtemps.

Boris Hoffman m'a également parlé d'un livre déjà publié dans neuf langues. Un texte bouleversant : *Fragments. Une enfance 1939-1948*. L'auteur, Binjamin Wilkomirski, raconte ses souvenirs de jeune garçon dans les camps de Majdaneck et Auschwitz. Avec moult descriptions, une minutie de détails de la vie des déportés. L'auteur vient à Paris où il doit recevoir le prix Mémoire de la Shoah. Une réputation le précède. Un être traumatisé, à fleur de peau. L'attachée de presse a comme consigne d'être discrète et prévenante. Elle réserve un billet de train de Zürich, où habite l'auteur, à Paris. Puis elle se rend compte de son erreur. « Je n'aurais pas dû. Le train, ça va lui rappeler de mauvais souvenirs ! » Quand il arrive dans les bureaux de Calmann-Lévy, je lui tends la main en signe de bienvenue. Il hésite à me tendre la sienne. A-t-il compris que je suis allemande ? Quand sa main finalement se trouve dans la mienne, je constate qu'elle est moite. Une impression bizarre s'empare de moi, un pressentiment auquel je ne veux pas me fier. À la remise du prestigieux prix de la Mémoire de la Shoah, au lieu de parler de son livre, il vagabonde autour de la guerre en Yougoslavie. Quel rapport ? Quelque chose cloche. Mais quoi ?

Quelques semaines plus tard, nous apprenons que ce qu'il présentait comme un témoignage n'était en réalité qu'une fiction. Wilkomirski, qui prétendait être un survivant, n'avait jamais été déporté en Pologne. Son chalet en Suisse abritait une vaste documentation, des plans de l'agencement des baraques où avaient été entassés des Juifs et dont il s'était servi pour écrire son livre. Un journaliste suisse avait démasqué la supercherie. Le livre fut retiré de la vente.

Dans le comité de lecture, le mélange des anciens, dont Roger Vrigny et Suzanne Prou, avec des nouveaux, Arnaud Viviant, Justine Lévy, Frédéric Boyer, Anne Dufourmantelle, Jean-François Kervéan, Florence Robert, ma proche collaboratrice, fonctionne en harmonie. Nous découvrons des auteurs, des plumes, des talents.

Jean-Étienne soutient nos projets mais son statut de PDG de Calmann-Lévy ne lui suffit pas. Son ambition vise une place plus importante dans la hiérarchie du groupe Hachette.

Il nous abandonne, nous les littéraires, ainsi que les sciences humaines assurées par Isabelle Seguin et la littérature étrangère par Patrice Hoffmann. Il nomme Olivier Nora à sa place, jeune et brillant intellectuel débarquant d'Amérique où il dirigeait le Bureau du livre français. Hachette, propriétaire des éditions Calmann-Lévy depuis 1987, lui réclame une gestion correspondant à l'air du temps : la logique déductive, la rentabilité, qui va avec une méthode de gestion à l'américaine. Autant Jean-Étienne, de petite taille, regardait ses employés en dirigeant le regard vers le haut, autant Olivier, de grande taille, nous regarde d'un œil un peu audessus. Olivier a un bel élan et une vision du monde héritée de sa prestigieuse famille. Biberonné aux nobles valeurs des humanités et amoureux des livres, ce jeune premier formidable sait faire du business en ne reculant pas devant le risque de publier un auteur difficile. Avant d'être connu, tout auteur est inconnu. Mais pourquoi, au cours d'une réunion d'orientation éditoriale, veut-il nous inciter à viser comme modèle d'audimat TF1 plutôt qu'Arte ? Parce que, selon lui, la décence hypocrite fait dire aux téléspectateurs qu'ils aspirent à s'élargir l'esprit en regardant Arte, alors qu'en fait ils se ruent sur TF1 par envie de se divertir. Il faut en tenir compte. Et pourquoi, à mon départ, veut-il faire comprendre à tout le monde que « nul n'est irremplaçable » ? Dans l'édition, ce n'est pas vrai, tant un choix éditorial dépend de la sensibilité du directeur d'ouvrage. Une fonction est remplaçable, certes, mais pas une personne unique et singulière. Avait-il cédé à la tendance de mesurer la qualité d'un projet à sa rentabilité ? « Le Prince », comme certains l'ont surnommé depuis pour son élégance, avait-il mesuré qu'il allait s'attirer les foudres de la profession dès sa première interview de PDG ? Dans *Le Monde,* il compara le marché du livre à une Vénus callipyge. Comme la plupart de mes collègues, je ne savais pas ce que voulait dire callipyge. Une fois renseignée, j'ai compris. Callipyge signifie gros cul. Petite tête des grosses ventes, gros cul des méventes. Ce fut un beau tollé. Maladresse de jeunesse ? Compréhension erronée ? Son intégrité n'est pas à mettre en doute. Il sera parmi les derniers résistants au monde sans qualités qui se prépare.

Sur le quai de Brive, en cet automne 1997, m'attend Christine Deviers-Joncour, « la putain de la République », comme elle s'est nommée elle-même. Son livre éponyme, arrivé sur les tables des libraires, fait déjà un tabac, accompagné d'une tonitruante campagne de presse. Son visage provocant occupe la une de la totalité des magazines. Il s'agit d'une affaire d'État, gigantesque, de corruption. Christine est originaire de Sarlat, pas très loin de Brive.

« Tout le monde viendra me serrer la main et acheter mon livre » promet-elle à Olivier Nora, qui hésite à l'installer sur le stand des Éditions Calmann-Lévy connues pour le sérieux de ses publications.

J'insiste.

« Bon, si tu y tiens, mais c'est toi qui gères ! »

Alors on y va. Christine Deviers-Joncour devient la star de la Foire. Les gens font la queue pour la voir de près.

Tout a commencé ainsi : Christine est la maîtresse de Roland Dumas, le couple se retrouve dans l'appartement à côté du nôtre au premier étage du 19, rue de Lille, un imposant immeuble du XVIIIe siècle. Le mur qui sépare notre salon du sien est épais, mais le soir j'entends parfois des charivaris de toutes sortes. Des éclats de rire, le bruit de bouchons de champagne qui sautent. Une réception, je suppose. Puis un silence s'installe. Soudain, une voix de ténor s'élève. Je crois reconnaître le timbre de Roberto Alagna. Il chante l'air de Rodolfo de l'opéra de Puccini *La Bohème*. Des applaudissements et des bravos se font entendre. Le ténor enchaîne avec une chanson populaire du sud de l'Italie. Applaudissements encore. Le calme s'installe à nouveau. L'assistance, je suppose, passe aux conversations de salon. Je me couche.

Pendant la nuit, mon mari est réveillé par des cris, des râles. Quelquefois également dans la journée, au milieu de l'après-midi. Il reconnaît toujours la même voix d'homme. Celui-ci ne parle pas fort, il doit avoir un certain âge. Mais par précaution, il ferme les volets intérieurs pour ne pas être entendu.

Le lendemain, à huit heures, les enfants vont à l'école, et à neuf heures, je suis attendue au bureau. La vie de mes voisins ne me préoccupe guère.

Au petit matin, parfois, j'aperçois une silhouette qui traverse la cour. Une grande écharpe beige est nouée autour de son cou et cache une partie de son visage. Il marche vite, une voiture de fonction l'attend dehors. Roland Dumas. La voisine serait-elle sa maîtresse ?

Je m'apprête à faire des courses. Je croise la voisine en descendant les marches. Elle porte un chemisier en soie, une veste en cuir noir et des bottes à lacets. Sa chevelure est épaisse, des cheveux auburn, mi-longs, ondulés. D'un mouvement de tête, elle les fait virevolter à la manière d'une diva. Elle est sacrément séduisante. Une femme dans la quarantaine, qui a du chien.

« Bonjour, nous sommes voisines ? me dit-elle en s'avançant.

— Il me semble. Vous donnez des beaux concerts dans votre appartement.

— Vous aimez la musique ? Venez donc au prochain concert jeudi. Nous fêtons un anniversaire. Il y aura une surprise. Je m'appelle Christine.

— Moi c'est Maren. À jeudi alors. »

Le jeudi en question, nous sommes une vingtaine d'invités, parmi lesquels Roland Dumas. Christine porte une robe noire moulante, des escarpins à talon aiguille. Elle est la reine de la soirée. L'anniversaire est celui de son fils aîné. Une soprano chante une cantate de Bach, puis « Michelle, ma belle », « *Don't Let me Down* » et « *Come Together* » des Beatles. Sa voix est plusieurs crans en dessous de celle de Barbara Hendricks, chanteuse préférée de Dumas, d'après Christine. Mais c'est beau quand même.

Je pars la première. Georges m'attend à côté.

Sur le seuil, la maîtresse de maison me dit :

« À très vite ! »

Qui est-elle ? Mystère. Une femme entretenue ? Une courtisane de luxe ? Une femme amoureuse d'un homme puissant qui lui ouvre toutes les portes, qui lui fait découvrir les fastes et les splendeurs des élites culturelles ? Une bombe sexuelle ? Une espionne ?

Le samedi suivant, Christine me propose de l'accompagner dans une boutique du 8e arrondissement. Elle veut choisir des cuissardes en daim souple qu'elle aime porter sous une jupe qui s'arrête au ras des fesses. Nous nous tutoyons.

« Tu aimes porter ces engins-là ?

— C'est canon, me réplique-t-elle. Mon chéri en raffole. »

J'ignorais qu'elles existent encore, ces femmes qui façonnent leur image selon le désir d'un homme. Je suis un piètre éléphant dans cet univers de la porcelaine des ruses de la séduction. Mais Christine m'amuse. Elle n'est pas féministe, sa liberté consiste à se jouer des hommes quand elle croise et décroise ses jolies jambes avec la conscience aiguë de l'effet provoqué sur les esclaves de leur libido. Elle est maligne, maîtresse de ses mouvements.

Puis, en quelques semaines, tout change. Les volets de son appartement restent fermés. Il n'y a plus de réceptions, plus de rires, plus de musique. Christine se barricade dans le silence. Je la vois traverser la cour en toute hâte, ni coiffée ni maquillée, fébrile comme un gibier affolé, poursuivi par des chasseurs.

Une fin d'après-midi, je me jette à sa rencontre.

« Que se passe-t-il ?

— Je cours d'un rendez-vous à l'autre. Je te dirai, je t'expliquerai tout. »

Sa voix a perdu de son aplomb. C'est une femme défaite, dont le charme sulfureux s'est rompu.

Le lendemain, le scandale de l'affaire Elf éclate. Les noms de Roland Dumas et de Christine Deviers-Joncour sont cités dans les journaux. Autour du couple flamboyant, des millions ont disparu. Personne ne sait exactement combien ni comment. Christine fait des pieds et des mains et des phrases pour disculper Roland Dumas, son amant depuis sa prime jeunesse à Sarlat, dans le Périgord noir. L'amant ressemble de façon troublante à son père, dont la photo est posée sur sa table de nuit.

Des journalistes se ruent sur elle. Elle les renvoie.

« Vous écrivez mensonge sur mensonge. Je sais tout sur cette affaire. Je vais rétablir la vérité. »

Elle me désigne éditrice du livre qu'elle souhaite écrire. Je dis oui tout de suite. Suis-je émoustillée par l'attrait d'une spectaculaire affaire de transgression de toutes les règles, par un coup éditorial, un succès de vente qui promet de gros gains à la maison où je travaille ? C'est possible. J'ai aussi de la sympathie pour elle, elle se bat en lionne.

Les critiques pleuvent, mes confrères et consœurs me reprochent de dévier de ma ligne éditoriale. J'assume être l'éditrice de *La Putain de la République* avec le plaisir d'une enfant terrible pas du tout sage et qui s'amuse à faire un pied de nez à ses instituteurs. Seul Claude Durand, PDG des éditions Fayard, salue le cran que je manifeste à publier ce brûlot et à me montrer aux côtés de l'autrice à la Foire de Brive.

Les ventes du livre continuent à flamber. Le fisc exige l'imposition rétroactive des commissions occultes et des sommes énormes qu'elle a dépensées dans sa vie de fastes, avec des trafics peu transparents, des loyers, des caisses de champagne, les cachets attribués aux divas d'opéra, les brassées de roses et de lys, les chaussures sur mesure, les cuissardes en daim, les parfums importés d'Arabie…

« Je créerai le mien, mon parfum, il s'appellera CORRUPTION. »

Eva Joly, la juge anti-corruption, Suédoise d'origine et protestante, est aux manettes. Elle envoie Christine en prison où elle reste « le temps que les ongles, les cheveux poussent comme sur un cadavre », me dit Christine en sortant de détention.

« Vous allez retourner en prison, menace Eva Joly.

— Pas tout de suite, l'implore Christine. Ce soir j'ai un concert que je ne voudrais pas rater. »

La juge n'est pas commode. Elle me convoque également boulevard des Italiens, me pose quantité de questions sur ma vie privée, ma relation avec Christine.

« Êtes-vous au courant des bijoux cachés dans une des caves de l'immeuble au 19, rue de Lille ? Savez-vous que le psy au rez-de-chaussée aurait profité de la thérapie du fils de Christine, pour lui extorquer le code du coffre dans une banque de Genève ? Est-ce qu'il vous arrive de passer des soirées très arrosées avec des gens de mauvaise réputation ? »

Je pense à Hans-Joachim Klein, le repenti de la bande à Baader, qui rôde dans les environs, à mes camarades politiques en fuite devant un régime totalitaire, qui parfois trouvent refuge chez nous. Aux yeux de la justice, tout le monde a quelque chose à se reprocher.

Eva Joly est une femme droite, rigoureuse, engagée en politique. Dans son enquête elle cherche à inculper les nantis qui se sont servis dans les caisses de l'État.

L'interrogatoire dure une heure. Je m'en tire sans trop de problèmes. Mais je sens qu'elle veut la peau de Christine. Elle ne la lâchera pas.

Des mois passent. Le livre, après avoir fait le plein des ventes, est retiré des tables des libraires. « Un tissu de mensonges », a constaté Olivier Nora après publication d'un autre ouvrage de l'autrice dénonçant le premier. Christine avoue avoir orienté son récit pour protéger Roland Dumas. Entre-temps, le grand ministre est tombé.

Un soir, Christine m'appelle :

« Je suis sur le pont, je vais me jeter dans la Seine. Je ne vois pas d'autre issue. »

J'essaie de la calmer :

« Ne fais pas ça ! Rends cet argent caché quelque part sur un compte en Suisse. »

Elle s'exécute. Je ne sais pas si mon conseil était le bon.

Ruinée, Christine déménage dans le 10e arrondissement, près de la place Franz-Liszt.

Son instinct farouche lui ordonne de survivre. Je me rends chez elle, accompagnée de mon ami Jean-François Kervéan. Il nous est recommandé de porter un gilet pare-balles en montant les escaliers jusqu'au quatrième étage sans ascenseur où elle nous attend pour le dîner.

Trois mois après cette mémorable Foire de Brive, Claude Durand, bronzé après un mois passé sous le soleil de la Martinique, traverse la Seine et débarque dans les bureaux de Calmann, près de l'Opéra Garnier. Il ne vient pas pour discuter les contrats en cours.

« Je prends tout, annonce-t-il sur un ton impératif à Olivier Nora. Je prends l'éditrice, son programme, les auteurs, ses assistantes. Ils ont exactement le profil que je cherche pour réanimer les éditions Pauvert, la filiale de Fayard mise trop longtemps en sommeil. »

Claude Durand a décidé de se payer une cure de rajeunissement pour sa programmation éditoriale, une modernité dans l'esprit iconoclaste du fondateur de la maison Jean-Jacques Pauvert.

Mon équipe est aux anges. Enfin une maison à nous seuls, où nos auteurs seront choyés !

« Ceux qui m'aiment prennent le train. » Nous partons. J'embarque l'équipe, j'embarque les auteurs, direction rue du Four dans de vastes bureaux mis à notre disposition par Fayard.

Olivier Nora dit à Jean-Francois Kervéan : « Vous avez vidé la maison, c'est d'une tristesse ! »

Je commence à mesurer les peaux de banane, les coups bas, les tracasseries que les patrons du même groupe Hachette peuvent se faire entre eux.

Septembre 1999. Bienvenus les rois et les reines chez Pauvert. Il y a les anciens auteurs : Richard Morgiève, Philippe Hadengue, Jean-François Kervéan, Anouar Benmalek, nos auteurs depuis toujours. Puis des nouveaux : Yann Andréa, l'amant de Marguerite Duras, Ari Boulogne, le fils non reconnu d'Alain Delon, Michael Londsdale, l'acteur connu pour ses râles de vice-consul dans le film *India Song* de Duras, Pierre Dumayet, l'irremplaçable lecteur et intervieweur de la télévision, Lorette Nobécourt, qui avait fait de sa *Démangeaison* un livre admirable, Paul Nizon pour son *Année de l'amour* sans fin, toujours vivante, Stéphane Zagdanski et sa prophétie de *La Mort dans l'œil*, cette aliénation de l'esprit fasciné par le déferlement des images.

J'ai été l'éditrice de Loana en 2001, à l'occasion de la première téléréalité « Le Loft », Jean-François Kervéan, meilleur nègre sur la place éditoriale du moment, assurait la rédaction. Le titre de son livre, *Elle m'appelait Miette,* nous fut suggéré par la mère de la lofteuse qui appelait sa fille ainsi. Pauvre fille manipulée par une mère avide de spectacle et d'argent. Que pensent les mères quand elles jettent leur descendance dans la gueule des loups pour compenser leur propre frustration ? Elles sont consentantes. Je ne suis pas meilleure mère. Je me souviens, lorsque j'accompagnais un ami sur un tournage près du lac Baïkal, en Sibérie, que ma fille, qui faisait des études à Moscou, nous a rejoints. Le film, réalisé en 2006 par Joel Farges, raconte l'histoire de Dimitri Pechkov, qui traverse sur son petit cheval Serko la Russie de l'Est à l'Ouest pour prouver à la reine Catherine II que les chemins de fer ne présentent aucun interêt. Mon ami Jean-Louis, grand amateur de chevaux, avait entrepris à cheval le trajet Paris-Moscou et offert son cheval à Raissa, l'épouse de Gorbatchev, sur la Place rouge. Il avait acquis une réputation d'aventurier et, qui sait, d'espion. Nous circulons en Land Rover autour de l'immense lac gelé. Je me place devant, à côté du chauffeur, ma fille Katia et Jean-Louis derrière. Dans le rétroviseur, je vois la main expérimentée du meneur de chevaux se poser sur la cuisse de Katia, je remarque des étincelles de stupeur et de terreur dans le regard de ma fille. J'aurais dû dire au chauffeur :

« Stop, faites demi-tour. Finie l'excursion. »

Je n'ai rien dit. Nous continuons la balade le long des rives blanches du lac Baïkal, mes yeux dirigés droit devant sans me retourner.

Ne pas oublier de balayer devant sa propre porte.

À l'époque du « Loft », en 2001, j'ai été huée par mes confrères pour m'être pliée au diktat de faire du chiffre en publiant *Elle m'appelait Miette*, une daube à sensation selon eux, sortie des bas-fonds de la téléréalité. Mon désir ne se limitait pas uniquement au succès commercial, au fond je voulais donner une chance à Loana d'être plus qu'une miette. C'est tout. À la réunion des représentants, ces commis-voyageurs de la profession, marchands de fortune, qui vont de librairie en librairie pour prendre les commandes, Loana a fait une apparition timide. Je me souviens de leur sourire sarcastique quand elle a surgi, habillée en

Bimbo, minijupe en daim à franges couvrant à peine ses cuisses, les boucles blondes en désordre. Je me souviens de son humble propos : « Je ne suis pas écrivain, on m'a beaucoup aidée pour faire ce livre. Je ne suis rien, mais j'ai un nombre incroyable de gens qui me suivent. Alors ces gens, qui peut-être ne sont jamais entrés dans une librairie, vont acheter *Miette.* Ce sera bien pour vous, ce sera bien pour les librairies. »

L'intelligence appliquée de la Bimbo nous a tous saisis.

Vingt-quatre ans plus tard, j'allume la télé au hasard. Loana est sur le plateau d'un exécrable show, « Touche pas à mon poste ». Elle est là, bouffie par les médicaments et les injections de Botox, après de multiples tentatives de suicide. Elle n'arrive pas à articuler, c'est pathétique. Elle est sans voix. Cette jeune femme est en perdition. Sur le plateau les types ricanent. « On achève bien les chevaux », on achève bien aussi les humains. Ce show est une arène où le public se délecte de la mise à mort. Le but : faire de l'audience. Je me demande : est-elle complice de la mise en scène ? Est-ce de son plein gré qu'elle s'exhibe en victime pour attirer l'attention sur elle, ancienne star, devenue zombie des médias ? Je ne sais pas. La ligne de démarcation entre le vrai et le faux vacille en même temps qu'elle aiguise son tranchant.

On dirait que l'empathie, la source chaude qui jaillit du cœur, a tari.

En peu de temps, Pauvert se hausse à la réputation d'une structure d'accueil pour des êtres et des écritures en marge qui attirent l'attention pour leur originalité et pour son savoir-faire des « coups éditoriaux ».

Nous partageons nos bureaux, en plein centre du quartier de l'édition, avec la petite équipe des « Mille et Une Nuits ».

Nous sommes sur la même longueur d'onde, nous nous filons des tuyaux.

Le 11 septembre 2001, le même cri de terreur nous rassemble devant le téléviseur. Pétrifiés, nous assistons à l'effondrement des Twin Towers en plein Manhattan. Oubliée la journée de travail devant un tel événement ! La Grande Histoire pénètre dans les foyers. Il y a urgence pour comprendre cet embrasement du monde, à en solliciter un psychanalyste, Jean-Pierre Winter, en dialogue avec Valérie Marin La Meslée, pour *Stupeur dans la civilisation*.

L'année suivante, en 2002, Lionel Jospin se fait distancer par Jean-Marie Le Pen à l'élection présidentielle. Nous pensons et éditons politique. Un livre collectif accompagne le balancier dangereux qui met la France en danger. Claude Durand ne s'y oppose pas, lui qui persiste à publier Renaud Camus, auteur d'extrême droite et fondateur de la théorie du Grand Remplacement. Claude le considère même comme « un grand écrivain français ». À l'éditeur respecté d'Ismail Kadaré et d'Alexandre Soljenitsyne manquaient des talents littéraires français modernes. Pauvert est une pépinière, les auteurs y sont jeunes, ils constituent une bande. Malheureusement, notre fraîche notoriété commence à être dans le collimateur du patron. Nous avons dans notre portefeuille des écrivains prometteurs, entre autres le très attendu roman de Justine Lévy. C'est là que le grand Claude va commettre une petite erreur. Un beau matin, il me convoque dans son bureau rue des Saints-Pères et m'annonce avec la même rapidité qu'il avait manifestée en m'embauchant : « Pauvert c'est fini ! Il y a un gros trou dans la trésorerie. Je dois fermer la maison sur ordre de la direction du groupe Hachette. »

Je n'y crois pas. Claude est un joueur de poker, il bluffe.

« Durand est soucieux de son intéressement financier en tant que patron associé aux résultats des maisons qu'il dirige », me confie un cadre bien informé. Si mon salaire est mesuré, en accord avec la convention, je dépense un fric fou pour faire vivre les auteurs que je chéris. Mes dépenses ont alerté la comptabilité, sans doute. Mais le fameux trou dans ma trésorerie creusait un trou dans l'amour-propre du patron. « Détruire, dit-il », et l'aventure s'arrête là, sans explication. Cette brutalité semble être un trait caractéristique des natifs du signe du Scorpion. L'argent, qu'on dit neutre, peut servir de prétexte pour ne pas s'avouer une faiblesse viscérale, une jalousie, à laquelle peut s'ajouter une dose de misogynie. En additionnant le tout, le tour est joué.

Le livre de Justine est prêt. Le contrat signé chez Pauvert. Le titre arrêté : *Rien de grave.* Son écriture est tranchante, vigoureuse. Un scandale s'annonce. Il est question, dans le manuscrit, de la trahison de son époux Raphaël Enthoven qui, sans vergogne, l'a délaissée pour convoler avec Carla Bruni, que l'on dit être la maîtresse de son père Jean-Paul Enthoven. J'avais assisté au mariage de Justine et de Raphaël à la mairie du 6e arrondissement, le 21 septembre 1996. Les pères des mariés, Bernard-Henri et Jean-Paul, vieux copains et complices, étaient présents sur la scène de cette union dont ils firent leur théâtre devant leur public. Soit. Les mères des deux époux furent à peine évoquées. Celle de Justine venait de décéder des suites d'une longue maladie dans un dénuement proche de la misère. Le nom de Catherine David, la mère de Raphaël, pourtant une figure importante dans le cercle germanopratin des belles plumes, fut prononcé du bout des lèvres. Catherine n'avait pas été invitée à la tribune. Le mariage, une affaire d'hommes consentants ? Comment cela fut-il possible ? La cérémonie ressemblait à un marché conclu entre deux tenants du pouvoir qui unissaient leur progéniture afin de consolider leur statut. Comme aux temps des marchands de fortune entre tribus. J'exprime ce malaise au maire du 6e arrondissement, Jean-Pierre Lecocq, fier de célébrer dans sa mairie l'union des enfants de deux intellectuels dans le vent. Lui non plus ne comprend tout simplement pas ce qui me choque.

Le soir de la fête chez Castel, boîte de nuit préférée de la high society, Justine est ravissante dans sa robe rouge. Elle a le sourire d'une femme amoureuse, heureuse, une fraîche pivoine de printemps. Alors j'oublie ma rage.

Son père, Bernard-Henri Lévy, est un drôle de bonhomme. Sous une chemise d'un blanc impeccable, il exhibe un torse glabre. Les temps changent, mais BHL reste imperturbablement engagé, un intellectuel d'envergure avec le savoir-faire d'un industriel, gardant vive son indignation devant des crimes commis aux quatre coins du monde. Il parvient à associer avec panache la défense d'une cause juste et une autosatisfaction narcissique. En cela il reste unique. J'ai toujours perçu un brin de tristesse dans sa façon de s'agiter, tristesse de tout amour retourné sur soi-même. On lui pardonne son infantile tentation de se glisser en gros plan sur la pellicule, tant qu'il répond aux cris désespérés et décide d'entreprendre des actions.

Bernard m'avait confié sa fille Justine, sujette à des dépressions. Il espérait qu'intégrée à notre équipe chez Calmann-Lévy, elle cautériserait ses plaies.

Quand elle ne venait pas au bureau, je savais qu'elle était souffrante, mon adorable princesse au petit pois à l'intelligence décuplée par la sensibilité. Quand elle apparaissait à l'heure du déjeuner, personne ne songeait à lui faire le reproche de son arrivée tardive. Elle était là. Et nous étions contents de sa présence. Justine, dans le bureau du fond qu'elle partageait avec Florence Robert, était une excellente lectrice des manuscrits arrivés par la poste.

À la remise de ma Légion d'honneur en 2002 par Pierre Moscovici, pour mes mérites à faire rayonner la culture européenne, Monique Nemer, mon éditrice chez Stock, assure la laudatio. Dans mon discours de remerciements, adressé à ma famille, à mes amis, je parle de

Justine comme ma « presque fille », il me tient à cœur de la protéger. La rupture avec Raphaël l'a terriblement fragilisée.

Ma vraie fille de 18 ans, Katia, ne comprend pas pourquoi sa mère reçoit une récompense destinée aux héros mutilés de guerre. Sa mère n'est pas infirme, son corps ne montre pas trace de blessure, si ce n'est la cicatrice en bas du ventre de l'opération d'un cancer. Katia s'étonne de voir débarquer le Tout-Paris dans sa maison familiale des Abbesses, pour rendre hommage à une mère qui fait juste son job. Son père, Georges, est fier de cette ambiance. Pendant les vacances d'été, nous nous retrouvons tous dans une maison louée à Formentera. C'est là que Justine, un matin, arrive sur le scooter d'un garçon, Patrick, inconnu au bataillon des gens célèbres. Justine et Patrick nous apportent des croissants pour le petit déjeuner, Patrick est un garçon qui a envie de gâter son entourage. Je comprends qu'il a mis Justine en appétit. Alors, au lieu de s'embarquer sur le yacht d'un ami de son père en direction des Calanques de Marseille, elle a pris un train de nuit, un direct, vers le cœur de Patrick, un aller sans retour. Patrick Mille, d'origine portugaise, devient l'homme de sa vie, le père de ses deux enfants.

Nous sommes au début du nouveau millénaire. Le livre de Justine relate l'impardonnable trahison de son mari. Dans un élan pour cautériser la plaie de l'humiliation, elle trouve des mots frappés à la hache, corrosifs. Le récit de ses tourments, cette confession bouleversante promet un large public et l'important tirage qui va assurer la bonne santé économique de notre maison d'édition pendant un certain temps. Notre souhait le plus profond : rester tous ensemble comme depuis quelques années, en famille recomposée d'auteurs, éditeurs, d'attachées de presse, Christelle Mata, Caroline Psyroukis, d'assistants, Valentin Thibault et Anna Pavlowitch, dont déjà s'annonçait la grande carrière.

C'est précisément à ce moment-là que va se glisser la petite erreur du grand patron Claude Durand. Pensait-il vraiment pouvoir virer tout le staff des éditions Pauvert et garder pour lui le contrat avec Justine Lévy, la fille chérie de Bernard-Henri Lévy, malgré l'animosité entre les deux hommes et leur appartenance à deux maisons voisines et concurrentes, Fayard et Grasset ? Ces querelles de ménage agitaient le groupe Hachette.

Claude Durand n'en sortira pas vainqueur. Enlever Justine, ma presque fille, pour couronner sa carrière à lui et faire entrer de l'argent à son propre profit ? C'était mal connaître les liens d'amitié. Le jour même de l'arrêt brutal de Pauvert annoncé par Claude Durand, Justine dénonça son contrat et signa pour *Rien de grave* chez un autre rival du patron, Jean-Marc Roberts, directeur littéraire chez Stock.

Avec la perte de Pauvert, je perds ma part de cœur qui s'épanouissait dans une symbiose professionnelle produisant de belles énergies. J'en suis très triste. Le livre de Justine connaît un immense succès.

Jean-Marc Roberts est mort en 2013, à 58 ans. Claude Durand en 2015, à 77 ans. Les deux rivaux sont enterrés au cimetière Montmartre, à quelques mètres de distance.

Quand je rends visite à mon mari, enterré au même endroit, il m'arrive de déposer une fleur sur la tombe de chacun. En hommage à la profession.

Le plus grand événement pour un éditeur est la rencontre avec un auteur qui lui propose son manuscrit. Je le lis, je me dis : je n'ai encore jamais lu quelque chose qui ressemble à ce que je suis en train de découvrir, là sous mes yeux. Arrive ensuite ce qui doit arriver.

L'éditeur rencontre l'auteur. Celui-ci peut être orgueilleux ou timide, ou les deux à la fois. Je ne le connais pas. En même temps, je le connais déjà mieux que quiconque car il m'a révélé sa part intime par les mots qu'il a écrits. Arrive le moment de se renifler pour savoir de quelle odeur est son espèce, de quelle catégorie d'homme ou de femme il ou elle est le spécimen. Parfois, aucune odeur ne s'en dégage, ou une odeur déjà filtrée par la traduction de l'œuvre, par le nez d'un premier éditeur dans un autre pays. L'éditeur ressent alors une complicité de goût sans être à l'origine de la mise au monde d'un écrivain. Il n'est pas son premier amour.

Je veux vous parler de cette toute première rencontre, ce moment où j'ai eu le privilège d'être à l'origine d'un destin. Le premier : Philippe S. Hadengue.

Une rumeur le précédait : celle d'un homme étrange, blotti dans le giron de Daniel-Henry Kahnweiler, collectionneur légendaire, promoteur de Picasso, de Braque, de Fernand Léger et d'autres peintres cubistes.

À ses débuts, Kahnweiler expose les œuvres de ses élus dans sa galerie de la rue Vignon, réservée aux initiés, et nulle part ailleurs, afin d'éviter les rires de la foule. Il a représenté toute l'avant-garde audacieuse de la première moitié du XXe siècle. Philippe sera le dernier peintre pris sous contrat par lui. La rumeur prétend aussi que Philippe Hadengue écrit des romans qu'aucun éditeur sur la place de Paris ne lui a proposé d'éditer. Un ami me fait parvenir son manuscrit, très épais, intitulé *Nocturni*. Un homme de la nuit donc, qui n'accepte aucun rendez-vous avant seize heures. Je lis d'un trait les 800 pages de *Nocturni* et donne à son auteur rendez-vous en fin de journée. À l'époque, je dirigeais encore seule ma propre maison d'édition.

Le bureau de la rue Dauphine est petit et bas de plafond. L'homme qui arrive, grand, très grand, doit se pencher pour passer la porte. Il ramasse ses longues jambes et ses longs bras en s'installant sur une chaise en face de mon bureau. Il me regarde sans prononcer un mot. Enfin, sur un ton solennel il dit :

« Comme ça vous avez lu ?

— Oui j'ai lu, c'est pour cela que vous êtes ici.

— Et alors, qu'avez-vous pensé ? »

Cet inconnu me met-il à l'épreuve ? Je lui parle, j'exprime l'enchantement d'avoir parcouru ses 800 pages d'une écriture dense, poétique.

« Je vous proposerais quelques coupes… »

Philippe Hadengue reste de marbre. Puis :

« Qu'allez-vous faire ? finit-il par demander.

— Si vous êtes d'accord, je publie.

— Ah bon, vous me dites que vous publierez *Nocturni*. Ça alors ! »

Dans son regard une petite lumière s'allume, je grandis à ses yeux. Tout à coup le géant se redresse.

« On sort ? »

Nous nous rendons à L'Écluse, quai des Grands-Augustins, son bar à vin préféré.

Avant d'engager la conversation, il étudie la carte avec le sommelier. L'auteur en face de moi est un très bon connaisseur de vins. Celui de son choix, un Talbot vieux d'une vingtaine d'années, il le fait mettre en carafe. Puis Philippe Hadengue se raconte.

Il me fait part de ses expériences. Je ne suis pas le premier éditeur à qui il a proposé son manuscrit : certains ont trouvé le texte admirable, mais de là à le publier…, trop volumineux pour un premier roman, trop pathétique pour l'air du temps. Un peu amer, il boit. Tout le temps, il boit beaucoup, de grands crus, jusqu'à tard dans la nuit avant de se mettre à écrire. Une fois les feuilles couvertes par sa plume, ses mots, son encre, il les accroche sur un fil à linge tendu dans sa chambre, puis il les médite un certain temps.

Nous buvons ensemble. À L'Écluse il signera le contrat d'édition que je lui propose.

« Devant un verre de vin », précise-t-il.

Tout en lui est grand. Sa taille, ses bras, ses jambes, son talent, son élégance, l'idée qu'il se fait de lui-même, ses fréquentations, de Kahnweiler à Michel Leiris, le souvenir des femmes qu'il a aimées.

« Je vous présenterai Agnès, mon épouse, la meilleure cuisinière sur la place de Paris. »

Nocturni change de titre. À un journaliste qui lui demande : « Quel est le pitch de votre roman ? », il répond : « C'est une petite chronique des gens de la nuit dans un port de l'Atlantique Nord. » Voilà le titre que nous avons retenu, aussi long qu'extravagant, aussi « invendable » que tout le reste chez lui.

Philippe a reçu des prix prestigieux. Il est lauréat du prix Inter. Une belle reconnaissance populaire pour un écrivain en marge. Le livre s'est vendu à des milliers d'exemplaires. Tous les livres nés de sa plume : *L'Exode, La Loi du cachalot, La Cabane aux écrevisses, Quelqu'un est mort dans la maison d'en face*, je vais les publier…

Nous sommes devenus très amis, il avait le même âge que mon mari Georges. La belle Agnès, sa très jeune femme, devient la magicienne attitrée de nos dîners en ville. Sa soupe au crabe, son bar farci de coquilles Saint-Jacques, sa salade de pamplemousse garnie de croquants, font rêver les cerveaux les plus frugaux.

Avec les années, Philippe a pris de plus en plus de retard par rapport à l'époque qu'il méprisait du haut de son regard hiératique. « Le monde n'a jamais été à ma taille », conclut-il, avant de mourir en 2021, à 89 ans.

Ma maison d'édition a toujours attiré celles et ceux qui dansent sur un volcan. Françoise Bouillot place son manuscrit, *Le Roman de Roberte*, entre mes mains. Françoise ressemble à une institutrice de province. Mais dès qu'elle ouvre la bouche, sa voix résonne. Elle exprime la détermination de se tenir au plus près d'une vérité difficile à entendre. Son écriture nette a la clarté d'un diamant. Pas de fioritures, pas de débordement, un style d'une radicale simplicité, qui tranche les chairs meurtries à coups de cisailles. Les protagonistes de son texte exigent le droit d'exister dans les marges en présence de ceux qui s'acharnent à survivre : « Je les rencontre dans les bas-fonds de la société, des destins ruinés par l'alcool, la drogue, la misère ordinaire, rejetés pour leurs désirs impossibles. Ils m'intéressent. Puis je raconte. »

Son deuxième roman, *La Boue,* engloutit tragiquement la pureté d'une passion homosexuelle dans la campagne détrempée de la Normandie. Pour une mise en bouche de son troisième, *Travesti*, Françoise veut que je rencontre Eve dans un bar rue Germaine-Pillon, à côté de Pigalle. Un boui-boui avec quelques tables couvertes d'une toile cirée. Eve se tient au fond, sur une banquette en skaï. Nous sommes les seuls clients. Elle ne se lève pas pour me saluer mais je devine son corps épais, sous une djellaba noire. Avec ses charentaises aux pieds, elle ressemble à une concierge qui vient de quitter sa loge dans l'immeuble d'à côté. Je commande un verre de rouge, elle un pastis. Nous parlons de Françoise, du lien qui les unit. À un moment déjà tardif, elle saisit ma main et la pose sur ses seins d'abord, puis sur son sexe d'homme.

« Tu comprends ? », me souffle-t-elle à l'oreille. Et sur un ton fier, guidant ma main sur les parties de son corps : « Il y a tout. La totale. »

Je suis sortie perturbée du rendez-vous. La découverte s'accompagne d'une déconcertante confusion. Mais j'aime ce que je ne comprends pas, ou mal.

Puis Françoise est tombée enceinte. Le père est un habitué de notre rue Germaine-Pillon.

« Si tu veux garder l'enfant, je serai la marraine », dis-je à la mère.

Françoise aura du mal à élever le gosse mais elle le fera fièrement. Axel a la beauté farouche de son père.

Arrive Richard Morgiève, précédé par son manuscrit fou, *Sex vox dominam.* Les mots sont violents, ce qu'il se passe dans le livre aussi. Les deux x du titre sont cinglants, des coups de fouet infligés aux esclaves. Le sujet est barré par une double croix, sa souffrance est intense et jubilatoire, il est pris dans les rouages d'une machinerie sans pitié. Une « sex machine ». Qui est cet auteur ? Un obsédé de la chose ?

Richard se tient devant moi. Il n'a rien ni d'un ogre prédateur, ni d'un homme qui ne se possède pas, plutôt une bonne tête de chien. Au regard si doux, « *don't let me be misunderstood* ».

« Comprenez-moi bien ! Comprenez ce qui est à la source de toute violence. » Richard écrit l'amour qui ne trouve pas son chemin. L'amour s'égare, frappe à toutes les portes, supplie avec audace et humilité. Toujours son écriture prie pour quelque chose qui ressemble à de la grâce.

Richard a le cœur en bandoulière. Ma sympathie est immédiate pour ce grand gars de la rue déjà un peu vieilli. Le manuscrit que j'ai sous les yeux, comme les autres livres qui vont suivre, expose des sentiments extrêmes. Son credo : l'écriture rend les excès magnifiques. C'est le propre de l'art. Chaque mot écrit dévoile la vérité de ce qui est insupportable à dire, de ce qui se meut au plus profond de nous. Au début était le verbe. Le verbe colle au sexe, le sexe colle au verbe. Richard Morgiève écrit à bout de bras. Il écrit : *Ma vie folle*, *Mon corps*, *Ce que Dieu et les anges*, *Mon petit garçon*. Nous publions sans relâche, parfois deux livres dans l'année. Il jette en pâture son corps, la mort aux fesses, la main au cœur, le doigt dans les entrailles, la bouche avide de chattes à lécher. Cet écorché vif ose toutes le transgressions. Un queer de chez queer. *Quer* en allemand est un mot qui désigne ce qui est de travers, ne va pas droit mais prend des détours, proposant au corps de s'exhiber sous des appartenances inattendues. Richard est un écrivain pur jus. Fou à lier. Fou d'un immense amour inqualifiable.

Lever de rideau sur Jean-Francois Kervéan. J'occupe chez Calmann un vaste bureau sous les combles, l'ancien antre de Manès Sperber, une référence intellectuelle de la vieille Europe. Sur la table de mon bureau est posé le premier roman d'un auteur inconnu. Sans titre. Y sont racontés les déboires d'un jeune homme, voyou sur les bords. Il finit en prison où il baise avec un codétenu. Il y prend du plaisir.

L'auteur s'est installé dans le fauteuil confortable devant mon lourd bureau en chêne. Il est habillé d'un large duffle-coat en drap de laine, écossais.

« Une création de ma mère, me dit-il, comme tout ce que je porte. »

Il plie et déplie les pans du vêtement sur ses genoux, laissant voir ce qui est en dessous. Une chemise impeccablement repassée sous un gilet à quatre boutons, un pantalon en tweed. Tout est d'une élégance sophistiquée, il a son propre style, il crée sa propre mode. Entre les doigts de sa main gauche, il tient une cigarette blonde qu'il n'allume pas. C'est un dandy. J'ai dû tomber sous son charme dès notre première rencontre.

Les 250 pages qu'il me propose respirent l'odeur musquée du péché, des ravages du sexe dans les prisons.

« La folie d'un moment ? Et depuis, cette folie est-elle passée ? »

Il ne sait pas, ou ne tient pas à le dire. Mais ça fera un bon titre, n'est-ce pas ?

À la publication, la critique loue une écriture singulière, sensuelle comme la caresse d'un chat, frôlant un amour de femme et une histoire entre hommes. Il obtient le prix du Premier roman pour *La Folie du moment.* D'autres suivent. Chaque fois, quand le livre imprimé part sur les tables des libraires, je dois retenir une petite larme. À ce moment précis, l'auteur ne m'appartient plus, le cordon est coupé. Il se fera aimer par d'autres, des milliers de lecteurs et de lectrices, espère-t-il.

Vingt fois toi et moi, L'Ode à la reine sont les titres suivants. Suis-je sa reine du moment ? Celle dont on touche la peau quelquefois d'une main pudique, comme si elle avait la texture d'une étoffe précieuse, d'un velours de soie de Lyon, d'un pachmina fabriqué avec les fins poils de la barbiche d'une chèvre broutant sur les hauts plateaux du Pakistan ?

Nous ne nous sommes pas quittés. Pendant des heures, nous nous sommes enivrés aux voix ambiguës des hautes-contre baroques, nous avons failli succomber à la beauté des arias de Händel, comme le maître lui-même s'était évanoui en écoutant chanter voilà cinq siècles le castrat Farinelli à l'opéra de Londres.

Nous avons fêté en duo les 33 ans de Jean-François à Venise, mes 50 sur un bateau-mouche à Paris. Il cultive une exubérance nerveuse comme s'il voulait accéder à la chose impossible, tantôt la phrase parfaite, tantôt l'amour, tantôt l'argent. Il ne s'avoue jamais, il observe. Dieu est dans les détails, le diable aussi, il évite ce qui s'organise autour d'un centre sans équivoque, banal. Il préfère colorier les bords et, au bon moment, sa langue frappe et ça peut faire mal. Sa façon délicatement farouche de s'exprimer force l'admiration, elle lui sert à vous exprimer son amour aussi bien qu'à vous trahir quelquefois en douceur. Jean-François maîtrise la mécanique des mots et les tonalités de leur séduction. Comment savoir ce qu'il a en tête ? Il passe par des hauts et des bas. Quand le niveau est bas, il part sans laisser d'adresse. Des mois plus tard, il réapparaît avec sous le bras un diptyque de deux mètres de large d'un peintre russe qu'il a su dénicher à Moscou. Quand le niveau est haut, il vise la cime où sera logé son prochain roman. C'est là qu'il se sentira le mieux.

Avec Georges, tous les trois nous sommes partis en voyage en Inde. Jean-François fait partie de la famille, il invente des jeux de piste pour les enfants. Il n'est jamais là où on l'attend mais déboule tout à coup avec dans les bras des cadeaux pour tout le monde. Chacune de ses apparitions est accompagnée du parfum d'une débauche de sentiments, d'une générosité excessive. Tous deux de l'étoffe des rêves, nous nous sommes longtemps beaucoup aimés, d'un « amour tendre, mais comment s'y prendre quand on est là-haut ? ». De là-haut JFK m'a envoyé une centaine de noms d'oiseaux, des insultes, puis quelques mots doux inoubliables que j'ai esquivés grâce à l'art de faire des queues de poisson. J'aime l'ambiguïté des amitiés amoureuses. Ce sont les boutons du printemps, blancs et roses. Avec l'été, leurs fleurs ne donneront pas de fruits. Nous sommes de cette saison-là.

Yann Andréa écrit dans *Cet amour-là* sa rencontre avec Marguerite Duras à l'été 1980. Après lui avoir adressé d'innombrables lettres, Yann Lemée avait frappé à la porte du grand écrivain. Elle l'a baptisé Yann Andréa. Marguerite Duras et Yann Andréa ne se sont plus quittés jusqu'à la mort de Duras, en 1996. Seize ans de vie partagée entre un « monstre » de la littérature et son amant gay, son préféré. Le témoignage de Yann bouleverse, son livre est magnifique. *Cet amour-là* figure en bonne place sur la liste du prix Femina.

Ces dames d'un certain âge, pour la plupart, raffolent de l'auteur, ce jeune homme qui à 27 ans voue un amour ardent et fidèle-infidèle à une femme de 65. Comment ne pas rêver d'être l'objet de son désir comme Duras l'a été ? L'homme est de la douceur égale d'un être indécis. Il se laisse faire par ce qui lui arrive. Rien vraiment ne le projette en avant, très peu de désir, sauf pour la chose littéraire. Françoise Giroud lui barre la route. Elle ne votera pas en faveur de Yann, un gigolo selon elle. Tout le monde se souvient de sa prestation sur le plateau de Thierry Ardisson. Yann sourit, un ange dans un manège de hyènes dont l'intention consiste à déchiqueter l'invité. Mélenchon, présent également à la table des intervenants, ne peut pas s'empêcher de le narguer. L'humiliation est le sport favori de la télé, mais Yann n'est pas un sportif. Il se repose sur sa vérité, son amour est intact, il ne répond pas aux questions, réagit d'une façon imprévisible, ouvre grand les yeux, tel un enfant qui découvre un monde étrange autour de lui. Il n'y comprend rien. Il est innocent. Peut-être fou. Une apparition sans autre destin que l'évocation de ce qui n'est plus. Un spectre. Peut-on tomber amoureux d'un spectre ? Les charmes du spectre sont contagieux. Traçant l'horizon d'une vie antérieure où l'idéal d'un amour absolu fut non accompli, il devient le préféré de tous et de personne. J'ai failli laisser ma peau de femme dans l'histoire qui nous liait.

Yann, l'amant de Marguerite Duras, est un auteur triste. Je l'oblige tendrement et avec ténacité à remplir des pages de son écriture, à me les glisser tous les soirs sous le paillasson, c'est ma façon de l'éloigner de son envie de s'évaporer dans un néant.

Voilà ce qu'il m'écrit en 2001, juste avant la sortie de son livre :

« On est à la fin du mois de juin et je finis d'écrire *Cet amour-là.* Je vais partir deux semaines pour Patmos. Seul là-bas, dans cette île de la Grèce, avec des amis. Je laisse le livre. Je vous laisse. Je ne vous quitte pas.

« Ça a commencé ainsi : on est au mois de janvier 1999. Je parle à Maren Sell. On enregistre le flot de paroles. Je parle. Elle écoute. Elle me laisse parler. Elle entend parfaitement. Elle laisse faire. Tout le désordre. On fait taper les cassettes et j'ai devant moi un paquet de feuilles, des centaines de pages. Je n'ose pas ouvrir le paquet. J'ai peur. Je laisse passer un mois. Je sors de la ville. Je marche. Je bois. Et puis dans cette chambre de la rue Dauphine, je commence à lire. Je trouve ça impossible. Trop. Du temps passe encore. Et puis je me mets à écrire. J'oublie les feuilles, je ne les regarde pas.

« Je tape comme un fou une longue lettre. Chaque matin, une lettre à celle qui est nommée ainsi : MD. Je le fais sans savoir ce que je fais vraiment. J'écris sans relire. Je donne à lire à Maren Sell. Elle me dit de continuer. Chaque matin j'obéis. J'écris. Je vous écris comme si c'était possible de vous écrire. Voilà. *Cet amour-là* existe. Je laisse le fatras, le rassasiement, je laisse tout. Je quitte la chambre de la rue Dauphine. Je pars pour Patmos le 2 juillet. »

Yann m'estime « disponible au talent », c'est une belle façon de définir le métier de l'éditeur. Les mots fécondent les mots comme l'amour engendre l'amour. Notre lien a donné un dernier livre : *L'Histoire*, la mienne, la sienne, la nôtre. Cette confession à deux voix d'un amour inoubliable se perdant dans une impasse douloureuse a été publiée après sa mort.

Le 10 juillet 2014, le corps sans vie de Yann Andréa a été retrouvé dans son appartement de la rue Saint-Benoît à Paris, dans le 6e arrondissement où, enfermé, il s'était laissé mourir.

Son testament se terminait par cette phrase : « La tristesse est une défaillance de l'esprit. » Saint Augustin.

Un géant trône depuis des années sur mes activités éditoriales. Peter Sloterdijk. On le dit le plus grand, le plus audacieux, le plus prolifique des philosophes contemporains. Son œuvre majeure s'appelle *Sphères,* en trois volumes : *Globes, Bulles*, *Écumes.* Des récits anthropologiques sur des milliers de pages dont la thèse générale est de considérer la vie comme une affaire de formes. Le couple, par exemple, comparé à l'individu, représente une entité plus vraie, plus élevée du vivre-ensemble.

Les *Bulles* mettent l'accent sur le fait que la proximité des humains avec les humains crée un espace intérieur spécifique. Le grand roman philosophique de *Globes* raconte comment la pensée métaphysique s'est emparée du grand rond du monde afin de mettre en route la globalisation telle que nous l'expérimentons aujourd'hui. *Écumes* aborde la question de savoir comment les uns et les autres se regroupent dans le but de constituer une société.

Ce ne sont pas des livres faciles à lire, c'est de la philo de haute volée. Peter ne m'en voudra pas si je résume ses réflexions ainsi : la pensée d'un philosophe ne fera jamais complètement le deuil de l'endroit où il s'est senti le mieux. À savoir le lieu d'où il vient, l'utérus chaud et confortable dans le ventre de sa maman. Bruno Latour ne le contredira pas, lui qui, les dernières années de sa vie s'aventura sur les territoires inexplorés de Gaïa, cherchant la compagnie de la mère archaïque, universelle. Pendant des années, Bruno et Peter faisaient la paire. Leurs pensées allaient si bien ensemble. Tout dépend ensuite comment ce travail de tête se traduit dans la réalité. Bruno entend chanter Chantal, sa femme. Elle puise son inspiration dans le premier chakra, en bas du ventre, là où le sexe épouse la terre. Peter à sa façon guette où il peut les chemins de retour vers les tièdes muqueuses du Nirvana. Au 70e anniversaire du maître allemand à Karlsruhe, Bruno, au lieu de chanter, comme tout le monde, les louanges du penseur, écrivit un poème résumé ainsi : « Bien entendu que Peter est un génie. Dommage que les génies soient rarement des amis fréquentables. »

Son éditeur d'origine en Allemagne, les Éditions Suhrkamp en la personne de Petra Hardt, considère que grâce à la dizaine de livres par lesquels ce penseur aborde avec fougue les grandes interrogations de notre temps, livres publiés par mes soins, traduits par Olivier Mannoni, sa réputation en France dépasse sa notoriété dans d'autres pays hors d'Allemagne. J'ai changé de maison d'édition, de Maren Sell à Calmann-Lévy, puis Pauvert, puis finalement le groupe Libella, dont la directrice, Vera Michalski, veille sur les cultures européennes. Entre elle et Peter ce ne fut pas le coup de foudre. Cet oiseau de la catégorie mythique des oiseaux divins volait trop loin et regardait de trop haut. Avec Frédéric Pajak, mon auteur préféré dans le groupe et complice, on demandait à être placés l'un à côté de l'autre pour le dîner ennuyeux de fin d'année. Frédéric s'interrogeait sur l'impératif posé par Peter : « Tu dois changer ta vie. » Y a-t-il encore des rêveurs munis de vision dans le vaisseau de l'édition ? On prétendait être quelques-uns, au moins.

Si Peter le grand maître venant d'Allemagne a toujours suivi sa petite éditrice, il y a des raisons à cela. De langue allemande, je sais apprécier la richesse de ses envolées poétiques qui transcendent ses réflexions en une montagne magique. Un philosophe artiste se donnant des grands moyens dans la tradition de Friedrich Nietzsche, un aristocrate comme lui de la décadence de la modernité. Nous partageons une chorégraphie commune comme arrière-fond discret de nos existences : l'Inde. Peter a séjourné dans l'ashram d'Osho à la fin des années 70. À la raison critique héritée d'Apollon de l'École de Francfort, d'où il vient, s'est mêlée une inspiration libertaire dionysiaque. Peter est un bon vivant, et il fait bon se trouver en sa compagnie. Il lui arrive d'avoir des peines de cœur comme tout le monde. Son penchant pour certains alcools peut alors se comprendre comme une allergie à une existence prisonnière des normes. L'ivresse l'invite à côtoyer les dieux, les excès l'approchent des sensations qui courtisent l'impensable. L'impensable n'existe pas pour ce penseur infatigable, sauf : qu'une femme le quitte. Peter n'oublie pas d'être vulnérable. Dans ces moments il devient un enfant géant qui pleure d'être abandonné. Le monstre d'intelligence a besoin d'être réconforté. Bien sûr que je l'aime dans toutes les circonstances. Nous avons vidé des bonnes bouteilles. Le vin est toujours meilleur quand il se partage.

Une lecture de ses écrits est organisée au théâtre de l'Odéon. La lectrice : Jeanne Balibar. Ses jambes sont longues et galbées. Ce qui déconcentre le philosophe. Jean Birnbaum me présente comme l'éditrice et la compagne du grand homme. On nous voit marcher main dans la main, avoir des gestes tendres de complicité. Jean Birnbaum ignore que les plus intenses de nos moments ensemble sont ceux où nous nous disputons avec acharnement pour valider un mot ou un autre de la traduction d'un de ses textes, afin de voir surgir l'équivalent le plus juste, le plus beau en français, d'une expression allemande. Traduction et séduction font bon ménage. Performance rime avec jouissance.

En 2012, Peter me soumet une idée : « Créons un prix qui récompense une vie, une œuvre sous le signe de la générosité. » L'intitulé est vite trouvé : prix Mychkine, du nom de l'Idiot de Dostoïevski. Soyons des idiots ! Ouvrons notre cœur immensément au lieu de devenir des calculettes sans humanité.

Le premier lauréat fut Stéphane Hessel, qui assistait René Cassin pour rédiger la charte des droits de l'homme à l'ONU en 1948. Il avait consacré toute sa vie à des causes qui lui semblaient justes.

Le soir de la remise du prix, au théâtre de l'Europe à l'Odéon, mis à notre disposition grâce à son directeur Olivier Py, Stéphane, ce monsieur épatant de 95 ans, a fait preuve d'une fraîcheur admirable. Dans les bras d'Angela Winckler, la *first lady* des comédiennes allemandes, à côté de Daniel Cohn-Bendit et de Jean-Claude Carrière, et de toute une faune franco-allemande, il a dansé la valse. L'Europe encore valait une messe.

Pour la deuxième réunion du jury du prix, nous sommes allés à Leipzig dans le célèbre « Gewandhaus ». De cet endroit avait émergé la révolte contre le régime policier de la RDA qui avait mené à la réconciliation Est-Ouest. Lorsque le jury s'est retrouvé dans le petit château d'un mécène hongrois, une bouteille de vin datée de l'année de naissance de chacun des intervenants était posée sur la table. J'ai constaté que j'avais droit au plus vieux des vins. Devant une dizaine d'hommes, j'ai plaidé pour Pema Jatsun, la sœur du Dalaï Lama. À Bangalore, dans le sud de l'Inde, elle a créé une université ayant comme mission de sauvegarder la culture tibétaine. Je n'ai eu aucun mal à lui faire attribuer le prix, 50 000 euros pour la cause des Tibétains chassés de leur pays par les autorités chinoises.

Ainsi notre option – l'esprit généreux allait faire le tour du monde et rendre le monde meilleur – partait sur des rails prometteurs. Malheureusement, les rails ont vite été bloqués, faute de donateurs ne voulant pas passer pour des « Idiots ».

J'ai fait plusieurs fois le voyage vers Chantemerle, un village dans la Drôme où Peter possède une maison.

Le merle chante. Voilà qu'arrive le printemps. Peter Sloterdijk se tient sur la terrasse de sa maison blottie contre la paroi rouge de la montagne. Il est encore tôt. Il contemple la large vallée abondamment fleurie, le coteau de vignobles qui descend par vagues depuis son jardin et reprend son élan de l'autre côté pour monter vers les sommets plus élevés où il devine, plus loin encore, le mont Ventoux, ce célèbre massif solitaire en forme de chapeau pointu. Pour les cyclistes entraînés, et plus encore pour les intellectuels qui font du vélo, c'est un terrible défi, arrivera-t-on jusqu'au sommet après les longs mois d'hiver, vingt-cinq kilomètres et une pente qui peut atteindre les dix pour cent ? Et surtout, comment redescendre ensuite ? Deux mille mètres ! Cela va si vite que l'os frontal menace d'éclater sous la pression. Et dans le fossé, les corbeaux croassent le chant du philosophe sorti de sa tanière pour apprendre la crainte…

En cette première journée de printemps, Peter Sloterdijk se tient au petit matin sur les pierres déjà chaudes. Il a devant lui une vaste vue sur un horizon presque illimité, à gauche jusqu'à la vallée du Rhône, à droite jusqu'aux Alpes, et l'on imagine, derrière, la Méditerranée. Le merle chante, lui respire profondément, le chien se blottit maintenant entre ses jambes, il ferme les yeux, l'espace d'une seconde. « N'est-ce pas saisissant ? »

Peter Sloterdijk est un grand esprit, nous le savons, un homme de poids et de grande stature, un sourire aimable dissimulant un grand capital de colère, une sorte de Rübezahl, ce géant capricieux qui prend des apparences différentes selon son bon vouloir, n'apportant quelque chose qu'à ceux qui sont prêts à opérer un changement de pensée radical et à prendre des risques. C'est la raison pour laquelle il a beaucoup voyagé dans sa jeunesse et continue à le faire aujourd'hui. Car une personne très lettrée qui ne connaît pas les habitudes de pensée d'autres univers est aujourd'hui comme un nain érudit dans son jardin ouvrier étriqué. Les problèmes sont globaux. C'est la raison pour laquelle Peter Sloterdijk a toujours le courage d'enfoncer les touches de l'orgue *urbi et orbi* et d'y expérimenter, en virtuose avisé, des combinaisons jusqu'alors inouïes et inaudibles – la musique des sphères.

Les vignes, dont les ceps noirs n'ont pas encore laissé jaillir les feuilles, s'étendent sur des kilomètres. On élève ici du côte-du-Rhône depuis des générations. À Grignan, un peu plus loin, beaucoup de choses rappellent l'ancienne châtelaine, Mme de Sévigné, le pain est le même qu'à l'époque, et beaucoup de touristes qui viennent du Sud ou se dirigent vers la Méditerranée s'arrêtent brièvement à Montélimar pour y acheter du nougat blanc et moelleux. Les champs de lavande lilas s'y marieront au ciel nettoyé par le mistral.

Le voilà donc, Peter Sloterdijk, les mains posées sur les hanches, la poitrine soulevée par l'inspiration de l'air pur, associé depuis de longues années à cette nature : « C'est tout de même magnifique. » Il se tient là, dans son paysage, inspiré par celui-ci, avec ce regard-monde qui observe l'ouvert. Et il y a quelque chose, entre le lointain et le proche, qui maintient sa cohésion.

L'Inde est un monde. Qu'a-t-il rapporté des jeunes années qu'il y a passées ? Rien qui se contemple, rien que l'on expose comme un souvenir sur la corniche de la cheminée, pas de statue orientale, pas de Shiva dansant, pas de tête de Bouddha débonnaire. L'érotisation de la consommation, ce désir qui bat des ailes, toujours en quête de nouveauté à déguster, à remplacer, ce vertige érodant du samsara capitaliste, n'a rien à voir avec la vision du plaisir que peut avoir Peter Sloterdijk. L'envie engendre la souffrance, c'est la première des quatre nobles vérités prononcées sur le divan oriental. Quand on est affligé par le désir, quand on en veut toujours plus, quand on ne se contente pas de ce que donne la vie, on est un pauvre bougre. Le philosophe arrête la roue des phénomènes : que l'homme devienne essentiel. Peut-être pour profiter de ce que le psychanalyste Lacan reconnaissait à la sensibilité féminine : *jouir encore*. Volupté d'un présent éternel.

« N'est-ce pas merveilleux ? », dit Peter, le soir, en approchant ses lèvres du vin rouge violet qu'il a versé d'une bouteille remontant aux temps anciens : 1983, une année qui a eu le temps de venir à maturité. Il laisse l'arôme enchanter son palais et hoche la tête avec satisfaction : « Merveilleux. » Comme une journée passée à gravir les pensées, les phrases et les mots, jusqu'à ce que tout à coup le concept et le son, l'un si précisément adapté à l'autre, se correspondent au point de produire le bonheur de ce qu'il a créé : « Là, ça marche, c'est fantastique. » Le plaisir a trouvé l'éternité de la forme. Il vante la force des mots, le produit qu'ils créent afin de rendre le monde des pensées sensible sous forme d'images intemporelles. C'est exactement comme lorsqu'on traduit : on approche d'un mot à tâtons, on le sent, on l'écoute jusqu'à ce qu'il soit niché dans un nouvel appareil linguistique, comme un enfant en quête d'expérience.

Quand c'est accompli, on a réussi. Peter émet son rire olympien, il est content de lui, « Je pense, donc je suis », et se réjouit du potentiel qui le rattache à l'autre, « On pense à moi, donc je suis », et dont l'effet l'anime.

Splendeur et sentiment.

Il examine les formes – globes, écumes, bulles – du monde d'hier, d'aujourd'hui et de demain, et l'humanité qui y a ou n'y a pas sa place. Les formes sont ce qui est accessible à la pensée, une démarcation lisible avec le tout. Il invente ainsi une morpho-philosophie dont l'impulsion réside dans l'observation. Il ne s'est pas retiré dans une tour d'ivoire, il est chez lui dans l'actuel, là où chaque jour bouillonne le chaudron de la sorcière.

Peter est un grand esprit, nous le savons, mais un grand esprit qui reste près du corps comme le footballeur près de la balle. Et le corps rend le penseur modeste, il lui apprend que des limites sont fixées au mortel. Les yogis pratiquants et les sages de l'Orient font de leur espace intérieur un monde qui s'entend toujours avec la nature et le cosmos. Ils trouvent un état de conscience dans lequel ce qui leur est propre, l'angoisse en constante rotation sur elle-même, se dissipe pour laisser place à ce qui n'a pas de nom. Ils rayonnent d'un certain calme, ils anticipent la mort dans l'ascèse, ils pratiquent la mort dans la vie et ont ainsi de l'avance sur celle-ci.

Bien entendu, Peter n'est pas un yogi. Bien au contraire, pourrait-on dire. Et pourtant... L'ascèse, dans nos contrées, est la capacité à provoquer un arrêt de la production d'idéologie, d'illusions, d'activités sexuelles toujours nouvelles et de techniques mégalomaniaques. C'est précisément une manière de se tourner vers l'actuel et de se montrer reconnaissant quand un dieu y chante.

Il a près de lui un messager de paix toujours présent : l'humour. « Je suis tellement connu, maintenant, toutes les femmes, les blondes et les brunes, devraient m'aimer, non ? », demande Peter après avoir dégusté le riz aux crevettes qu'il a préparé, et savouré le bordeaux qui rend heureux et met du velours sur la langue et le palais.

Peter est allongé sur le canapé comme un représentant du sexe faible, il peut se le permettre, il n'a plus à prouver sa force. Vishnu, pour les Hindis celui qui conserve les mondes, est allongé ainsi dans le giron du serpent qui le protège. Peut-être dort-il déjà un peu, à moins qu'il ne soit en contact avec le penseur de la pensée en lui. Sa hanche marque une légère courbe, ses cheveux tombent légèrement sur les épaules. La montagne de la chair se repose et absorbe ainsi de nouvelles flammes qui lui donnent la force de repartir dans la création. Du point de vue indien, c'est la perfection : être les deux à la fois. Faible parce que fort, fort parce que faible, féminin et masculin, à la fois celui qui donne et celui qui reçoit, qui détruit et qui crée, génie de la danse et observateur nonchalant, chasseur furieux et brave paysan, séduction et amitié durable. Ensuite, il dit : « Ah, je les ai déjà, mes deux femmes », et le voilà qui dort pour de bon. Il n'est pas de ces génies que la vie dérange.

Le merle s'est retiré dans son nid. Dans la pièce voisine, on entend le chien gémir dans ses rêves profonds et réguliers.

Au début de l'été, juste avant les grandes vacances, a lieu le grand cocktail de la profession offert par *Le Canard enchaîné*. Je suis encore sur la liste des invités. En vérité, c'est une réception dans un des plus beaux jardins de Saint-Germain-des-Prés. Autrefois, après avoir salué tout le monde, nous nous échappions pour finir la soirée au New Morning, boîte de jazz dans le 10e arrondissement. Nous y dansions le rock and roll en nous tenant par la main, par le cou, par les hanches. À la fin de chaque danse, nous tombions exténués dans les bras de notre partenaire. Le lendemain, au bureau, la tête était lourde des verres de vodka avalés. Ces danses à deux semblent appartenir au passé, la mode veut que chacun produise sur la piste ses extases solitaires. Où sont passés nos partenaires ?

Paul, des éditions POL, est mort en 2018, Jean-Marc Roberts en 2013, Anne Dufourmantelle s'est noyée en Méditerranée en portant secours à des enfants qu'elle a sauvés. Frédéric Boyer est débordé de travail. Rares sont mes collègues prêts à prolonger une mondanité par une nuit blanche au New Morning.

Mais aujourd'hui encore, toute la profession se retrouve à la fête des éditeurs, auteurs et journalistes, avant la rentrée littéraire de l'automne. Je ne fais plus vraiment partie des happy few mais, ayant exercé le métier avec passion, j'ai du mal à m'en passer. Je reste éditrice dans l'âme.

Combien de fois, depuis que je suis libre de tout contrat, en rencontrant une personne au destin particulier, ne me suis-je pas dit : Ah, cela ferait un livre formidable ! Ou en lisant un texte admirable : Ah, celui-ci ou celle-là, j'aurais envie de le/la compter parmi mes auteurs ! Et de dire : Chiche on y va ! Pour cela, il me faut la structure de l'entreprise où se traduit mon désir en matière palpable : la fabrication. Je manque de supports, afin de partager mon intuition avec des lecteurs : la diffusion. L'action console, par sa brûlure immédiate, les feux d'artifice de l'imagination. L'éditeur a le pouvoir incroyable de faire naître une vie, d'être la source d'un commencement. Ah oui, l'édition me manque. Je ne dispose plus de mes grandes ailes pour faire envoler un projet de livre. Pourquoi suis-je encore là à faire semblant ? Toujours en train de guetter qu'un miracle se produise ? Une révélation soudaine ? Une rencontre ?

Je me fraie péniblement un chemin à travers cette foule de jeunes gens engagés dans un brouhaha confus, affairé. Je ne comprends rien, rien ne m'indique un sens à découvrir. Quelques vieilles connaissances, tout aussi perdues, me font signe. Je tourne un peu en rond, puis me réfugie dans un coin près de la terrasse, où je repère une chaise vide. La fatigue se manifeste très vite. Je dois me reposer. Le soleil du soir m'éblouit. Tout devient flou autour de moi. La fête d'été des éditeurs n'est plus ma saison. Je souris bêtement dans le vide. Rien à communiquer à personne, du genre un contrat signé pour un prochain roman, la vente à l'étranger d'un ouvrage, le nouveau tirage d'un bestseller à sensation. Rien. Je ne suis plus un maillon indispensable de la chaîne. Ma place est prise par d'autres. Normal. Eux non plus n'ont rien à me faire partager, la plupart ignorent mon existence. Il était une fois l'édition telle que je l'ai aimée. Il serait décent que je termine mon tour. Mes pas me dirigent vers la sortie, je perds un peu l'équilibre, une jeune stagiaire m'aide à monter trois marches. De là j'ai une vue sur le parc humain de la nouvelle génération, enfermée dans la cage virtuelle du zoo des vanités. Je me dis : leur existence ne tient qu'à un fil. Le savent-ils ? J'ai peut-être tort. Les jeunes de la profession s'amusent. Mon erreur consiste à cultiver la nostalgie du passé. Détrompe-toi, me dis-je, le nouveau monde ne sera pas l'ancien une fois rénové, il sera radicalement autre : une capture d'écran.

Personne ne me voit dans l'embrasure en haut des marches appuyer ma tête chargée d'images d'autrefois contre le bois épais de la porte. Quelques regards fugitifs se dirigent vers moi, une relique suscitant une curiosité tantôt apitoyée, tantôt enviée : tu vois bien que c'est la fin de ton monde ! Tu as eu de la chance de vivre au temps des cerises.

Je me tiens dans le carré noir de ceux qui ont vécu, qui vivent avec les morts à l'intérieur de leurs yeux. Du monde qui avance, j'ignore le savoir-faire. Une distance se creuse. Me voilà à nouveau l'étrangère que je suis depuis toujours.

Alors je m'en vais. Vous, mes amis de la profession, je vous demande de m'oublier, si ce n'est pas déjà fait. Mon corps devenu lourd se résigne à faire le pari de l'inconnu. Il aspire à se mettre à l'ombre du soleil du plus beau métier au monde. *The game is over.*

La porte se referme derrière la réception de la profession. Ma décision est prise : je passerai de longs mois en Inde.

10.

Destination le lointain

Je ne sais pas qui m'a pris par la main pour me faire rencontrer l'Inde. Peut-être Hermann Hesse et son *Siddhartha*, une de mes lectures d'adolescente. Un roman philosophique où l'on découvre la quête spirituelle d'un jeune homme qui atteint l'éveil en renonçant à une vie de richesse et de débauche. Quand la réalité – pauvreté, humiliation, maladie, vieillesse – s'impose à sa conscience, il quitte cette première vie pour une nouvelle, sous le signe de la sagesse.

Le roman a été publié en Allemagne en 1922, quatre années après la fin de la boucherie de la guerre de 14-18. Avec un retentissant succès international. Déjà, dans la conscience de quelques-uns, il était clair que l'Occident s'engageait sur une pente dévastatrice et mortifère. Pour retrouver une énergie vitale, mieux valait se tourner vers des trésors spirituels d'Orient.

Les poésies de Rainer Maria Rilke, mon grand préféré, m'ont influencée. La valeur sensible donnée à *Das Ding*, la Chose, au physique, comme indicateur d'une métaphysique, ne suggérait-elle pas que le moi dominant, belliqueux, avide de richesses et de territoire, devait se retirer ? Peut-être savais-je sans le savoir que, pour se libérer de l'Histoire récente abominable et d'une éducation corsetée et hypocrite, il fallait s'abandonner à une fusion avec les us et coutumes d'un ailleurs.

Avais-je vu *Le Salon de musique* de Satyajit Ray, film en noir et blanc, admirable fresque d'un esthète du Bengale, assistant à sa décadence en même temps qu'à celle de son monde ? Dans un dernier sursaut, il fait triompher le pouvoir ancestral de la musique sur la barbarie possessive se dessinant sur un proche horizon. C'était en 1930, à Calcutta.

Nous avons été avertis de multiples façons de ce que nous observons aujourd'hui avec stupeur : le déclin de nos valeurs humanistes, trop souvent trahies elles-mêmes tout en trompant ceux avec lesquels on a prétendu vouloir les partager. Nous avons dit Liberté en pratiquant l'esclavage. Égalité en pratiquant la domination. Fraternité en imposant la suprématie de notre race. Nous avons proclamé comme universel ce qui nous arrange. Je pense plus que jamais nécessaire, dans chacun de nos foyers, un petit ou grand salon de musique où les âmes se retrouvent recueillies en silence dans un espace illuminé de l'intérieur.

Il y a toujours des passeurs et des passeuses. Le Dr Durandot, gynécologue, exerçait près de la place Clichy dans le 18e arrondissement, un quartier ignoré dans les années 70 des bobos du 6ᵉ arrondissement. Il soignait toutes les féministes de la capitale. On se trouvait assises sur des poufs ronds en faux cuir de couleurs vives, à papoter et à attendre pendant des heures sans moufter. Le Dr Durandot aimait écouter les patientes aussi longtemps qu'il l'estimait nécessaire, son cabinet fermait souvent à minuit. Quand ce fut mon tour, il me rassura : « Tout va comme il faut dans votre ventre. En revanche, votre esprit vagabonde. Le yoga vous fera du bien. »

J'ai suivi son conseil. À 28 ans, j'ai commencé le yoga, et n'en ai pas encore fini aujourd'hui, à 78 ans. On n'en a jamais fini, jusqu'au moment où le corps nous lâche. Mes maîtres m'enseignent les exercices destinés à assouplir le corps comme les préparatifs à une approche spirituelle, aussi essentielle. Un maître est celui qui permet au disciple d'observer son monde intérieur avec les yeux de quelqu'un d'autre. Il initie à la pratique sans relâche, sans jamais forcer, il s'agit d'accomplir un travail de tous les instants afin d'aligner les sept chakras, de la base du tronc au sommet de la tête, en suivant le flux de la respiration.

Le disciple trouvera par lui-même sa façon d'être en harmonie avec lui-même dans sa paix intérieure, prêt à accueillir la vérité, le divin. Plus le corps est traversé par le souffle, plus il est investi par la conscience. Et plus proche peut-être sera l'éveil. Après tant d'années de pratique du yoga, je sais aujourd'hui ce que je peux exiger de mon corps : la sensation d'oubli de ce bazar sur Terre, afin de percevoir la mort, le moment venu, non pas comme une fin mais comme une métamorphose. L'aventure se poursuit, mais différemment.

Quand, après la naissance de notre fille, nous avons songé avec Georges à adopter un garçon, notre regard s'est tourné vers l'Inde, cette plus grande démocratie du monde, source du bouddhisme, de yoga, de la médecine ayurvédique. J'ai raconté dans mon livre *La loi c'est l'amour* les péripéties de l'adoption de notre fils Kunga, que nous sommes allés rencontrer sur l'invitation du Dalaï Lama à Dharamsala, une ville au flanc de l'Himalaya dans le nord de l'Inde, asile des Tibétains persécutés par les Chinois. Georges et moi devions partager leur quotidien pendant deux semaines sous un froid glacial, le toit de notre auberge n'était pas étanche, nous remettions le lendemain nos habits mouillés de la veille. Les singes nous volaient les quelques bananes trouvées au marché. Kunga nous apprenait à faire tourner le moulin à prières à l'entrée des stupas. Je priais, je glissais des roupies aux pieds des bouddhas qui nous souriaient. Ce jeune garçon de 8 ans fut autorisé à nous rejoindre en France. À une condition : que l'amour habite nos cœurs.

En quelques jours, par les gestes du quotidien, les petites attentions courantes, par la régularité des offrandes, nous avons fait l'apprentissage du naturel généreux et bienveillant de la culture bouddhiste. Notre regard sur nous-mêmes et sur les autres s'est modifié petit à petit. La quiétude du bon sens de leurs enseignements s'est installée. Un retour aux simples et nobles vérités : éviter les souffrances, pratiquer la compassion.

« Avant de changer le monde, change-toi toi-même. » Cette proposition de Ghandi me semble depuis une consigne impérative pour notre Occident de plus en plus conscient de l'impuissance des recettes politiques en cours. Ce qui nous arrive aujourd'hui n'est que la continuation, la répétition du déjà-vu, déjà subi. Seul un sursaut radical d'ordre moral peut nous faire changer de cap. L'enjeu : notre survie.

Vous, mes enfants et petits-enfants, en êtes le moteur. Vous avez raison de vous méfier de ceux pour qui le progrès n'est qu'une invitation à s'enrichir. Le désert du cynisme croît.

Mais croît également le désir de réveiller le meilleur en soi pour un meilleur monde.

La grandeur d'un pays, d'une personne, ne devrait plus se mesurer à l'aide de chiffres, mais à travers le prisme de la qualité. L'Inde fait encore la distinction salutaire entre Avoir et Être. La Grandeur n'est pas l'addition de ce que tu possèdes mais se mesure à la proportion de ce que tu donnes aux autres. Lorsque nous avons rencontré le père, très pauvre, de notre futur fils Kunga, Dorjee nous a offert, du creux de ses deux mains jointes, une orange. Ce beau geste, ce presque rien, représentait en même temps l'infini. L'immense amour qu'il avait pour son fils auquel il allait renoncer.

Quinze ans plus tard, l'occasion s'est présentée de se lancer dans un voyage vers le pays du père : le Tibet. Irène Frain, pour un futur livre, s'était mise à la recherche d'un « Royaume des femmes », aux environs de l'Himalaya. « Chiche ! On y va, ai-je dit. Je serai l'éditrice ».

Mon fils Kunga est de l'expédition. Il mettra les pieds pour la première fois sur la terre de ses ancêtres.

Calés sur des petits chevaux endurants et accompagnés de yaks, ces buffles à longue toison noire, sous la surveillance de trois guides chinois, nous nous engageons vers la montagne sacrée, Amnye Machen, qui culmine à 6 200 mètres. Les guides sont commandités par Pekin, des petits « hans » des villes habitués à faire du commerce. Ils ne connaissent rien des us et coutumes de la haute montagne, ils sont là pour nous empêcher d'entrer en contact avec la population locale.

Quelques rares monastères, disséminés le long d'une immensité de neige, jalonnent notre trajet. Un tulkou, une réincarnation vénérée, nous accueille, murmurant un *Om Mari Padme Oum*, « Salut ô joyau dans le lotus », nouant une cordelette rouge autour de mon cou. « Vous serez protégée ».

Une vallée longue comme une Voie lacté glacée mène les pèlerins vers une stupa de cristal, le mont habité par les dieux, comme le mont Kailash, où le croyant doit se rendre au moins une fois dans sa vie pour s'assurer qu'elle soit bonne. Dans cette vallée, de farouches nomades, les Golocks, sillonnent sur leurs pur-sang les éternelles neiges du toit du monde. Ils sont les gardiens de cette région du Grand Tibet, l'Amdo, ils sont les bandits sauveurs des traditions du bouddhisme des Bonnets Jaunes, l'enseignement du Dalaï Lama. Ils ont pu effrayer les occupants chinois pendant un temps. Aujourd'hui, la Voie lactée de leur territoire a enseveli sous les neiges des milliers d'étoiles éteintes, leurs cadavres. Il y en avait tant que les vautours, rassasiés, finissaient par se détourner du festin des chairs criblées de balles.

À 5 000 mètres d'altitude, j'ai perdu connaissance. Un feu allumé par mon fils alerte un trio de Golocks sur la montagne voisine. En un temps record, comme par magie, ils sont là. Mon fils est des leurs, Irène les salue les mains jointes, et la cordelette autour de mon cou témoigne de ma dévotion. Jugeant avec un sourire suffisant, qui découvre quelques dents en or, le plus costaud des trois guides hisse mon corps à moitié mort sur la croupe de son cheval. Avec d'infinies précautions nous descendons du haut de la montagne vers la plaine. Je suis sauvée.

Il n'est pas sans danger de vouloir s'approcher du « Royaume des femmes ».

Une alliance de chair et de cœur s'est ainsi tissée pour moi entre l'Orient et l'Occident, unis dans un champ commun, l'âge d'or de l'amour, avant la séparation. Notre ADN universel : « Après vous… » Cette jolie formule du philosophe Levinas m'a toujours semblé le comble de l'élégance. Elle invite à une certaine discrétion de l'individu au profit d'une autre instance. Précepte qui convient parfaitement au tempérament « religieux » des populations d'Asie du Sud-Est préférant toujours ce qui fait lien entre ici et là, entre la terre et le ciel, entre le corps et l'esprit, entre le respect des traditions et l'acceptation du nouveau. Le « en même temps » est une invitation à la tolérance. On pose enfin les armes, on fait la paix puisque chacun fait partie du Tout. Nous sommes malheureusement en Occident davantage enclins à ce qui divise qu'à ce qui unit. Voilà notre ruine, mais rien n'y fait. Irons-nous jusqu'au bout de la pulsion de mort ? Que signifie être un individu ? En Orient, la plupart ignorent ce que nous ne savons que trop et que nous cultivons à l'excès, l'hypertrophie de l'ego qui constitue notre malheur, notre aliénation.

Je porte l'Inde dans mon être depuis longtemps. N'avais-je pas écrit en grandes lettres le nom du poète et écrivain du nord de l'Inde dans mon cahier de poésie à Zweibrücken : Rabindranath Tagore ? J'aimais répéter son nom à haute voix en scandant chaque syllabe. Juste son nom : Rabindranath Tagore. Le son de ce nom agissait, emplissait mon oreille de grands secrets féconds, avant de se nicher dans mon cortex. Je ressentais une sensualité mystérieuse, sans objet, grave, impérissable, m'envahir comme un hommage à ce que nous abritons au fond de nous-mêmes. J'avais alors 18 ans, je ne connaissais, à part le nom du poète, rien à l'Inde, ce grand continent du soleil levant.

Cinquante ans plus tard, ce pays imaginaire devient une réalité. Ma troisième demeure sur la Terre. Le chiffre 3 permet l'addition du 1 et du 2, une totalité révélant un pouvoir quasi magique. Le 3 peut être périlleux quand il fait éclater la fusion impossible du 2. Exemple le film de Truffaut *Jules et Jim*, subtil exposé d'une passion exclusive. Le 3 devient protecteur quand il ne tue pas. Car en ajoutant au 2 une tierce instance – un dieu, un maître, un psychanalyste, un pays, un enfant, un chant, une poésie –, le 2 grandit et le 3 se porte garant de l'inscription dans la durée d'un temps de paix. En me libérant du conflit de mes deux langues, de mes deux pays, de mes deux tempéraments, le 3 m'a ouvert une voie dont je ne soupçonnais pas l'existence.

Dès mon premier voyage, l'Inde m'a semblé être le pays des origines de l'humanité. À chacun d'y plonger ou non. Les visiteurs débarquant à l'aéroport se départagent entre ceux et celles qui prennent peur, une peur insondable devant l'évidence : la chaleur étouffante, les odeurs âcres et poisseuses, la menace des sourires aux dents blanches. Ils résistent corps et âme à la *big mother* dévorante. Et il y a ceux et celles qui, sans crainte, acceptent de se fondre dans l'océan des foules se mouvant vers une des innombrables demeures des dieux, ou vers les bas-fonds crasseux où végètent les mendiants auxquels manque un bras ou une jambe et qui affichent, malgré leur condition, une égale bonne humeur. Plus ils sont pauvres dans cette vie, plus ils seront riches dans l'autre. Aucune plainte jamais. Ici, disait Moravia, « l'homme n'a pas à agir pour améliorer le monde mais au contraire à en sortir pour rejoindre la réalité surnaturelle, c'est-à-dire spirituelle ».

Qu'avons-nous appris de nos séjours en Inde ?

Je n'ai jamais vu un Indien courir. L'esprit indien semble être contraire à l'idée d'accélération. Dans son roman *Bouddha vivant*, Paul Morand constate que courir est vulgaire, la noblesse veut la lenteur. Bouddha, bien sûr, ne court jamais. Arrivé, il se tient immobile dans l'état du Nirvana. Et pour nous ? Courir après quoi ? La réussite, l'argent, la gloire, la victoire… ? Autant de mirages. Quel futur convoiter ? Quelle ligne droite emprunter afin d'arriver plus vite à une destination qui va se révéler un leurre ? Il n'y a pas de tracé linéaire puisqu'on est embarqué dans un mouvement circulaire, celui du samsara, la roue de l'existence où « ça va et ça revient ». Nous y sommes fatalement conduits par le destin. L'éternel retour de Nietzsche s'était articulé en écho avec les inspirations des maîtres de l'Orient.

D'autres se sont moqués du « fatalisme », du manque d'ambition des Indiens pour transformer l'état des choses, y imprimer une volonté. C'est que la confiance règne entre l'univers et l'homme. L'univers a ses règles qu'il est naturel de respecter, l'univers se meut sans nous et en dehors de nous. Nous sommes des entités négligeables dans ce grand, troublant, énigmatique bordel du Tout. Gare à l'orgueil de vouloir s'en ériger les maîtres.

Deuxième enseignement : être toujours en route.

Depuis presque deux heures, tu attends le chauffeur qui doit te reconduire à l'hôtel. Tu commandes un autre lassi, *salt, with an ice cube.* Il fait sacrément chaud, autour de 38 degrés. Les vaches sur la chaussée restent amorphes. Les cornes de la sagesse poussent sur leur front et elles le savent bien. Tu commences à t'impatienter. Tu fais encore une fois sonner le téléphone.

« *Where are you ?* (bordel !)

— *On the way, Mam. Don't worry.* »

Tu attends encore une demi-heure. Tu sens la colère froncer tes sourcils.

Tu rappelles :

« *What are you doing driver ?*

— *I am on the way, Mam, on the way.* »

Qu'il se trouve à 100 kilomètres, à 10 ou dans le bistrot à côté, la réponse est la même. Il est en route.

Il se moque de toi ? Pas vraiment. Tu dois en conclure qu'un Indien est perpétuellement « en route ». Difficile de savoir quand il est parti et l'heure à laquelle il pense arriver. Il chemine entre les deux. Il se sent bien dans cet espace indéfini, en mouvance. Si tu le grondes, il esquisse un sourire qui exprime un peu de pitié envers toi. Et si son retard exige une explication, qu'à cela ne tienne !

La vache de la voisine était en train de mettre bas…

Un cousin a dû se rendre d'urgence à l'hôpital…

Un cortège funéraire a barré la route…

Vrai ? Pas vrai ? Quelle importance ! Tu réponds à ses histoires par un sourire compréhensif. Se mettre en colère serait aussi absurde que de courir. Tu comprends que tu n'es pas le centre du monde, tu as beau être blanc, avoir des roupies plein la poche, cela ne te donne pas plus de droits que le cousin malade, que la vache qui met bas ou le cadavre couvert de guirlandes de fleurs, jaunes et rouges, pour son dernier voyage réel et imaginaire.

Tu as pris une leçon de modestie.

Troisième enseignement : tout est animé.

Une pierre est animée, les plantes sont animées, les statues des dieux aussi, le soleil est animé. Tous ces éléments matériels sont autant de personnes auxquelles on peut s'adresser. Tu fais aussi partie des choses animées. Tu es dans le grand bain des mythes et légendes que tout le monde connaît intimement. Même les moins instruits connaissent les batailles du *Mahabharata*, le rôle qu'y a joué Krishna. Tout le monde pleure avec Rama l'enlèvement de sa bien-aimée Sita par le démon Ravana et comment le dieu a remercié les écureuils de lui avoir construit, avec leurs corps minuscules, en s'y mettant à un millier, un pont entre l'Inde et Ceylan afin de récupérer la belle Sita qui manquait au bonheur de Rama.

Les dieux te nourrissent de leurs exploits, narrés depuis des millénaires. Alors tu veux leur plaire et tu te retrouves, en formant corps commun, aux pieds de leurs statues à accomplir des rituels pour honorer leur puissance.

Chaque matin, le rituel te régénère et inaugure ta journée sous la grâce des bénédictions.

Quatrième enseignement : Shiva, Shakti.

À trente kilomètres de l'hôtel où nous séjournons pendant notre voyage au Tamil Nadu, entre Madurai et Tanjore, se trouve un petit temple très vénéré, interdit aux étrangers. J'aime bien transgresser les interdits. Un billet de cinq dollars fait l'affaire. Le brahmane ferme les yeux. À cinq heures du matin à peine, je me rends sur le lieu. C'est un temple isolé en rase campagne, dédié à Shiva, dont le symbole est le lingam, une forme explicite de phallus. Il y en a partout, des centaines, en pierre, en bronze, en acier, en cuivre, en bois, c'est impressionnant. Déjà une foule en extase, chargée de fleurs et de fruits disposés sur un petit plateau, attend devant l'entrée du temple. À l'heure exacte du lever du soleil, le portail en bois de teck clouté de bas en haut s'ouvre. Un lingam de dix mètres, recouvert d'une somptueuse étoffe, se dresse au fond du temple. Quand le premier rayon du soleil touche l'organe géant vénéré, la foule commence à clamer des prières. Puis, d'un geste déterminé, un prêtre arrache le lourd rideau qui tombe avec fracas de ses dix mètres de hauteur. Le granit noir du lingam se présente dans toute sa splendeur virile. Les hurlements de la foule en transe font vibrer l'air électrique à cet instant. Et là, le même prêtre, placé au sommet du bloc de granit noir, verse des litres de lait sur le phallus monumental, lait qu'on imagine épais et tiède, extrait des vaches qui broutent dehors sur l'herbe. Des flots inspirants s'écoulent le long de la pierre, la rendant luisante de semence divine. Ensuite, le liquide sacré est récolté sur les côtés et mis dans des petits contenants que chacun peut ramener chez soi.

« Shiva Shakti », me fait remarquer le brahmane en m'observant déposer mes offrandes. Il dirige son regard vers les réceptacles en forme de vulve qui accueillent le lait un peu gluant du dieu vénéré. Jamais l'un sans l'autre, veut-il me suggérer. Le principe masculin appelle le principe féminin et le féminin appelle le masculin. Puis il me guide vers une statue de Shiva en bronze de deux mètres. Ce dieu qui détruit pour mieux créer, dieu danseur gracieux tout en muscles, le dieu glorieux présente sur son torse un sein plat et un sein rond. Un corps androgyne où les puissances Shiva-Shakti sont inséparables. L'androgyne, à l'origine, fut l'état parfait de l'être humain. Ce qui fut coupé, coupé en deux sexes, doit être réconcilié. La perfection est d'avoir les deux éléments bien répartis. Shiva, le valeureux guerrier du *Mahabharata*, se veut en même temps la femme ardente de Krishna.

L'idéal féminin n'est pas l'humble vierge engrossée par contumace, la Marie mère de Jésus, mais une Shakti active, désirante. Quand Pavrati, femme de Shiva, enrage devant l'infidélité de son mari, le peuple hindou entier s'oblige à calmer sa colère en jetant du beurre sur sa statue. Kali, son autre épouse, sa compagne de destruction, insolente, tire la langue au règne des patriarches orgueilleux avant de piétiner les crânes des victimes de sa brutalité. L'expérience du Mal est nécessaire à la création du Bien.

Les dieux et déesses hindous ne font pas pitié comme notre Christ bien-aimé accroché à la Croix. Tous au contraire inspirent les actes du désir humain, trop humain, ils sont malins et sublimes. Bref, en agissant selon leur tempérament, ils sont assez comparables aux dieux grecs.

Les transsexuels, les « *hijras* », par conséquent sont rarement en proie à l'humiliation. C'est une communauté à part estimée pour son courage de ne pas se décider pour un sexe ou un autre désigné par l'anatomie. Ils n'appartiennent à aucun des deux genres et sont considérés comme sacrés. Leur statut est justifié par une légende du *Ramayana* où Rama doit fuir ses persécuteurs. Il déclare alors aux hommes et aux femmes qui le suivent : « Retournez dans votre cité, ne vous mettez pas en danger. » Seuls les hijras, les transgenres, ne se sentent pas concernés et continuent à suivre Rama. Le dieu les remercie pour leur fidélité en les protégeant.

Cinquième enseignement : le balancement de la tête.

Au début on est un peu déconcerté. Samadan, un homme du village, me propose ses services.

Ma demande : Rickshaw. Pondy. (J'aimerais me rendre à Pondichéry en rickshaw.)

L'anglais est réduit à quelques mots. Il comprend ? Ou pas ?

Samadam répond par un mouvement de la tête qui va de gauche à droite, de droite à gauche en ondulant un peu. Alors c'est non ? Le mouvement qui signifie chez nous non, chez eux signifie oui ? Encore que, pas tout à fait. Ils n'aiment pas trancher. Ça peut être : oui, c'est possible. Ou bien aussi : pas sûr, mais pourquoi pas ? Ou un signe de disponibilité : je ferai ce que vous voulez. Ce n'est ni oui ni non, c'est à découvrir.

Le balancement de la tête traduit la philosophie de leur être, dans un état de disponibilité qui frôle l'indifférence. Tout est possible et… impossible. Alors plutôt rien. Surtout rien décider, il faut attendre ce qui arrive. Ils sont là, pas là, dans un état vacant où ils guettent peut-être un ordre chuchoté par un dieu à leur oreille.

Quand le rickshaw finalement vient te cueillir, tu n'es pas loin de penser qu'une magie a agi en ta faveur.

J'aime m'accoutumer à la magie. Je me rends compte quand guette la dépression, que l'envie de mourir n'est autre que le désir de ne plus vivre la même vie. Alors je change de vie. Nous émerveiller d'être au monde demeure toujours en notre pouvoir. D'être en résonance avec ce qui nous entoure. Quelle succession d'oublis a entamé notre bien-être ?

Si l'univers indien possède tous les atouts du monde moderne, il reste néanmoins ce grand chaos fait de boue, d'exaltations purement émotives devant les temples, d'anarchies sur les autoroutes où les vaches croisent les voitures de luxe, où on double des charrettes tirées par des buffles. Quittant l'autoroute tu t'enfonces, après le tohu-bohu de la civilisation, dans le fouillis mystérieux des mangroves où peut s'épanouir enfin l'inertie. Ici, tu es dans l'élément qui correspond le mieux aux corps sans volonté à se laisser porter par le courant de l'eau à travers les mille racines de cet écosystème aquatique qui préserve, toujours et encore, le secret de leur insondable dédale.

Cette existence simultanée de l'un et de l'autre, du passé et du présent, des traditions et du progrès, du divin et du profane, présage que peut-être l'Inde résistera mieux et plus longtemps à la tentation de tomber corps et âme dans le chaudron du mimétisme des sociétés de consommation.

À voir, à espérer.

Un matin, un échassier frappe à ma fenêtre. Nous sommes en janvier, la belle saison.

Trois fois. Il regarde à l'intérieur de ma chambre. Il me voit. Je n'ose pas lui ouvrir, j'ai peur des oiseaux et lui est un grand oiseau. Hier déjà, à la même heure, six heures du matin, après s'être approché, il avait réclamé de pénétrer dans ma chambre. Ces coups de bec m'avaient réveillée mais je suis restée couchée. Que veut cet oiseau qui n'a pas peur de moi, à aller et venir là devant la porte vitrée de la chambre ? Sous un plumage gris son cou est rentré dans les épaules. Soucieux de chacun de ses pas, il se déplace sur ses hautes pattes au rythme solennel de ses découvertes du petit jour. Est-il vieux ? Peut-être. Me dit-il que j'ai l'âge de le suivre dans son envol vers un ailleurs ? Hier déjà, je l'ai vu déployer ses ailes larges d'un mètre et se lancer vers la ligne d'horizon où la mer et la terre se rencontrent. Sous les ailes le plumage est blanc, d'un blanc qui se confond avec le ciel, une épiphanie éclairant l'évidence du vide, avant l'apparition du soleil. M'indique-t-il que m'y confondre est ma future destinée ? Ses trois coups de bec à l'aube me rappellent-ils les trois coups du lever de rideau d'un théâtre ? Quel spectacle vais-je découvrir ? Quel sera le dernier acte avant l'inconnu ? Quelle est ta mission, échassier de l'aube ?

Ton œil perçant me scrute, me dévisage. Nous sommes à trois mètres l'un de l'autre, tu réclames l'accès. J'ai peur. Je ne suis pas obligée de t'ouvrir, je préfère me protéger, ne pas te suivre, rester dedans, couverte d'un drap blanc en coton léger, te chasser : Oh ! va-t'en ! Te faire t'envoler vers le diapason lointain de la mer en admirant la splendeur de l'étendue blanche sous tes grandes ailes déployées. Mais je ne te chasse pas, je ne te fais pas entrer. Je ne fais rien. Je m'habitue à l'effroi tenu à trois mètres de distance, dehors, derrière la vitre fermée. Avec le temps, l'effroi deviendra familier.

Ainsi, certains matins, nous mesurons notre capacité à résister aux appels d'un au-delà.

Prem était au bord de mon lit quand l'échassier de l'aube a frappé ses trois coups de bec contre la vitre. Il m'apportait le café au lait du matin.

« Ho ! ho ! drôle d'oiseau ! Dégage ! », et vers moi : « Bouche-toi les oreilles ! »

Il a raison. L'au-delà peut attendre, nous avons toujours une vie devant nous.

Prem a 22 ans. Georges et moi le connaissons depuis le tout début de nos séjours à Pondichéry. Il venait juste de passer son bac et se disait libre de tout engagement. Quand je devais faire acte de présence pendant quelques semaines dans mon bureau, rue des Canettes à Paris, Georges tournait en rond à Pondi. Prem l'emmenait alors découvrir les environs qu'il connaissait comme sa poche. Il était né à une dizaine de kilomètres, à Auroville, cité d'utopie inventée en 1968 par Mère, une Égypto-Française disciple du grand maître Sri Aurobindo. L'audacieuse démarche qui fut la sienne attira à l'époque des femmes et des hommes du monde entier. Tous rêvèrent d'un Nouveau Monde qu'ils se sont attelés à bâtir. Des centaines d'hectares de boue transformés en forêt, des centaines de milliers d'arbres plantés, des constructions en briques rouges sur un sol rouge érigées par des architectes renommés. Dans l'esprit de Mère, la cité de 2 500 personnes devait en compter 50 000 dans le futur. Tous à égalité, un collectif soudé selon les termes d'une charte vouée à la spiritualité, au divin. Aucun des habitants d'Auroville ne possède un titre de propriété. Tout provient et revient à la cité sacrée. Prem avait grandi dans ce stimulant voisinage, un bon garçon intelligent.

À chacun de mes retours de France, je voyais la main de Georges jalousement posée à plat sur la cuisse de Prem.

Décidés à ce que l'Inde soit la terre de nos tombes, Georges et moi avons acheté un terrain de deux acres avec une plantation de dix vieux manguiers au feuillage sombre, près de la ceinture verte de la cité idéale.

« Au printemps, vos arbres porteront des centaines de fruits, nous prévient Prem. Les mangues du Tamil Nadu sont les fruits les plus juteux au monde. Vous les vendez et vous gagnez plein de roupies. »

Prem est astucieux, il connaît des combines.

Pour pouvoir construire notre maison, Prem nous explique qu'il faut deux permissions. Celle du village en contrebas de la plantation et celle des nagas. Les nagas sont les divinités de serpents qui gardent les sous-sols de la terre. Elles risquent d'être dérangées par de nouveaux arrivants. Dans l'espoir qu'elles se montrent favorables, il convient de les apaiser en faisant une *puja*, un rituel de célébration effectué par un brahmane. Un trou creusé dans le jardin devient un petit temple souterrain, en y superposant quelques briques avant de déposer des offrandes sous forme de fruits et de sucreries. Les nagas s'y opposent rarement, le brahmane trace de deux doigts sur nos fronts deux traits horizontaux, signes cendrés de Shiva. Puis il empoche, d'une façon à peine intéressée, une petite liasse de roupies. Tout le monde est content.

Nous sommes honorés par l'accueil des villageois, nos futurs voisins. Parmi eux, certains ont vu naître Prem, puis grandir, devenir un homme. Des liens étroits se sont tissés entre eux. Prem, dont le nom signifie « amour inconditionnel », est l'enfant blanc bien-aimé des Tamouls. Il parle le tamoul, aucun Blanc dans les environs ne parle aussi couramment leur langue.

Prem se propose comme maître d'ouvrage de notre future maison. Georges et moi lui attribuons cette mission. Dans notre imagination, la maison doit ressembler à un temple japonais ou à une maison de thé construite sur pilotis et entourée de bassins afin de nous protéger des serpents. Le nom que nous avons choisi : *WUWEI.* En mandarin cela signifie *just to be,* « être juste là ». Devise d'un nouveau mode de vie. Finis les combats, finis les désirs, les ambitions. Je me consacre au yoga et Georges à la contemplation.

Mon amie allemande, Doris, nous rejoint deux fois l'an. Elle vole au-dessus des mers, des océans, 8 000 kilomètres pour partager avec moi nos deuils futurs. Mes copines comme moi deviennent petit à petit des veuves. Doris aussi a un mari malade de la tête. Sa présence me réconforte, son tempérament généreux s'applique à l'humanité entière.

Notre journée est rythmée par des plaisirs sensuels.

Le matin tôt, deux femmes du village, un panier sur la tête, nous proposent des poissons, des calamars, des crevettes attrapés la nuit par leurs maris pêcheurs.

Puis vient l'heure du petit déjeuner. Samadam nous apporte des dosas et d'autres délices. Les chants incantatoires du temple montent de la vallée. Nous accomplissons les rituels destinés à la santé de nos conjoints.

Un peu plus tard dans la matinée, rendez-vous chez le Dr Arun, qui n'est pas médecin mais masse de ses mains expérimentées nos chairs flasques et nourrit nos peaux, séchées par le soleil, avec toutes sortes d'huiles aromatiques.

Ensuite le déjeuner : curry de poisson, lentilles rouges ou vertes, carottes et concombres assaisonnés d'épices variées, piments, safran, cumin.

Petite sieste sous les fans pour rafraîchir l'esprit, puis nous voilà parties vers la ville blanche pour faire quelques emplettes. Doris raffole des robes en fin coton qui laissent passer l'air. La température l'été monte parfois jusqu'à 45 degrés.

Retour à la maison, lecture sur la terrasse, puis contemplation du soleil qui se couche de très bonne heure.

Le quotidien est enveloppé des étoffes chatoyantes des rêves.

Après deux, trois semaines, Doris repart en France.

Prem s'occupe de tout.

Une fois la maison construite, il organise son entretien. Il a embauché Kumari, son ancienne nourrice, pour nous préparer des plats indiens, il me conduit sur les routes, où je n'ose pas prendre le volant par peur de ne pas maîtriser la conduite à gauche. Il commande le personnel en chef sûr de son statut. Son autorité tranche avec son jeune âge. Je désapprends à être indépendante et j'aime cela. Je m'en remets à lui, et lui, tel un fils, obéit aux désirs d'une mère qui n'est pas la sienne. Ayant manqué d'amour au cours de sa jeunesse, il ressent le besoin de se faire aimer.

Les gens du village comprennent que ces Européens-là n'ont pas l'habitude de fermer leur porte. Ils s'autorisent donc, comme avant de nous céder le terrain, à réinvestir le lieu, à y introduire des bons ou des mauvais éléments. Il est impossible pour moi de faire la différence. Prem, lui, sait. Petit à petit, la mafia locale s'y invite pour comploter des méfaits, des trafics. La région est le fief des Tigres tamouls. Au centre : notre Prem.

Nouvelle découverte : on peut communiquer sans se servir de mots. Je gagne en autonomie ?

Ils sont doux au toucher, tous ces hommes qui se succèdent autour de la grande table en bois de rose de la pièce de vie donnant sur le jardin. Radjanran est le plus envahissant de tous. Il a une très épaisse corpulence musclée mais il lui manque un pied, qui a explosé, touché par une bombe du clan adverse. Depuis, il est le chef incontesté de l'organisation « terroriste » des Tigres tamouls. Il me calcule à peine mais il est de mèche avec Prem. Afin de lui signifier ma présence, j'effleure son avant-bras. Il le retire vite. Il n'est pas dans leur culture de se toucher. Jamais je ne les ai vus faire un geste de tendresse. Même en famille, ils gardent leurs distances. Je ne comprends pas le moindre mot évidemment de ce qui se dit. Sauf *Vanakam*, et le bonjour, les mains jointes devant la poitrine, et *seri, seri*, c'est d'accord. J'éprouve du plaisir à ne pas comprendre.

En même temps, dans la chambre voisine, Georges glisse vers une béatitude spectrale. Entend-il toujours quand je lui parle ? Je reste assise longtemps à côté de son lit, dans la pièce à mourir. Je suis vide et pleine d'une autre façon d'exister. Peut-être suffit-il de ne pas parler pour s'entendre ? La langue qui se parle autour de la table de la pièce à vivre ne produit aucun sens à mon oreille, les sons s'ajoutent à l'ambiance offerte par les premiers rayons déjà chauds du soleil, à travers les fentes des volets, par les incantations, les mantras de l'éveil remontant du temple, par le gong sourd annonçant que quelqu'un est mort dans la nuit. Les gazouillis des oiseaux de toutes les couleurs prennent le joyeux relais une fois tu le croassement des corbeaux. Ne rien comprendre affine l'ouïe et surprend. Les voix humaines se mêlent aux chants de la terre. Dans le répertoire purement musical des phrases sortant de la bouche des hommes autour de la table, je retiens la fréquence des L. Le L se fait remarquer par un bout de langue rose qui effleure les lèvres charnues d'un des convives réunis devant une tasse de *chai*, le thé au lait parfumé aux épices. Lalala, Lalala. Des bulles balbutiées de la langue, comme si les expressions du plaisir élémentaire du stade oral étaient seules valables, le b.a-ba labial qui engourdit le mental, signe d'une totale satisfaction. Il est bon de rester connecté à son enfant intérieur. Le *Schnuller* allemand rend bien mieux que la tétine française, trop têtue, cette régression. Le A guttural grave, un mantra, active le chakra du cœur. Il semble remonter d'une grotte nichée au fond de la gorge. Ama, la formule d'un définitif acquiescement. « Oui, c'est cela », est prononcé d'innombrables fois par jour. Ama veut dire aussi « mère » en tamoul. Ainsi, me dis-je, ces hommes robustes et fiers répètent sans cesse « Oui maman, c'est cela ». Les trois sons du A.U.M font la plénitude du OM, symbole sonore de l'absolu, de notre propre centre. Le OM fait vibrer le corps subtil de son alliance avec l'âme. La vérité émerge par moments, mais on hésite à effacer les illusions.

So Ham, je suis cela.

Tous les matins, Gilbert, mon maître, m'enseigne le yoga. À la fin de la séance, le OM résonne. Il est la vérité. Rien d'autre à dire ou à comprendre. Je suis perdue et sauvée. *Lost in and without translation,* mes ressorts logiques sont hors d'usage. Mais autour de moi la langue chante la jouissance de ce qui advient quand on est perdu. Georges mon mari reste cloué dans sa chambre, sur le lit médicalisé qu'il ne quitte plus. Je me demande si les OM l'atteignent encore ou si son centre est embrouillé par la maladie. Je ne sais plus quel est son degré de conscience.

Alors je vais cueillir des fleurs de jasmin et de frangipanier pour décorer la statue de Mahakali taillée dans un bloc de granit, adossée à un arbre du jardin. Deux ou trois femmes du village me rejoignent. Elles font brûler des bâtons d'encens. Mahakali est une déesse guerrière, ses multiples bras lui confèrent le pouvoir de vie et de mort. Nous prions ensemble pour la santé de Georges. Prem ne se joint jamais à nous. Ce sont à son avis des niaiseries de femmes. Mahakali aime être embaumée de puissantes senteurs de santal et d'ambre qui évoquent les secrets des disparus. L'étoffe qui ceint ses hanches est en soie. Elle est une jumelle de la Walkyrie, échappée de la tutelle de son père le dieu Wotan pour inaugurer l'humanité. Elle a comme époux le dieu de la Conscience.

Georges, où es-tu ? Soudain, je me sens terriblement seule. Il n'est pas facile d'être l'épouse d'un homme handicapé dans un pays étranger. À qui parler ? Mon ami Alain habite à quelques kilomètres. Prem est toujours là. Il parle sept langues, dont le français. Désormais, il habite la chambre d'amis à l'entrée de la maison.

Je ne suis pas une adepte de la religion hindoue, mais j'aime les différentes facettes des dieux et des déesses, toute cette mythologie de la condition humaine. Nous avons sept sens à notre disposition pour affiner l'art d'aimer. La vue, dans notre civilisation occidentale, semble avoir pris le dessus. Nous avons « la mort dans l'œil » à force de subir sans répit un déferlement d'images sur nos écrans. Ici, en Inde, se déploient plusieurs possibles et toutes les perceptions se valent. La collision des histoires et des préhistoires, dont nous ne sommes pas conscients, ouvre une voie d'accès à une forme d'inconscient qui semble plus archaïque que le nôtre. Conséquence : y perdre son latin n'est finalement qu'une façon raisonnable de donner raison à la raison.

L'Inde ouvre le continent des poètes chantant le mystère immortel au rythme des tambours de l'existence.

Georges est mort le 13 juillet 2012, et je ne m'en remettrai jamais. Nous départageons ses cendres entre la terre rouge sous les manguiers de *WUWEI* et le cimetière de Montmartre.

Après la mort de mon mari, le soir de mon anniversaire, Prem s'est glissé dans mon lit, comme si cette place lui revenait le plus naturellement du monde. Ou l'y ai-je conduit, mon amant indien à la peau blanche ?

Le matin du 14 janvier 2014, les tambours annoncent qu'une tête a été tranchée. Ça s'est passé juste après minuit, près du grand manguier, à vingt mètres de ma chambre. Un règlement de compte entre un mari jaloux et un amant. Le présumé coupable : notre cuisinier. L'arme du crime ? Le couteau qui sert à découper les poulets destinés à être cuisinés avec du riz biryani. La police arrive, le coupable est en fuite. J'apprends l'existence des deux mafias locales qui s'entre-tuent depuis des générations. Les Tigres tamouls d'un côté et leurs ennemis. Le cuisinier fait partie des Tigres. Le massacre ne va donc pas s'arrêter là. D'autres têtes vont tomber. Alain me conseille d'employer un *bodyguard*. C'est Prem qui veille sur mon corps. Nous dormons munis d'un bâton à côté de notre lit. Nous ne dormons pas.

Quinze jours plus tard, en plein jour, une autre tête tombe. La veille, un soleil rouge pourpre enflammait l'horizon. « Les Noces de sang », avais-je proclamé en pensant à Lorca. Cette fois, Prem est impliqué. La tête est celle de Radjanran, chef des Tigres tamouls, l'ami de Prem qui venait tôt le matin à la maison prendre le thé parfumé aux épices, servi sur la table en bois de rose. Prem est en danger. Les Tigres le désignent pour remplacer le chef à la tête tranchée. Dans l'histoire de l'organisation, il sera le premier Thailavar blanc. Une gloire qu'il paiera de sa vie. La prochaine victime ce sera lui. Il doit sauver sa peau, quitter la maison *WUWEI*, *just to be*, vite, très vite. Et ne revenir jamais, car la mémoire dans ces contrées millénaires ne s'efface pas avec le temps.

Je suis là, seule avec mon bâton à côté de mon lit pour me défendre.

« Casse-toi, m'ordonne mon ami Alain, ils risquent de te prendre en otage pour faire pression sur Prem, l'obliger à revenir ! »

Le danger croît. La maison est ouverte à tous vents. J'ai beau être protégée des serpents, je ne le suis pas des hommes furieux, armés de grands couteaux.

« File ! Vends ta maison, je m'occupe de tout », insiste Alain.

Ainsi fut fait.

Quelques semaines plus tard, Prem et moi nous retrouvons à Paris où on ne badine pas avec les conventions sociales. La différence d'âge entre nous, ici, se voit. Saute même aux yeux.

« Regarde mon vieux corps couvert de cicatrices, il ne te dégoûte pas ?

— Prenons soin d'abord de nos cicatrices intérieures », me répond-il.

Et à quelqu'un qui lui fait remarquer la différence d'âge de presque quarante ans entre lui et moi, il répond que l'amour ignore les chiffres. J'ai donc l'âge de mon amant, apprenant l'art d'aimer une femme mûre. Nous formons un couple pendant le temps de cet amour.

Je sais ce que vous pouvez penser, mes bien-aimés enfants et petits-enfants. Vous avez trouvé mes engouements un peu scandaleux. Ma fille Katia dit : « Ma mère a un cœur d'artichaut », et encore : « Quand elle déprime, elle s'arrange pour tomber amoureuse. »

Au lieu de me lancer dans des explications concernant les différences de culture entre l'Orient et l'Occident, entre le tempérament des oiseaux divins dans le ciel des poètes et celui des poulets à découper, entre ceux dont le cœur est vivace et ceux qui se résignent à l'ennui, j'écoute ma fille, j'accepte sa vision du caractère de sa mère. Si ce n'est pas un reproche, c'est un compliment.

11.

La vie est grande

Dans l'avion Chennai-Paris, vol direct, durée treize heures.

Au-dessus des nuages, la tête en apesanteur, je me surprends à rêver d'une gouvernance mondiale constituée d'hommes et de femmes de bonne volonté. En font partie le roi du Bhoutan pour avoir décrété que l'attention à l'autre était à enseigner en priorité, Mandela pour son combat contre l'apartheid, Simone Veil pour avoir imposé des lois qui protègent le corps féminin, Gorbatchev pour ses efforts afin de transformer la Russie en un pays où on respire librement, Badinter pour son engagement à préserver la vie, même des coupables, Angela Merkel pour avoir déclaré : *Wir Schaffen das*, « On y arrivera », un appel à la force mentale, et accueilli un million de migrants, Martin Luther King pour le rêve qu'il énonça « *I have a dream* », Obama aussi pour avoir rendu les Américains meilleurs qu'ils ne sont : « *Yes we can* ». *But he couldn't*, une fois arrivé au poste suprême, là où il faut composer, le Dalaï Lama, pour son immense compassion et son souhait de se réincarner en femme à la douce peau de pêche, le pape François, pour son soutien à l'écologie et pour avoir donné un coup de balai dans les institutions pédophiles du Vatican. Et enfin, le président de l'Ukraine, Volodymyr Zelensky, pour sa détermination à épargner à l'Occident la froide horreur de la machine de guerre russe.

Tout ce cercle agissant pour la paix et la dignité humaine a disparu ou est en voie de disparition.

Le 26 décembre 2022, la photo de Zelensky occupait la une du *Time magazine*, version américaine sous-titrée *The Mensch.* L'homme de l'année c'est lui, une bonne personne, spécimen rare par les temps qui courent. Une perle repérée dans la stalle des cochons. Comment se fait-il qu'ils aient cherché dans le réservoir de la langue allemande ce mot, le plus beau des compliments, *the Mensh*, d'une évidence bouleversante, neutre, qui désigne tous les corps vivants de notre espèce sans exception ?

La langue sait. Elle sait se tenir malgré les néfastes nuances qui s'y agrègent dans l'histoire, les *Untermensch* pour désigner les Juifs, les *Übermensch* pour désigner la race supérieure aryenne, dont les nazis se réclamaient. Dans ces temps troubles, le mot *Mensch* veille afin que nous n'oubliions pas l'essentiel : Nous sommes frères et sœurs. Nous partageons un même destin.

Mensch serait-il d'actualité ? Ce serait trop beau !

Je rentre d'un séjour de deux mois en Inde. Depuis quatre ans il y a eu des changements, mais j'y ai retrouvé aussi les mêmes éternités. Ce qui est nouveau : le blanc des néons. Les zones d'ombre et de secret ont dû céder leur place de mystère au foisonnement des attrape-couillons. Les villes et les abords des villes ont adopté le clinquant d'une kermesse de pacotille. Les roupies s'accumulent dans les caisses. Carte blanche à la consommation. La vie en Occident ressemble à un feu d'artifice ? Alors, pourquoi être en reste ?

À Pondichéry, logée chez mon ami bien-aimé Alain, je suis retournée déguster une dosa, une crêpe croustillante agrémentée d'épices, au restaurant que j'ai l'habitude de fréquenter. Lors de mon séjour précédent, je souffrais d'une irritation à l'œil droit, un petit abcès diagnostiqué par le Dr Nallam, qui m'avait prescrit des gouttes. Mes amis, installés dans des fauteuils en faux cuir devant une table nue, avaient faim. Le serveur s'est approché pour prendre la commande. Il me voit agiter maladroitement un petit flacon au-dessus de mon œil, sans que la moindre goutte tombe. Avec calme et naturel, il oublie un moment sa fonction de serveur, se saisit du flacon, penche ma tête en arrière, presse le petit récipient en plastique et verse trois gouttes dans l'œil amoché. Il prend le temps qu'il faut. Une fois la tâche accomplie, il redevient le serveur. On lui passe commande. Il ne note rien, se contentant de répéter chaque fois le nom du plat désiré. Nous sommes cinq, avec des souhaits différents. Je lui demande : « Vous allez retenir tout cela ? » Il dodeline de la tête. « *It is my job, I can do it.* » Plus personne n'évoque mon œil. La vie est un tout, tout fait partie du Tout. Les conventions et les transgressions des conventions sont de même nature : des mouvements dictés par le cœur. Le cœur est libre. Telle est leur conception de la vie.

Quand je suis retournée tout récemment dans ce même restaurant, tout était plus propre. Posées sur la table, des serviettes brodées au nom de l'établissement : « Satsanga ». À l'entrée, le directeur surveillait tout. On s'attardait un peu à plaisanter avant de choisir sur le menu. Les prix étaient considérablement revus à la hausse. Le restaurant affichait complet. Le serveur regarda en direction du directeur, qui lui fit signe que d'autres clients attendaient pour s'installer à notre place. Il ne devait pas traîner inutilement.

Des détails apparemment anodins mais qui rendent les rencontres plus douces ou au contraire accablantes.

Les Indiens sont fiers de leur Premier ministre Narendra Modi, qui s'est donné pour mission de faire exister son pays sur l'échiquier mondial. Grâce à lui, l'Inde est reconnue comme une puissance incontournable. Dans son esprit, le vaste sous-continent appartient à ceux qui pratiquent la religion hindoue. Les minorités, musulmane et chrétienne, n'y ont pas leur place. Elles sont destinées à être éliminées. L'Inde qui fut une grande démocratie séculaire risque de s'acheminer vers une théocratie. Mais quand il s'agit de conclure des affaires, les puissants ne sont pas sélectifs.

Netanyahou, le leader d'Israël, téléphone à Modi, le grand prêtre de l'intolérance. Il a besoin de main-d'œuvre pour relancer son économie en berne depuis les massacres du 7 octobre. Les jeunes et les réservistes, réquisitionnés par l'armée, et les Palestiniens, interdits d'entrée en Israël, ou tués dans la bande de Gaza et en Cisjordanie, manquent au bon fonctionnement du pays. Qu'à cela ne tienne. La main-d'œuvre indienne est nombreuse et peu onéreuse. Combien ? Ça ira. Ainsi opère la mondialisation. Les puissants s'entendent quand il s'agit de mener les pauvres à l'abattoir.

À la mi-janvier, ce fut la fête de Pongal. Je me suis réveillée un matin avec une odeur de grillé dans le nez. Au premier jour du Pongal, on brûle les vieux vêtements afin de débuter une nouvelle ère. Cela m'a semblé une bonne idée. De retour à Paris, je brûlerai les vêtements que je ne porte plus. Je ferai peau neuve. Une peau neuve est la base idéale pour de nouvelles aventures. Le 2 février, jour de mon anniversaire, on fêtera la Chandeleur. Je préparerai des crêpes, j'en distribuerai à qui veut. La crêpe symbolise la Lumière, le jour de la présentation du Christ au temple de Jérusalem. L'homme ne vit pas seulement de ce qu'il mange. Il se nourrit de ce qui l'éclaire.

Dans l'avion pour Paris, je songe à la maison que nous habitons, que j'habite désormais, notre maison des Abbesses. Maison que j'aime tant. Depuis la mort de mon mari – je suis veuve depuis dix ans – et le départ des enfants, elle est devenue trop grande pour une seule personne. Au deuxième étage, on se sent comme sur un radeau qui flotte au-dessus de l'océan des touristes et de la petite assemblée de mauvais garçons. Cette maison que nous habitons depuis vingt-trois ans, peut-être faudra-t-il la vendre ?

On m'avait proposé une formule qui me permettrait d'y rester jusqu'à la fin de ma vie, tout en recevant un capital sur-le-champ. On vend la nue-propriété. Cela s'appelle un démembrement. Il y a bien sûr une décote. Elle se calcule selon l'âge.

Un conseil en patrimoine, grâce aux données de l'Insee et autres logiciels, avait prévu l'âge probable de mon décès tout en s'excusant d'aborder un sujet aussi délicat.

Je lui ai répondu : « Ne cherchez plus, je connais la date de ma mort. »

Le regard de cet homme s'est teinté de pitié pour cette lubie de mon imagination que j'énonçais comme une certitude.

Je lui ai dit alors :

« Je vais mourir à l'âge de 89 ans, un dimanche, pendant la saison des pluies. »

Il m'a regardée, ahuri : « Mais c'est exactement ce que disent les statistiques ! »

Lors d'un séjour en Inde, quelques années plus tôt, j'avais accompagné un ami journaliste dans un petit village, Nadhi Waran, au sud du Tamil Nadu, village entièrement voué à la prophétie. J'étais attirée déjà par ce qui échappe au seul raisonnement, mon ami pas du tout. Nous nous sommes néanmoins lancés dans cette aventure et avons choisi le même parcours, à savoir : expérimenter avant de juger.

En arrivant dans le village, on voyait partout des panneaux vantant l'art de lire le passé et le futur sous le patronat de Shiva, le dieu destructeur-constructeur tout-puissant.

Pour commencer, il fallait s'assurer de l'empreinte de mon index droit. Puis le groupe des exécutants a demandé à se retirer pendant quatre heures.

Quand ils sont revenus, ils m'ont informée qu'il y avait dans le monde 110 empreintes identiques. Parmi les 110, il fallait soustraire toutes celles qui n'étaient pas les miennes. Ils m'ont posé des questions concernant mon père, ma mère, mon lieu de naissance, les questions habituelles pour repérer le destin spécifique de quelqu'un. Puis ils se sont retirés pendant quatre heures supplémentaires.

De ce temps, il fallait faire bon usage. Je me suis retrouvée à côté de mon ami en train de prier dans le temple de Shiva et de faire quelques offrandes : fleurs, bonbons, noix de coco, pour 500 roupies, distribuées à toute la bande des divinités hindouistes présentes dans leur nature masculine et féminine. Elles mangent, elles baisent, elles sucent des sucreries. Les fidèles, eux, balancent des morceaux de beurre sur la statue de Pavrati pour apaiser sa colère contre l'infidèle époux Shiva. Humaines, trop humaines, toutes ces déités polymorphes, pour un esprit chrétien dressé à l'ascèse et en proie à une culpabilité récurrente !

À leur retour, les officiants pointent des choses de mon passé absolument exactes, ce qui m'a épatée.

Concernant mon niveau de réincarnation, j'en étais à ma septième. Ma dernière avait été un homme assez riche, vivant au Sri Lanka, avare au point de ne pas donner d'argent aux pauvres. En plus de cela, j'avais maltraité mon épouse. Ces fautes pesaient sur mon karma. Dans cette vie, *ma* vie, je devais remédier à mes carences antérieures.

« Voulez-vous connaître votre avenir ? », m'ont-ils demandé en me regardant d'un bon œil neutre.

Je savais par mes lectures que la septième réincarnation était déjà un label de bonne conduite. Et comme j'étais en confiance, je leur ai dit :

« D'accord, dites-moi l'avenir. »

Et c'est là qu'ils m'ont fait part de mon passage futur dans l'au-delà sous une pluie chaude un dimanche de ma 89e année. Ce message m'a apaisée. J'ai encore pas mal d'années devant moi et ma mort est prévue un dimanche, Jour du Seigneur.

Je me souviens avoir senti déjà la pluie chaude de la mousson tomber sur mon corps. Et le dissoudre.

Comme Georges, j'allais mourir en Asie. Quel beau cadeau !

« La beauté est la fin possible des frayeurs ». (Heiner Müller).

Cette angoisse de mourir, qui sème la panique en Occident, où j'allais bientôt atterrir, était devenue une simple réconciliation dans mon esprit. Je n'ai plus peur.

La voix du pilote annonce notre arrivée à Paris dans une demi-heure.

C'est en Orient que j'ai compris enfin, au plus profond de mon âme-corps, une phrase ancienne du catéchisme, le message de l'Apocalypse de saint Jean, une phrase magnifique que j'avais tant aimée prononcer adolescente : « … *denn das Erste ist vergangen.* », « La mort ne sera plus ni peine, ni cri, ni souffrance, car les premières choses ont disparu. »

Que sont les premières choses ? Nous, notre vie inaboutie ? Nous, notre terre brûlée ? Notre océan pollué ? Nous, assassins de milliers d'espèces vivantes ? Nous, en train d'orchestrer notre propre extinction ?

Je me surprends à chantonner une cantate de Bach, *Ich habe genug*, « je suis comblée ».

C'est assez, la coupe est pleine.

25 janvier 2024 : l'avion se pose brutalement sur la piste d'atterrissage de l'aéroport de Roissy, tôt le matin. Le temps est exécrable. On ne peut rien contre la météo. J'aime les saisons qui transforment le paysage. Mais l'hiver a des allures définitives.

Février

Les ministres de la Défense des pays de l'OTAN se sont réunis à Munich. L'abandon américain de l'Ukraine a été annoncé par Donald Trump, candidat à la présidentielle en Amérique. Il donne carte blanche à Poutine pour en finir avec l'Europe. L'Allemagne avait été pendant quatre-vingts ans la bonne élève en neutralité. Le moment était venu de changer de cap. Le pacifisme allemand et son ardent vœu de paix ne pourraient perdurer, sa mort cérébrale était annoncée et ça fait terriblement mal. La Russie se montre un voisin belliqueux, avide d'élargir son territoire. Les experts avaient estimé que l'armée ukrainienne ne pourrait résister qu'un jour à une invasion russe.

2 février. Nous ne nous sommes pas retrouvés, mes enfants et petits-enfants, pour mon 79e anniversaire cette année. Vous êtes très occupés comme tout le monde par les tâches de la vie courante.

Quelques jours plus tard, le 16 février, on apprend par l'administration de la colonie pénitentiaire IK-3, une des plus isolées dans la blancheur infinie des neiges de Sibérie, la mort d'Alexeï Navalny. Là comme ailleurs sont pratiquées des tortures systématiques, électrochocs dans l'anus, simulation de noyade, méthode du matelas… (le prisonnier y reste coincé jusqu'à ce qu'il pourrisse). Alexeï Navalny fut un homme bien, emblème de tous les opposants au régime du tyran Poutine. Son combat a fait remonter dans nos mémoires les innombrables condamnés au Goulag d'hier et d'aujourd'hui. Le corps de Navalny montre des traces de convulsions. Il a souffert sur le chemin de sa passion, empoisonné une deuxième fois, après un premier empoisonnement auquel il avait survécu.

La grande figure de la résistance à l'arbitraire du pouvoir soviétique a été lâchement tuée, sa dépouille pendant un temps confisquée par l'institution. Quelques jours avant sa disparition, il avait écrit : « S'ils décident de me tuer, cela veut dire que nous sommes incroyablement puissants. » Nous, ses partisans, amis de la liberté, sommes en deuil. Le temps qui reste sera-t-il assez fécond pour faire naître de nouveaux héros de la résistance au Mal ? Serez-vous de ceux-là, mes petits-enfants ?

Des milliers de Russes, forts de ce que Navalny avait enduré pour eux, pour tous les opprimés, sont venus lui rendre un dernier hommage dans les rues de Moscou et au cimetière de Borissovo. Une montagne de fleurs grandit de jour en jour, jusqu'à recouvrir la croix en bois blanc posée sur sa tombe.

En Ukraine, deux ans après l'invasion russe, on continue à compter les morts : des dizaines de milliers, reconnaît le président Zelensky. Ma mère me chantait une berceuse : *Flieg Maikäfer flieg, dein Vater ist im Krieg, deine Mutter ist in Pommerland, Pommerland ist abgebrannt, flieg Maikäfer flieg.* « Vole, hanneton, vole, ton père est parti faire la guerre, ta mère est en Poméranie, la Poméranie a disparu dans un incendie, vole, hanneton, vole ». La Poméranie est une région du nord-est de l'Allemagne, l'ancien État de Prusse. Son fleuve, la Vistule, trace son chemin jusqu'en Ukraine. Ces pays à l'est de l'Europe se souviennent des successions d'horreurs, ils n'ont jamais oublié les flots de larmes dans les familles, la détresse des soldats sur le front. Leurs os sont encore rongés par les affrontements sanglants entre l'Est et l'Ouest. Les trois coups d'un funeste destin frappent à nouveau à leurs portes.

On compte les morts également au Moyen-Orient. Les terroristes du Hamas ont inscrit en tête de leur programme la suppression d'Israël. Après l'attaque du 7 octobre, Israël se fait fort d'éradiquer le Hamas jusqu'au dernier de ses combattants. La meilleure cachette pour eux est de se mêler aux habitants ; Israël fait exploser toutes les maisons, hôpitaux, écoles. La population de Gaza, familles, pères, mères, enfants, prisonniers et privés d'aide humanitaire. Règne la loi primitive du talion, une vengeance brutale qui détruit les deux camps. Une succession de douleurs qui n'en finit pas.

Après le 11 Septembre, l'Amérique traumatisée avait supprimé le chiffre 11 jusque dans les ascenseurs où on passait du 10e étage au 12e directement. Va-t-il falloir supprimer le chiffre 7 après la date fatidique du 7 octobre ? Dans de nombreuses religions, le 7 est un chiffre sacré : dans la Bible, Dieu a créé le monde en 7 jours. Pour les hindous, le corps a 7 sources d'énergie, les chakras. Les musulmans tournent 7 fois autour de la Kaaba, le grand cube noir de La Mecque.

Le 7, des 7 couleurs de l'arc-en-ciel, devrait être un chiffre porte-bonheur. Les terroristes du 7 octobre savaient-ils ce qu'ils faisaient en semant la mort et la désespérance à cette date symbolique ?

Ceux qui gouvernent Israël ne savent pas non plus ce qu'ils font. L'âme du peuple juif est brisée en mille morceaux. Les jeunes se font tatouer sur l'avant-bras le numéro d'un parent déporté dans un camp de concentration sous le régime nazi. *Don't forget* la haine odieuse dont les Juifs ont été victimes. Aux anciennes souffrances s'ajoutent les nouvelles. L'État d'Israël avait déjà construit un mur entre les populations juive et arabe en Cisjordanie. Un mur exacerbe le rejet de l'autre, un mur n'a jamais pu tenir le bien séparé du mal. Des dizaines de milliers d'habitants réclament tous les jours dans les rues de Tel-Aviv une paix pour les deux peuples. Mais les fanatiques des deux côtés rendent cette paix impossible.

Mars 2024

La vie se déroule comme d'habitude dans mon quartier de Montmartre. Je suis dans mon confortable chez-moi. À 8 h 15 passe le camion des poubelles. Réveil du matin.

De ma fenêtre je vois les arbres sans feuilles et à travers leurs branches grises, les façades des maisons d'en face.

Je fais des courses. Je traîne un peu. Se nourrir devient une obligation. Cuisiner pour une seule personne ne procure aucun plaisir. Le marchand de journaux me tend mon *Libé*. Il met de côté l'exemplaire qui m'est destiné. Il en reçoit peu. Tout est pareil, les mêmes gestes, les habitudes du quotidien. Et pourtant, quelque chose est en train de changer. Quelque chose d'indéfinissable que je perçois dans le regard des uns et des autres. « Faut-il y aller ou pas ? » titrent les journaux affichés sur la façade du kiosque. Aller où ? On parle de la guerre. À 1 500 kilomètres de Paris. Ici Paris. Ici la guerre ? Ça changerait tout. Plus personne n'osait y penser. Les Européens de l'après-guerre se félicitaient d'avoir construit une situation de confort durable. Tous y pensent aujourd'hui, à la guerre.

Hier, à la télévision, un des intervenants devant l'objectif des caméras a donné sa vision d'un événement du passé : en 1943, le ghetto de Varsovie aurait été évacué pour des raisons d'hygiène. Personne sur le plateau ne conteste son propos. J'ai eu froid dans le dos. J'en parle au marchand de journaux. « Ça se comprend, me dit-il. Ils étaient entassés comme des rats. Les rats sont sales. » Envie de vomir. C'est idiot mais c'est comme ça et c'est nouveau. La langue de vipère ancestrale siffle à nouveau son venin. Mon oreille allemande l'entend.

« Tu as l'air un peu fatiguée, constate mon petit-fils, Paul-Minh.

— Nous sommes à la croisée des chemins, lui dis-je. Version pessimiste : trop de migrants, baisse de la natalité, montée des populismes, désastre climatique. L'apocalypse se dessine à l'horizon. Version optimiste : l'Europe se ressaisit. Notre impuissance actuelle face aux tyrans peut être limitée dans le temps.

— Alors, on fait quoi, Momo ? me demande-t-il.

— J'avais parlé à mes amis indiens, lors de mon dernier séjour. "Nous sommes terriblement inquiets, leur avais-je dit. Les pays émergents nous montrent du doigt. On se sent menacés. Serait-ce la fin de notre monde ?"

— *Don't worry Mam. It's useless.* T'inquiète, c'est inutile, m'ont-ils répondu. Votre faiblesse est évidente. Vous êtes déjà enterrés.

— Et t'es d'accord avec eux ?

— Tu parles ! J'ai piqué une grosse colère ! Avec le Sud global ils se sentent forts, mais faut pas pousser quand même ! »

Le printemps pointe son nez de bourgeons prêts à éclore. Les saisons se renouvellent, accompagnées d'espoir frais. C'est dans l'ordre de la nature. La Terre est fertile, d'année en année elle nous nourrit. Pourtant, Paris semble triste. Son ventre se crispe à cause de l'inflation. On doit y réfléchir à trois fois avant de poser des produits dans le panier. Le paysage urbain se modifie. J'espère que Paris sera toujours cette ville où les charmes coquins de Pigalle et l'idée impérissable de la révolution du peuple contre l'arrogance des privilégiés s'entremêlent.

Je m'engouffre dans le métro, la ligne 12, entre les stations Abbesses et Saint-Germain où habitent nombre de mes amis.

À mon dernier séjour encore, j'avais emprunté la ligne 6 vers Daumesnil pour rendre visite à Guy, mon premier mari. Atteint de la maladie de Charcot, il ne bougeait plus de son lit. Sa sombre forme squelettique se détachait sur le drap blanc, telle la rangée de touches d'un piano muet. Une par une, toutes les parties de son corps avaient abdiqué. Note après note, la musique de l'existence de Guy s'était tue.

En le quittant, l'abandonnant à son calvaire, je m'étais dit qu'il est parfois indécent de continuer à vivre. Guy s'est éteint peu de temps après. Je ne prendrai plus la ligne 6 vers le 12e arrondissement, comme je ne voyagerai plus sur d'autres lignes qui mènent vers des quartiers où un proche est mort.

Paris, petit à petit, se transforme en cimetière des amours perdues.

J'ai fui le Saint-Germain de la société du spectacle, quartier des nantis, au moment où la plaque tournante des intellectuels s'est transformée en plate-forme de divertissement pour touristes fortunés. Ils regardent ce qui est écrit dans leur guide. Jean-Paul Sartre, Simone de Beauvoir, Jean Genet, Albert Camus, Marguerite Duras, toute une faune de grands esprits qui avaient marqué le xxe siècle venait au Flore. Ils y sont mentionnés comme des drôles de momies. Depuis que la gauche a déserté la rive gauche, on ne sait plus sur quelle rive accoster.

Un après-midi tardif, assise devant mon deuxième verre de vin blanc au fond de la brasserie du Flore, je vois débouler un ovni couleur safran – aux courts cheveux blancs. C'est Yahne Le Toumelin, ma nonne tibétaine admirée, la mère de Matthieu Ricard, descendue de son monastère de Dordogne pour me saluer et se faire soigner les dents gratuitement par le Dr Irurzun. J'avais publié son ouvrage *Sourire du ciel*.

Les têtes dans la salle se tournent vers elle. Yahne, vêtue de sa lourde et vaste robe de nonne aux couleurs chaudes, se glisse d'une table à l'autre et avec un charme désarmant pose à chaque client la même question : « Êtes-vous heureux dans votre vie ? » Stupéfaction générale. Des regards ahuris la scrutent, personne ne sait quoi répondre. Léger agacement. Qui est cette vieille folle ? Yahne alors délivre un message de bonheur sans prétention : « Vous affichez des tristes mines. J'ai 80 ans et le ciel me sourit. Le ciel est en vous. Méditez. Je vous invite à une révolution du cœur ! Courage ! » Et elle rit de tout son visage lumineux, s'assied à côté de moi et commande un chocolat bien crémeux.

Au Flore, cette brasserie emblématique, se retrouvaient au petit déjeuner les éditeurs, qui y décidaient de leurs prochaines publications. Ces éditeurs, pour la plupart, se trouvent maintenant relégués de l'autre côté du périphérique. Le Flore a cessé d'être le terrain fertile à la floraison de la culture française. Les garçons de café qui autrefois s'adressaient aux clients en les appelant par leurs noms et commentaient un ouvrage acheté à L'Écume des Pages, la librairie voisine, ont été remplacés par des effectifs sans mémoire. La Hune, librairie mythique de Saint-Germain, est devenue une vitrine Vuitton. C'était l'époque où, à un dîner chez Andrée Putman, à une réception dans un hôtel particulier de la rue Monsieur, dans l'appartement aux volets fermés de la rue du Bac, chez nous rue de Lille et à d'autres endroits à la mode, se retrouvaient les monstres sacrés. Ils constituaient l'Avant-Garde, on les admirait. Ils occupaient la scène, on ne voyait pas plus loin, derrière les caméras, dans les alcôves des illustres institutions. On savait, on ne voulait pas savoir ? On passait outre ? Le chic consistait dans l'outrance de la transgression. Je me souviens de leurs visages, un même rictus d'orgueil et de mépris me faisait penser au diable qui reste toujours maître du mal qu'il cause. Il y avait des Gabriel Matzneff, des Benoît Jacquot, des Jacques Doillon, des Gérard Miller. Il y avait des écrivains du Nouveau Roman et des cinéastes de la Nouvelle Vague. Une volonté de se distancier du vieux monde par le franchissement des limites, repoussées toujours plus loin, les réunissait. NO LIMIT, « Le vieux monde est derrière nous », comme disait un des slogans de Mai 68. Beaucoup étaient des experts chevronnés de l'affirmation de leur libido. Ils avaient appris qu'« on n'est autorisé que par soi-même ». On ne soupçonnait pas que cette libido ferait de tels ravages. « Sublime, forcément », avait suggéré Marguerite Duras en qualifiant un geste, peut-être assassin, dans l'affaire du petit Grégory… Sublimes furent également les héroïnes de ses romans, les Lol V. Stein, les Anne-Marie Stretter, fauchées par le désir de l'Autre, anéanties sur place, victimes d'un ravissement. Et *L'Amant* alors ? Un homme fortuné et beau, habillé de soie sauvage, fait d'une très jeune fille une putain. J'ai été aspirée par l'écriture de Duras comme par un siphon. Les femmes « cherchent un chemin pour se perdre », prophétisait-elle. Sur ce chemin, être désignée comme objet de désir était le comble de la jouissance, un soupir qui n'en finit pas. « Encore », analysait Lacan dans un de ses ouvrages pour qualifier la jouissance d'une femme, infiniment plus intense que celle d'un homme. Sur la couverture était reproduite l'extase de la sainte Thérèse du Bernin, une mystique jouissant de quelque chose qu'elle ignorait, qui tient de la parole, de l'Autre.

Les prédateurs épinglés par #MeToo ont les mots pour louer les avantages de cette emprise. Leur sexe narcissique exige une fellation. Il le vaut bien, n'est-ce pas ? Ma merveille je vous l'offre, je vous la fourre dans votre petite bouche ! Alors sucez, mesdames ! Quand la dame au lieu de se délecter de votre semence crache le liquide dans le plus proche lavabo, vous pouvez vous dire que quelque chose a cloché. Il y a eu les signes d'un refus, d'un écœurement peut-être, que vous avez préféré ignorer pour ne pas dévier de votre but, et votre but n'est pas de partager une émotion mais de tirer profit d'une opportunité.

À l'instar du roi des Aulnes, ceux-là peuvent également murmurer à l'oreille de l'enfant que s'endormir dans leurs bras est d'une grande douceur. Le roi des Aulnes ne dit pas : je suis ta mort.

Puis, vient enfin le moment, forcément, où les poupées qui disent oui commencent à vouloir s'émanciper. Elles revendiquent le même droit que ces hommes qui prennent à leur compte l'énoncé de Lacan : Ne jamais céder sur son désir. Elles répondent enfin : on ne cédera pas sur notre désir de dire NON. Là se dessine le début de la fin de la prégnance des systèmes de domination.

Le 8 mars 2024, le droit à l'avortement a été inscrit dans la Constitution.

Il manque encore, à l'indignation des femmes, la parole d'hommes indignés. Bartabas le Magnifique en est un. Dresseur de chevaux, tout en douceur, il dompte avec son cabaret de l'exil les instincts dominateurs partout où ils sévissent. Dans son dernier spectacle voué aux femmes persanes, les mollahs trottent sur des ânes et la lutte des femmes en Iran triomphe sur de splendides chevaux galopant vers Femme, Vie, Liberté.

J'imagine Ô combien il est difficile pour vous, les hommes, de penser et d'agir contre vous, de renoncer à cette part de vous-mêmes qui, selon les vieux critères en place, constitue votre virilité.

Au changement de millénaire, Katia et Kunga, nos enfants, nous avaient suggéré de changer d'arrondissement pour un quartier plus marrant où papa pourrait s'installer sur un banc et regarder les gens passer. Un peu comme dans un village. Oui, les enfants, dans cette capitale qu'est Paris, plusieurs mondes coexistent. Et nous en avons trouvé un, au nord, près de Barbès, zone précaire des blessés et des vulnérables, des poètes méconnus, des peintres réduits à produire des croûtes, des vedettes de la chanson à la gloire éphémère, des comédiens intermittents galopant derrière le succès, le monde des mauvais garçons, des petits dealers qui vendent de l'herbe pour planer un peu sur les bords de la société.

Au centre, il y a une place, la place des Abbesses, où Georges, comme dans un village, put effectivement s'installer sur un banc et échanger quelques mots avec les passants.

Sur la place, il y a une maison. Elle est devenue la nôtre.

« Vous êtes fous, m'avaient dit des amis de la famille. La place des Abbesses est le royaume de la racaille. Vous y serez des intrus, ils feront tout pour vous embêter. »

À voir. Effectivement, j'ai une longue histoire avec les mauvais garçons des Abbesses. Elle a commencé ainsi : en essayant de garer ma Fiat je dois faire plusieurs manœuvres et ma voiture touche légèrement une Vespa stationnée au même endroit. Je sors du véhicule. Là, un jeune homme m'attend pour me cracher dessus. Le propriétaire de la Vespa. Je me mets en colère. Il me crache dessus une deuxième fois et devient menaçant. Je rentre à la maison et observe de ma fenêtre le groupe de petits délinquants. Je distingue le chef de la bande. À mon mari et à ma fille, j'annonce : « Je descends. — Ne t'en mêle pas », me supplient-ils. Mais justement, j'ai envie de m'en mêler.

Je m'adresse au chef : « Je veux que le type qui m'a craché dessus s'excuse. » L'accueil n'est pas vraiment chaleureux mais pas hostile non plus. « Je vais voir », me lance-t-il sèchement.

Le lendemain, à côté du chef, au milieu de la place, se tient l'individu qui m'a craché dessus. « On vous demande pardon », me dit-il.

Ainsi a commencé une relation de respect réciproque entre une bourge qui habite une jolie maison et des garçons qui traînent sur la place. Une histoire de proximité. Il y a souvent un moyen de s'entendre.

Une année plus tard, l'un des mauvais garçons a volé la voiture du petit ami de ma fille. J'ai demandé au chef de la bande de ramener la voiture le lendemain. Un gamin de 14 ans à la peau très noire était le coupable. Je ne l'ai pas dénoncé mais au contraire incité à effacer les traces de son délit pour ne pas finir « à l'intérieur », comme ils disent, en prison. J'ai gagné en respect. « Va à l'école, au lieu d'entamer une carrière de voyou, lui ai-je dit en glissant un billet de 20 euros dans sa main. Tu me promets ? — Oui, madame. » On s'est croisés six ans plus tard. Il avait tenu sa promesse.

Un autre très jeune adolescent avait balancé des boulettes de terre dans l'ouverture d'une de mes fenêtres, je l'ai invité à l'intérieur de la maison pour constater les dégâts. Il a visité les pièces, le salon, la chambre de ma fille, celle de mon fils et, dans ma chambre à coucher, il a dit : « Vous dormez ici ? Et vous y faites l'amour ? — Mais oui, mon garçon, comme tes parents. » Il a ramassé ses boulettes de terre et il est reparti.

Les mauvais garçons, un groupe d'une dizaine, cachent leur matos, de l'herbe, de la marijuana, entre les branches des arbres. De mes fenêtres, je repère facilement leur cachette. À la police qui voulait, de chez moi, avec une caméra, surveiller leur trafic, j'ai répondu non. Ça s'est su. Alors les voyous me rassuraient : « Nous sommes votre *bodyguard*. Tant que nous sommes là, rien ne peut vous arriver. » Je me suis dit : l'avantage si on laisse sa porte ouverte, c'est qu'on ne risque pas un cambriolage avec effraction. Être gardé par des petits voyous permet de se protéger des grands.

À la mort de Georges, ils ont déposé une rose devant la porte d'entrée. Je leur avais dit : « Mon mari est décédé en Inde. — Désolés pour vous. Nous les Arabes, on essaie d'être polis, mais les Indiens sont plus doux. »

Nous dialoguions. Sans paroles, nous ne pouvons pas espérer nous délivrer de nos préjugés. Je ne dis pas que rien de mal n'aurait pu nous arriver. Mais rien de mal ne nous est arrivé. Ce fut le pari, il a tenu vingt ans. J'ai peur que cet art de vivre soit en train de disparaître. Plus personne ne parle à personne. On ne fait que se condamner.

Après les grandes vacances de l'année 2023, il y a eu l'invasion des punaises de lit. On les voyait partout et elles grouillaient partout. Un présentateur disait : « Plus on partage notre habitation avec des étrangers, plus le danger est grand d'héberger en même temps ces envahissantes petites bêtes. » De l'intox. J'ai cédé à la panique. Un soir du mois de septembre, je repère un point noir au plafond. À coup sûr c'est une punaise, me suis-je dit. Elle va tomber sur moi pendant la nuit, j'en suis persuadée. Même juchée sur mon petit escabeau je n'arriverais pas à l'attraper. Je demande à Ali, qui fume son joint devant la maison, de me venir en aide. En un coup d'œil il examine la bête et d'un geste la fait s'envoler. « C'est une mite, m'dame.

— Merci, Ali. — De rien, m'dame. » La terreur s'est transformée en fou rire. Avec les autres de la place, nous avons passé un bon moment à nous faire peur avec des histoires de pucerons. J'aimerais que toutes nos angoisses puissent se dissiper de cette manière. « *With a little help of my friends* », l'enfer de nos neurones agités cesserait de nous dévorer et nos nuits s'allongeraient en s'apaisant.

Le soir, les dealers discutent en parlant fort devant ma porte. Je capte quelques mots. Ils expriment leur enthousiasme pour telle ou telle équipe de foot, pour des vedettes du ballon rond…

Avril

Le mois commence avec les fêtes de Pâques. De grosses cloches et des superlapins envahissent les vitrines. Le président Macron avait dit : « C'est la fin de l'abondance. » Peut-être à d'autres endroits où on respecte plutôt le ramadan, mais dans les boutiques des centres-villes les œufs en chocolat rappellent comme avant le sort de Jésus, Notre Seigneur. Le Christ a pris sur lui toutes les souffrances du monde ? On ne dirait pas. La souffrance de Jésus, je la ressens jusque dans mon ventre. Le dimanche, les cloches de l'église Saint-Jean sur la place des Abbesses sonnent la Résurrection. Vers le royaume de Dieu le Père ? Que cessent les souffrances du Dieu fait homme fut mon désir le plus profond. Là débute la pitié, la croyance en la Haute Parole qui répare.

Je fais à nouveau une petite excursion rive gauche. Dans le métro, les mines sont grises, abattues, comme si les gens venaient de quitter l'abattoir de leur lieu de travail pour l'autre abattoir qui les attend chez eux. Je lis sur leurs fronts : « *This is the end.* » Le mantra de la dépression. Je suis assise sur un strapontin où une jeune femme m'a proposé de m'asseoir car le métro est bondé comme d'habitude, les voyageurs sont serrés. Elle a dû constater que je suis une femme exténuée par son âge dans cette rame souterraine. J'en ai l'air. « *This is the end* » pour moi aussi.

Toute société qui se respecte et qui va de l'avant est motivée par une même devise : garantir à ses enfants un meilleur avenir. Ce n'est plus du tout le propos actuel. Le meilleur, on le sait, est derrière nous, dans notre passé. On croyait que le progrès serait toujours au rendez-vous, et puis non. Pour nos enfants, c'est acté : il y aura moins, toujours moins. Nos enfants nous reprochent d'avoir préparé le chaos. La nature est épuisée, nous avons négligé de respecter sa diversité. Nous aussi sommes épuisés d'avoir cédé à toutes les tentations qui ont foncé sur nous comme un bolide auquel nous n'avons pas su résister. C'est un signe de décadence. Les civilisations naissent et meurent. La nôtre approche peut-être de son déclin. Ni la croissance économique, ni l'expansion de la production de masse ne peuvent durer indéfiniment. Sommes-nous destinés à devenir des ruines ? Je ne le crois pas. Il est possible de faire naître une autre forme d'esprit. Beaucoup de jeunes s'y emploient déjà.

Retour en taxi. Traversée de la Seine sur le pont du Louvre. « En passant par ici, je suis fier tous les jours d'être français », m'avait dit un jour un chauffeur kabyle. Aujourd'hui, ça circule mal entre Saint-Germain et place de Clichy, à cause des travaux. On refait les rues. D'énormes trous percent le ventre de Paris devenu abyssal. Tout le monde râle. « La maire, il faudrait l'égorger », grogne mon conducteur ce jour-là. Puis en commentant les infos à la radio concernant la guerre au Moyen-Orient : « Les Juifs tirent profit du passé, les chambres à gaz n'ont même pas existé, même pas. On raconte des conneries. » À ces paroles, j'ai fait arrêter le taxi. Je me suis sauvée.

Sur la place des Abbesses j'achète un bouquet de jonquilles, les premières fleurs du printemps.

Bientôt auront lieu les Jeux olympiques. Il est formidable d'accueillir le noble esprit hérité de la Grèce dans notre pays. *Freude, schöner Götterfunken*, « Joie, belle étincelle divine », ce sublime *Hymne à la joie* se fera entendre partout dans l'univers pendant la saison des Jeux. J'espère que la musique de Beethoven, d'une autorité cosmique, fera oublier les odieuses paroles de *La Marseillaise* : « L'étendard sanglant est levé... Qu'un sang impur Abreuve Nos sillons... » Le sang impur étant bien sûr celui de l'étranger. Pourquoi encore chanter de telles âneries ?

Qui d'entre vous, mes enfants et petits-enfants, sera le compositeur d'un hymne qui chante le bonheur du vivre-ensemble ? Qui d'entre vous sera le poète qui enrichira la langue de mots profonds et vrais ? Qui de vous enseignera aux cœurs à écouter les battements du monde ?

Les Allemands ne font pas mieux. *Deutschland über alles in der Welt*, « L'Allemagne au-dessus de tout dans le monde », sur une musique de Joseph Haydn, est toujours chanté avec le même entrain après le désastre de l'extermination du peuple juif, des gitans, des homosexuels pendant la Seconde Guerre mondiale. Une incohérence, une faiblesse mentale, ou une sombre nostalgie ?

Mes amis Indiens m'avaient dit : « L'Europe, et particulièrement la France, représentent la générosité des sentiments, la hardiesse des idées. C'est cette France-là qui commande le respect et l'admiration de tous. En cessant d'être une terre d'accueil, elle perd la noblesse de sa position mondiale. »

En face de notre maison, sur la place des Abbesses, est accroché un grand tableau de vingt mètres de long sur dix mètres de large. Avec un graphisme chaque fois différent y est inscrit quatre cents fois en quatre cents langues : JE T'AIME. Tous les jours, des hordes de visiteurs se pressent devant cette fresque et prennent des selfies.

Il m'arrive de les observer de ma fenêtre.

L'autre jour, une femme d'un certain âge, aux traits asiatiques, s'est effondrée, évanouie.

Elle est restée sur le sol un bon moment. Les flashes des téléphones n'ont pas cessé de scintiller. Pour s'assurer du parfait cadrage, un homme a même enjambé le corps étendu par terre.

Dans ces moments minuscules, les masques tombent. Les visages alentour dévoilent leur froide indifférence. L'amour affiché quatre cents fois devient un vaste trompe-l'œil. Je me dis que quelque chose de l'humanité est définitivement amoché. Depuis quand ? Depuis que les *fake news* nous assènent que le mensonge est la vérité ?

Avertis, les pompiers sont arrivés. Ils ont aussi été pris en photo par une foule médusée.

Le printemps, cette année, n'est ni arabe, ni ukrainien, ni palestinien, ni juif, ni rien du tout. Il ne s'éveille nulle part. Sauf dans la nature qui ne rate pas ses rendez-vous. Les lilas commencent à fleurir. Mon quartier prend des allures de fête.

J'ai mis notre maison des Abbesses en vente. Les enfants sont partis vivre leur vie depuis des années. La maison est trop grande pour une seule personne et j'ai moins d'argent pour l'entretenir. Depuis vingt-trois ans elle nous a rendus heureux. Sous le regard des bouddhas, nous nous sommes amusés à vouloir imiter leur bienveillance. Nous avons écouté de la musique de chambre, entamé avec Edgar Morin, le maître des complexités, *le Chant des Partisans*. Nous avons caché les œufs de Pâques derrière les buissons sur la terrasse. Avec Patrick Blanc, le génie des espaces verts verticaux, et Marianne Merleau-Ponty, l'amie de toujours, nous avons calqué nos voix sur les voix sulfureuses de Marlène Dietrich et de Zarah Leander, dont nous étions les seuls à connaître par cœur les textes des chansons. Nous formions une toute petite partie du Tout-Paris, un échantillon éclairé par les lectures et qui continuait le combat dans les salons. Les échanges étaient tendres, il n'y avait pas d'ombre, on était joyeux et on n'était pas des sots.

En vingt-trois ans, il y a eu le défilé de dizaines d'anniversaires. C'était un régal de regarder les enfants grandir, de les voir traversés par les doutes de l'adolescence et éclore plus tard vers plus de maturité.

Nous nous sommes tant aimés, nous aurions tant aimé vous rendre heureux.

Aimer ne suffit pas ?

Je sais que je dois bientôt quitter cette maison. Rien ne sera plus comme avant.

Mes pas traînent la nostalgie de quelqu'un qui va plier bagage. Il y aura un acquéreur, on va m'arracher ma peau extérieure. Il y aura un peu de sang. La roue tourne. « Qui n'a pas une maison n'en bâtira plus, qui est seul maintenant le restera longtemps ». (R.M. Rilke).

« Ah non, Momo ! s'exclame ma petite-fille Lhami, on est trop bien chez toi. Je ne veux pas qu'on déménage.

— Je ne serai pas très loin.

— Quand même ! Je veux que tu restes là. »

Moi aussi, bien sûr. Un changement de lieu fait peur à mon âge avancé. Mais il faut être raisonnable comme je ne l'ai jamais été.

« Trop de gens s'enferment à partir de 50 ans dans un cercueil. Ce n'est pas ton cas. Alors bouge ton cul et garde ton âme », me conseille un ami. Mais où aller ?

Je pourrais, comme Hanna Schygulla et d'autres compagnes de route exilées en France depuis des décennies, vouloir retrouver mes racines en Allemagne. Je n'y songe pas. J'aime ma France. Sommes-nous plus solidement ancrés dans notre pays d'origine pour affronter la mort ? « Mieux vaut mourir en été, quand la terre est légère pour la bêche », suggérait Gottfried Benn dans l'un de ses poèmes. Bien vu. Il y a de la terre légère un peu partout sur notre planète.

Mon petit-fils Jonas, 6 ans, capte parfois des images diffusées sur une chaîne Infos que les adultes allument pour suivre l'actualité. Il voit des massacres.

« Pourquoi ils sont méchants ?, demande-t-il, horrifié.

— Ne regarde pas ça, le gronde sa grande cousine Petra. Viens voir la lune, comme elle est belle, dans deux jours elle sera pleine. »

D'où vient le mal ?

Il est toujours là, malgré la grande douleur de l'histoire des hommes.

Depuis la date fatidique du 7 octobre, le monde entier se pose la question. Pour les féministes, c'est un casse-tête.

Solidarité avec les femmes israéliennes violées par le Hamas, ou solidarité avec les Palestiniennes de Gaza martyrisées par les troupes israéliennes ? Quand on est féministe, on soutient toutes les femmes. Les Juifs, autrefois faibles, ont une armée d'hommes et de femmes très puissante. Pour l'opinion publique, les Palestiniens sont les faibles, les opprimés. On les soutient dans le campus des universités avec un élan que la lutte des femmes n'a pu leur inspirer. Et on oublie que ces fous de Dieu, qui prennent leur peuple en otage, ont pour premier ordre de mission d'écraser Femme, Vie, Liberté.

Pour les Allemands, l'histoire est compliquée. On reproche au gouvernement actuel de se montrer hésitant à livrer davantage d'armes à l'Ukraine. Comment ne pas être inhibé, quand on est allemand, à l'idée de favoriser une guerre tout en se remémorant la Shoah ?

Angela Merkel aurait-elle été davantage « l'homme de la situation » ?

Mai

Ah ! le joli mois de mai à Paris ! Sur la place devant la maison les marchands étalent leurs vieilleries. C'est la brocante biannuelle. Des chaises Louis XIV se vendent à 20 euros. Plus personne n'en veut. Les personnes âgées ont les mêmes à la maison, les jeunes préfèrent le style design. Des livres par centaines sont bradés à 1 euro l'exemplaire. C'est donné, mais c'est lourd et cela prend de la place.

Rien ne m'attire. Aucun bibelot, aucun miroir dans son cadre doré, aucun verre de Venise n'allume mon œil. Je n'ai envie de rien. Ai-je envie du rien ? J'écoute de la musique baroque, Haendel, presque exclusivement. Résonne à mon oreille : ce qui n'a jamais eu lieu n'aura jamais lieu, ou a lieu à mon insu. Une sorte de guérison après la mort. Amen, Alleluia ! Le temps est venu de s'agenouiller, de pratiquer une pietà de tous les jours. J'entends un appel à la gratitude auquel je n'ai nul droit de ne pas répondre – nous avons tant reçu pendant de longues années. Parfois, j'ajoute à mon écoute la Symphonie N° 2 de Mahler, « Résurrection ». Depuis que je l'ai vue dans la mise en scène de Castellucci au festival d'Aix-en-Provence, en 2022, l'idée d'un espoir me hante. Aidés par un cheval blanc ou un ange aux pattes velues, nous pouvons déterrer les milliers de cadavres anonymes jetés dans des fosses communes par l'Histoire. Nous pouvons leur redonner noms, identités, et veiller ainsi à rendre possible une résurrection ici et maintenant, sur notre Terre. Faire ensemble le pari de la beauté retrouvée. Je compte sur vous.

Trop souvent, la beauté tombe en cendres. Le silence s'étire… Qui a eu un jour le privilège d'entendre une vérité peut taire sa gratitude. Et mon récit se clôt sur un battement de cils.

Il est vrai que je crains son achèvement comme je crains une fin de vie sans le parfum poudré d'un au-delà.

« Vous souffrez d'une maladie non réversible », m'avait annoncé mon médecin, le Dr Lopez. Cette maladie, me dis-je, est comme la vie. Il n'y a pas de retour en arrière possible, pas de rémission. Alors *Weitermachen,* persevérer, me harcèle mon Peter philosophe au téléphone avant de raccrocher. D'accord, je continue la vie, la mort, en acceptant une plaie qui ne peut se refermer. C'est ce qui m'a motivée à écrire, je crois. Comme les yogis, je fais le pari d'une vie plus grande.

Vous me dites, mes enfants et petits-enfants, de vous raconter les événements qui ont jalonné mon existence.

« Tu n'es pas déjà morte, Momo. Tu n'es pas encore seule », dites-vous. Oh ! le bonheur de vous savoir tels que vous êtes dans ce monde ! Je peux compter sur vous. Vous voulez savoir d'où vient le mal, et où se nichent la bonté et l'harmonie. Je vous donne à lire quelques histoires auxquelles vous pouvez en ajouter de nouvelles, les vôtres faisant les miennes plus larges, peut-être plus belles, peut-être plus terribles encore. Un monde meilleur est toujours possible. Gardez cela à l'esprit. Ne donnons pas le bon à tirer au récit de la défaite annoncée de la démocratie éclairée. Il n'y aura peut-être pas de mystérieuses résurrections. Encore aimerions-nous qu'un dieu s'en mêle. Dieu reconnaît tout, toutes ses créatures. Pour nous, ce qui nous arrive est l'inconnu. Comment donner un nom à ce qui nous attend ?

Tant qu'on parle, tant qu'on invente des mots, un poète s'invite à notre table.

Nous en sommes arrivés là sans l'avoir cherché. Démunis comme des enfants devant des événements terribles, que nous ne comprenons pas, mais que nous avons pourtant contribué à mettre en place. Le bateau coule, ou pas ? Nous sommes dedans. Tant que nous serons dedans le bateau ne coulera pas. Nous sommes responsables, n'est-ce pas ?

Hier matin, mon petit-fils Jonas m'a tendu un carton jaune couvert d'une sorte de mousse que la maîtresse du jardin d'enfants avait donné aux petits.

« Ça sert à quoi ? ai-je demandé.

— C'est pour apprendre à caresser », m'a-t-il répondu en affichant un air très sérieux. Nous nous sommes exercés sur le carton pour tester nos capacités de tendresse et de sensations. Puis à la fin, il a glissé sa petite main de garçon de six ans dans la mienne, il a caressé ma main pendant un long moment. J'ai failli en pleurer d'émotion, aux anges.

Juin

Notre maison des Abbesses sera vendue dans un mois. Je descends « en ville » de plus en plus rarement. Je devrais commencer à faire mes adieux aux gens du quartier mais je n'y arrive pas. C'est ici, aux Abbesses, que j'ai follement aimé et ai été aimée. Comme si, sur un kilomètre carré, j'avais expérimenté l'humanité entière, non divisée, préservée des foudres de la haine.

Premier arrêt : L'Internet café qui donne sur la place, où se trouve le métro Abbesses avec ses lampadaires style Art Nouveau. Dans sa minuscule boutique, Assad fait entrer un maximum de gens. Des collégiens y achètent, avec quelques centimes en poche, un Coca et un Carambar ; des vieux en désarroi devant les complications d'une existence connectée se posent sur la seule chaise afin de souffler un instant. La boutique tourne sans interruption, tout le quartier réclame l'aide d'Assad, qui connaît les déclarations d'impôts de la moitié des riverains. On lui fait confiance.

Assad est musulman. À un moment précis de la journée, il baisse le rideau de fer : Absent pour raison de prière.

Il me raconte le voyage qu'il a fait à Lourdes. Marie, la mère de Jésus, est évoquée vingt-deux fois dans le Coran, m'explique-t-il. Son sac est toujours plein d'histoires invraisemblables.

« Quand m'accompagneras-tu à La Mecque ? », me demande-t-il en plaisantant.

Deuxième arrêt : la librairie des Abbesses. Y règne Marie-Rose. Elle conseille à ses clients la lecture des livres qu'elle a lus et aimés. J'ai découvert des auteurs grâce à elle. Depuis quelques années, quatre colonnes tournantes posées sur le trottoir, garnies de centaines de cartes postales, ont petit à petit chassé les rares recueils de poésie. C'est dans l'air du temps, Montmartre est désormais un des quartiers favoris des touristes.

Je fais une halte au Square Rictus, l'écrin du tableau des 400 fois Je t'aime, tout en broussaille romantique. Je me pose sur un banc et je me souviens. Au loin, l'œil de craie du Sacré-Cœur veille sur les amours durables et éphémères. Il y a quelques années encore, au mois d'octobre, y furent célébrés les « faux mariages » – femme et femme, homme et homme, digne vieillard et jeune fille en fleur, artiste mûre et étudiant découvrant les plaisirs de la chair. On chantait les poèmes de Georges Brassens. Un grand registre noir était mis à disposition, où le maire notait les noms, la date de ces unions et le commentaire : « Liés par l'amour pour la vie. » Un lien qui mariait les amants de passage comme les amoureux de toujours. Un vent insolite faisait rougir les visages, les chapeaux à plumes et à fleurs s'envolaient. Au milieu de la petite foule sur la place on apercevait Michou, le prince bleu du cabaret « Chez Michou », rue des Martyrs. Il donnait, du haut de sa réputation, sa bénédiction au spectacle. Les notes du « Temps des cerises » faisaient sonner le carillon de l'église Saint-Jean, édifice en acier couvert de briques rouges.

En descendant la rue Houdon, je m'arrête devant l'école maternelle. Ici, comme au fronton de toutes les écoles, sont gravés les trois mots clés de la Révolution française : Liberté, Égalité, Fraternité. Cette trilogie a fondé toutes les insurrections. En Allemagne, nous étions fiers d'avoir comme voisin la douce et cruelle France qui avait osé couper la tête aux rois. Mais les mots sonnent creux, ils ne recouvrent plus la réalité. Ainsi, notre monde nous a échappé.

« Est-il possible de réparer les mots, comme on répare un corps malade en lui injectant des globules frais ? demande ma petite-fille An-Ly, étudiante en médecine. C'est le seul moyen pour réparer les tissus gangrénés.

— Les globules frais sont ceux de votre imagination, ma chérie. À vous de jouer ! », lui dis-je, voulant l'encourager à réenchanter le monde.

Comment rendre aux mots leur dignité ? Nos nobles mots ont été détournés de leur signification. La liberté ? La publicité nous dit libres chacun de consommer à tour de bras sans souci de l'autre et de l'environnement. La fraternité ? Elle s'exprime communément par des *like* sur les écrans des réseaux sociaux, complices souvent d'inepties. L'égalité ? Les riches deviennent de plus en plus riches et les pauvres de plus en plus pauvres. Tous ont les mêmes droits mais chacun a une singularité. Il y a bien sûr aussi des bonnes nouvelles à partager sur les réseaux, des justes causes à soutenir. Le meilleur et le pire s'embrouillent, et la confusion est grande pour des esprits qui n'ont pas été formés au travail d'une conscience apte à discerner.

Hier, dans la vitrine d'un concept store, rue Lepic, je découvre une affiche qui représente un tableau où on peut prendre connaissance de la multitude des nouvelles identités sexuelles.

Chers petits-enfants, vous m'avez dit à notre fête il y a deux ans, qu'il y avait neuf catégories. Le chiffre a augmenté depuis. Il y en aurait vingt-trois à ce jour. Des sans, des non-binaires, des trans, des homos hommes et femmes, des poilus, des glabres… Tous les « queers » à l'anglaise, tous les « quers » à l'allemande, les « de travers » qui contestent les normes. Depuis toujours, des hommes et des femmes se sont permis de fabuler sur leur sexe et d'adopter des pratiques de travers. Tout est bon qui n'est pas dans le cochon. Tout est bon qui amplifie l'engagement sincère envers soi-même. De nouvelles identités insolites se créent, plus aimantes peut-être. La nouveauté : l'individu peut choisir de changer de sexe comme on change d'habit à la mode pour faire un pied de nez aux conventions, au roc biologique de la différence sexuelle. Un chirurgien bien payé s'occupera de l'affaire. Sauf que la mode change et on risque d'être enfermé dans le piège du mensonge et du néant que, justement, on voulait fuir. Des gens ne sont pas heureux dans leur sexe biologique. Leur transition ne se discute pas dès lors qu'ils ont l'âge de savoir ce qu'implique un choix. Un enfant de 10 ans peut avoir envie d'être vendeur à la Samaritaine, et la vie fait de lui un président de la République. Une jeune fille peut détester les bébés et finir sage-femme. Un oui ou un non n'est jamais définitif, il est guidé par les circonstances. La vie nous change, et c'est bon. À quel point ne sommes-nous pas déjà des mutants au comportement modifié ?

Vers quel vide, vers quelles manipulations génétiques risquez-vous de vous embarquer, au nom du refus du hasard ? En attendant que le Commandeur mette son holà.

Le carrousel tourne, comme tous les après-midi, en plein milieu de la place des Abbesses, à la sortie de la station de métro. Mes petits-fils Jonas et Enzo font des tours de manège. Je les vois monter et descendre, installés dans le petit hélicoptère. Ils sont fiers et lancent des sourires. Je leur souris. La vie est belle. Puis nous partageons une crêpe au Nutella.

Un beau garçon aux jambes très longues et très fines, le teint marron clair, fait des claquettes sur une musique de Bob Marley. Un saxo se joint à lui en fin d'après-midi.

Je cherche une place au Café Saint-Jean. À cette heure, des touristes s'installent devant des boules de glace.

Je préfère m'y rendre au petit matin, quand s'y retrouvent ceux qui viennent de se réveiller et ceux qui sortent d'une nuit blanche. Le Chat noir croise le Lapin agile, les paillettes du Moulin Rouge brillent sur le costume d'un professeur à la retraite, les travestis côtoient les mères de famille. C'est le vieux Paris de la bohème. Ici, le mot de passe est toujours : fraternité.

« Évite Pigalle », m'avait conseillé ma mère quand je suis partie faire mes études à Paris. Je me retrouve pile à l'endroit à éviter. Je me sens à ma place. J'aime échanger sur les aventures de la vie. Créer des liens, être une passeuse des valeurs qui poussent les êtres les uns vers les autres, m'émerveiller des résonances, voilà mon credo.

En m'approchant de la maison, je vois Yoni tourner la clef dans la serrure. Il vient quand il veut, juste pour voir si tout va bien. Il est mon soleil qui se lève plusieurs fois par semaine. Il apporte un merveilleux : meringue à la crème, accompagné d'un merveilleux sourire, ou parfois d'un bouquet de fleurs. Il me fait un câlin comme personne d'autre, en posant sa tête de brun Maghrébin galant dans le creux de mon épaule, s'y nichant longtemps. Yoni sait que je vais bientôt mourir, d'où sa délicatesse.

« Tu attends encore quelques années, promis ? »

Yoni est le mari de ma nièce Stéphanie. Ils sont mes deux béquilles pleines de vie maintenant qu'un ange frappe si rarement à ma porte.

« Je t'aime fort, Maren. Toujours là pour toi.

— Et je t'aime fort, mon Yoni. »

Ce sont de tendres mots sans conséquences qui donnent le courage d'envisager le jour prochain.

Partir, c'est mourir un peu. Je flâne, je vagabonde d'un endroit à l'autre. À qui dire adieu encore ? Je ne trouve pas les mots. « Je vous souhaite bonne chance ! À la prochaine. Vous allez me manquer… »

De nouveaux visages apparaissent dans le quartier, tantôt aimables, tantôt inquiétants. J'avais proclamé haut et fort : si la France, mon pays d'adoption, se résout à voter pour l'extrême droite, je n'y resterai pas. Devant une tendance approchant la réalité, je me demande quelle serait ma destination. Où aller ? Le monde entier est en train de convoquer des tyrans.

J'ai peur qu'un petit matin, au réveil, on sonne à ma porte. Qui est là ? Je regarde par la fenêtre. Trois hommes au teint clair et bien nourris se présentent poliment. Ils sont vêtus d'un costume gris, élimé, attestant leur appartenance à une même institution. L'un d'eux extrait de sa poche un papier : je suis convoquée pour me rendre dans un lieu que je ne sais pas identifier. Pourquoi venir me chercher ? « Je suis innocente », ai-je envie de crier. Mais aucun cri ne sort de ma bouche. C'est un film muet qui se joue devant ma maison. Je reconnais quelques visages incertains de proches voisins qui se sont regroupés devant le grand tableau des quatre cents fois Je t'aime. Ils sont sans regard, ils me connaissent pourtant. Je n'ai rien fait de mal, on a trinqué ensemble au moment des mariages fantaisistes de la place des Abbesses, bu au Saint-Jean le lait blanc du petit matin. Là, les mêmes, brutalement, affichent des mines impassibles, capables de consentir à des monstruosités. Ne sont-ils pas réveillés ? Le film reste muet. Il n'y a pas d'accusation. Je comprends que celle que je suis n'a plus le droit d'exister. C'est tout. Les temps ont changé, nous sommes en 2024. En 2027, dans quelques années, serai-je arrêtée pour quelque chose faisant partie de moi et qui m'échappe ?

Un cauchemar.

J'ai dû rêver de Franz Kafka. Cent ans après sa mort en 1924, à Prague. *Le Procès* était inachevé. Il a suffi de quelques années pour que le pacte des horreurs se scelle à Munich, en 1938.

Que se passe-t-il ? L'histoire ne se répète pas, rabâchent des amis dont la voix se retranche dans leur zone de confort. Ils sont souvent sans enfants. Mais pour nous, génération des baby-boomer, nos enfants nous mettent sur le banc des accusés. Nous obligeant à affronter un procès intime.

Le bois du banc est dur. Celui des reproches :

Avoir laissé une terre abîmée par la convoitise du capitalisme. Avoir négligé le souci de l'avenir au profit de notre présent. Avoir profité de la vie à vos dépens. Oh ! Mais oui, nous avons été heureux. Nous avons été si heureux !

Pourquoi serais-je coupable d'avoir été heureuse, finalement ? Vous nous reprochez ce que les Allemands reprochaient aux Juifs avant de les exterminer. Ces éternelles jalousies font couler des torrents de sang. Vous n'allez pas nous envoyer dans des camps de concentration quand même ? Nous achever est inutile. Nous mourrons doucement les uns après les autres.

Nous, les femmes de 68, avons vite compris qu'il n'y avait rien à attendre de bon de la plupart des hommes de notre clan, y compris des inconditionnels de la révolution voués corps et âme à la victoire d'un idéal improbable. Leur désir de posséder le pouvoir, en futurs maîtres du monde, s'est rabattu sur ce qui passait à leur portée : nos corps de jeunes filles et de femmes. Le climat de libération sexuelle a servi pour certains à nourrir leur jouissance de dominants. Ils n'étaient pas mes amis intimes, mais les compagnons d'un même air du temps. Il a fallu MeToo, l'avalanche planétaire des femmes abusées, pour les dénoncer. Enfin.

« Tout était plus simple à ton époque, Momo, me confient mes trois grandes petites-filles, Manon, An-Ly et Petra. Nous sommes un peu jalouses parfois. Un vent mauvais souffle sur nos relations avec les garçons. On se méfie : Que va-t-il me faire ? Et si c'était un violeur ? On aimerait grave se laisser aller au charme de la séduction, mais une petite voix nous dit qu'il vaut mieux rester sur ses gardes, comme si un bien n'augurait rien de bon. Souvent c'est foutu d'avance…

— Alors, on s'abstient, on se résigne, ou on prend le risque d'être déçues ou maltraitées.

— Mais quoi, mes belles chéries, vous voulez inviter un avocat dans votre lit ? Baiser sous surveillance ? Si vous pensez que tous les mecs sont des violeurs, ils vous répondront que toutes les filles sont des putes ! Et on sera mal, très mal parties ! Mais si vous acceptez qu'un jour, un prince puisse enfin débarquer et gommer tout le reste…

— Tu rêves encore, Momo ! Tu rêves ! »

Si je n'ai pas été victime de viol, il y a des raisons. Je n'ai pas dû céder à un patron libidineux pour conserver mon emploi afin de pouvoir nourrir mes enfants. Je n'ai pas eu non plus l'ambition de faire partie du Graal des célébrités qui font la Une, à condition de coucher utile. J'ai eu de la chance. La chance d'être armée du mot « *Schmuck* » qui sortait de ma bouche dès qu'une situation de lourde drague se présentait. Ce mot en allemand signifie tout simplement « bijou ». En yiddish il signifie « pénis » mais aussi « connard ». Jeter « *Schmuck* » à la figure d'un prétendant veut dire : « Ton bijou ne fera pas l'affaire. T'es qu'un pauvre type, un couillon. »

Parler une autre langue permet souvent d'être impertinent.

M'être armée et protégée ne m'empêche pas de rester solidaire de toutes celles qui ne l'ont pas été.

Ils sont nombreux déjà, députés, ministres, metteurs en scène, psychanalystes, agents, acteurs, écrivains, petits et grands patrons à devoir s'expliquer sur leurs abus devant des tribunaux. Les brutes de leur espèce dans d'autres parties du monde, en Afrique, au Proche, Moyen et Extrême-Orients à l'est de l'Europe se frottent les mains. Ne proclament-ils pas toujours haut et fort que l'Occident est frivole et décadent ! Nos abuseurs d'ici font le jeu des brutes antidémocrates ailleurs. Quelle honte de leur présenter une réalité conforme à leur méprisant jugement sur nous !

Que vous dire encore, mes petits-enfants ? Restons dignes. Je suis de ces vieux schnoks de l'ancienne école qui apprécient le langage du cœur. Soit ! Je le reconnais. Je suis surtout la grand-mère qui se soucie de votre avenir. La guerre des sexes annoncée n'aura pas lieu. À l'opposé du cheval de Troie les femmes pénétreront enfin l'enceinte de l'Autre, non pour tuer mais pour faire connaissance. Elles inventeront une ruse, inédite encore. Voilà ce que je souhaite.

L'été est là. Le soleil est éclatant dans un ciel ennuyeux, bleu sans nuages. Des touristes à la peau transparente se dénudent sur les terrasses, jusqu'à l'indécence. Les Parisiens s'apprêtent à fuir la ville, qui ne leur appartiendra plus durant les Jeux olympiques. Je suis fatiguée et je frissonne. Je voudrais rentrer à la maison. Retrouver la solitude de mon foyer. J'ai peur que la vie en France se dégrade. Toute l'Europe tremble. Je n'allume plus la télé. Entendre des informations qui tuent et qui mentent, ce n'est pas la peine.

Ma balade des adieux se termine.

Dernier arrêt : Vincent, mon coiffeur, en haut de la rue des Martyrs. Shampooing anti-jaunissement pour cheveux blonds ou méchés, avant le brushing. « Regardez comme vos cheveux bougent, ils épousent le vent. »

Je suis contente, mieux vaut s'en aller en beauté.

« Vous n'avez pas d'âge, me dit-il, dans le quartier on est tous de cet avis. »

Ne pas avoir d'âge ? Qu'est-ce que ça signifie ? Que je suis encore désirable, ou que je ne suis plus une femme mais une figure sans chair, une apparition sur la scène du théâtre des Abbesses et des Martyrs ?

« *Love is my only sin*… » Shakespeare. Il m'est arrivé, il n'y a pas si longtemps, qu'un jeune homme m'embrasse sur la bouche, me faisant sentir son sexe en érection : « Tu seras l'amour de ma vie », m'a-t-il dit. Toujours le comportement amoureux d'un autre, et lui seulement, légitime notre corps en tant que nous-même. C'est rassurant un sexe qui désire mon ventre, un sein qui se durcit d'émotion. Je l'encourage, bien sûr. Il ne s'agit pas d'engagement trop lourd, ma vie sera de courte durée, la sienne assez longue pour oublier sa promesse. Je n'ai pas d'âge ? Alors, avant que la vieillesse ne rende le corps encombrant, on fait l'amour joue contre joue, en trinquant à la folie du moment, en se tenant par la main avant que la mienne ne tremble, en dévorant encore la vie à pleines dents. Avant que le glas ne sonne la fin des amants..., le corps exulte.

Denn alle Lust will Ewigkeit, will tiefe, tiefe Ewigkeit... (Nietzsche). « Car tout plaisir veut l'éternité, veut une profonde, profonde éternité. »

Jusqu'à trouver au plus bas du creux de nos reins, un souffle nouveau.

En vieillissant, j'ai appris ce qu'est un corps morcelé, un corps qui a des pépins. Un jour c'est le genou, un autre les bronches, une tension trop haute qui peut provoquer un AVC. Mon corps éparpillé, en morceaux. Au diable les pépins ! Au diable les rides ! Quand le matin, dans la glace, je découvre mon visage de futur cadavre, je ne détourne pas les yeux vers l'oblique d'un autre horizon. Je reste avec mon corps tel qu'il est, abîmé par les années, déconstruit par les deuils incontournables. Mon autre corps, celui de l'amour, restera toujours entier, nimbé de son ancienne insouciance. Il est curieux encore de découvrir sous les pavés, la plage. Pour lutter et pour aimer, il faut vivre son corps en entier, nourrir grâce à lui des liens de continuité avec nos disparus, les garder vivants en nous. Mon corps est ma mémoire. Et je suis là.

Vous avez, mes enfants et petits-enfants, pour mes aventures amoureuses une grande indulgence. Je compte sur vous, vous avez des muscles assez forts pour mettre fin à cette pulsion de mort qui rôde sur les continents.

Vous avez la grande santé d'aimer. Faites-en bon usage.

Demain je vais changer de vie, quitter la grande maison où se programment des solitudes amères. Je donnerai tout ce qui m'encombre, jusqu'aux livres qui m'ont fait celle que je suis. Je me paierai le luxe d'une vie nomade, presque sans bagage. Ma vie sera légère à porter. Vous me trouverez partout et nulle part. « Tout projet, toute pensée : un flocon de neige sur un brasero. »

Ma dernière promenade dans le quartier me conduit au cimetière de Montmartre où est enterré mon mari Georges, division 24, troisième allée à droite.

Je dépose 8 roses rouges sur sa tombe. 8 est le chiffre de l'infini, notre chiffre de chance.

Au retour, je ne retrouve plus ma maison. Je cligne les yeux, une fois, deux fois, trois fois. Je ne la vois pas. Elle a disparu, portée par un nuage du passé. Mes yeux ont brûlé de l'intérieur. Je lève la tête vers le ciel. Ce qui existait est devenu absence. L'absence, petit à petit, prend le dessus. C'est l'air désormais que je respire. Je me sens libre d'aller où mon cœur me porte.

Le 7 juillet 2024, les résultats des élections en France donnent une forte représentation aux partis d'extrême droite. Tout ce qui constituait nos valeurs sera remplacé.

En Amérique, un *fake* éléphant trompe énormément et répand sa bave de goujat sur le monde entier.

Un poème de Rainer Maria Rilke me sauve des ténèbres, une fois encore. *« Denn unter allen Wintern ist einer so endlos Winter, dass überwinternd dein Herz überhaupt übersteht.* » Je traduis : « Car entre tous les hivers, il en est un si interminable, que ton cœur survit seulement en hibernant. »

Je me dis : je n'ai qu'à faire ça. Hiberner en attendant l'approche d'un prochain printemps de l'humanité, l'arrivée des aurores qui n'ont pas encore brillé. Il y a peut-être juste un mauvais moment à passer. Peut-être un siècle. Dans l'alchimie, le fer peut se transmuer en or quand on ajoute à la matière *l'anima*.

Je ferai une grande fête le jour de mes 80 ans. On invitera les dieux.

Ils viendront, c'est sûr.

Ils seront présents.

Et ainsi : Tout est là.

Remember me

REMERCIEMENTS

do ré mi fa sol la si do

À Bertrand Puvis de Chavannes, qui m'a soufflé le *do* en me posant LA question.

À Camille de Tolédo, qui m'a motivée à retrouver le *ré* du temps de l'écriture.

À Jean-Francois Kervéan, l'initié, pour avoir mis le point sur la finesse du *mi* de la langue.

À Martine Boutang, pour le *fa* de sa lecture avisée et amicale, et son bienveillant encouragement.

À Olivier Rubinstein, pour avoir préparé le *sol* hospitalier de l'édition.

À Olivier Nora, qui a prononcé le *la* de l'accueil dans la maison Grasset qui fut l'éditeur de mon premier livre, il y a quarante-cinq ans.

Le *si* à toutes celles et ceux qui ont composé la musique de *Tout est là* par leur présence dans ma vie.

Et puis, le *do* final. Il n'appartient qu'à vous.

TABLE

Cet ouvrage a été achevé d'imprimer sur Roto-Page
par l'Imprimerie Floch à Mayenne en janvier 2025
pour le compte des éditions Grasset
61, rue des Saints-Pères, 75006 Paris
info@grasset.fr

Mise en pages
PCA 44400 Rezé

PAPIER CERTIFIÉ

Grasset s'engage pour
l'environnement en réduisant
l'empreinte carbone de ses livres.
Celle de cet exemplaire est de :
750 g éq. CO_2
Rendez-vous sur
www.grasset-durable.fr

N° d'édition : 23496 – N° d'impression : 105712
Dépôt légal : mars 2025
Imprimé en France